アメリカ文学との邂逅

Thomas Pynchon

トマス・ピンチョン

帝国、戦争、システム、
そして選びに与れぬ者の生

三修社

アメリカ文学との邂逅

トマス・ピンチョン

帝国、戦争、システム、そして選びに与れぬ者の生

Thomas Pynchon

AMERICAN LITERATURE

三修社

目次

アメリカ文学との邂逅

トマス・ピンチョン

帝国、戦争、システム、
そして選びに与れぬ者の生

序章

第1章 有機性の喪失とスペクター
──『V.』における拡大する生命なき世界

第6章 帰れない故郷

序章

序章では、トマス・ピンチョンが描く多様な事象のなかで本書が特に注目する要素、そしてそれらを基に設定する主題を、ピンチョンの初期から後期にわたる作品が描く軌跡をたどりながら明らかにしたい。また本書の主な研究内容および目的を、批評理論上の枠組みそして研究手法と併せて明らかにしたい。序章末には、作者の伝記的情報を付記する。

ピンチョン作品の軌跡に見る本書の主題

本書で取り組む議論では、トマス・ピンチョンが紡ぐ地理的に拡大する物語が、アメリカを含む複数の大陸を移動し描く近代化の過程と現代の様相に注目する。その際、特に帝国主義、二〇世紀の二つの世界大戦、そして冷戦がもたらす破壊と支配、同時にそれらとともに進行する国家の変貌、国家の主流から外れた者たちの生のあり方を主題とし、作品分析を行う。ここで近代化が指すものとは、主に機械文明の発展と高度テクノロジーの開発が原動力となり、近代から現代へと至る歴史的過程である。そのうねりのなかで、ヨーロッパとアメリカによる経済、軍事支配が拡大し、また機械文明と高度テクノロジーの発展が第一次世界大戦と第二次世界大戦を通じて加速し、大陸間弾道弾と核兵器の保有による冷戦期の秩序が形成される。軍事技術を中心としたテクノロジー開発とそれと連動した政治、経済、科学、および官僚機関の再編成、そして権力による統制の強化は、ピンチョンが描く作品世界の一つの重要な背景をなす。

ここではまず、ピンチョンが描く近現代、特に帝国主義と戦争に関わる主題について、彼が職業作家としての人生を形成し始めた時期に遡り考えてみたい。ピンチョンは初期短編集『スロー・ラーナー』（一九八四）に収めた序文内で、一九五〇年代末から六〇年代はじめを振り返り、自らが二〇代前半であった折の創作態度について述懐する。以下は研究者によってしばしば引用される文章であり、本書の主題設定とも直接的に関わる発言である。二〇世紀の世界大戦とそれに続く冷戦が作り上げた新たな秩序に、物語作家として如何に関わるようになったのか、彼は次のように説明する。

当時の私はまた、ヴィクトリア朝作家をよく読んでおり、そのおかげで私の想像力のなかで第一次世界大戦が魅惑的な厄介者といった様相を帯びるようになった。青年の心にとってすれば愛すべき、黙示的土壇場の様相を。

私はそのことを軽視するつもりはない。私たちに共通する悪夢であった核爆弾もそこに含まれているのだから。五九年の時点でも状況はまずかったし、今［一九八〇年代前半］ではもっと悪化している。危険のレベルがずっと増大してきたからだ。危険は決して潜在意識的なものではなかった。その当時も、今も。一九四五年以来続けざまに権力を享受してきた犯罪的な狂人たち、またその権力は問題を解決しようとする力も含んでいたが、とにかくそういった人々を除けば、哀れな羊である私たちのほとんどの者は、単純で標準的な恐れのなかでいつも動けずにいた。私たちは皆が、この無力感と恐れのゆっくりとした高まりを、私たちに可能な限られた手段で何とかしようと努力していたと思う。それについて考えないことや、頭がおかしくなってしまうという方法でだ。無力さが描き出す色列のスペクトルのなかに、フィクションを書く行為があった。ここで述べている作品［初期短編「秘密裏に」（一九六一）］のように、しばしばより色彩豊かな時と場所に舞台の中心を外してだが。[1]

ピンチョンの職業作家としての出発点は冷戦期にあり、東西の対立と核戦争の可能性の強い意識の下で、創作に取り組んだことが窺える。そして一九四五年の第二次世界大戦終結以来、軍事テクノロジーの開発と国家の発展を推し進めてきた権力者と国民との分断を指摘しながら、権力システムの正当性の欠如を批判し、置き去りにされた人々の無力感を強調する。

ピンチョンは冷戦期の無力さを一つの出発点とし、短編「秘密裏に」で描く一九世紀末の帝国主義の時代へと歴史的想像力を遡らせるが、そのことには彼の作家としての資質形成上大きな意味がある。ショーン・スミスは、上記の引用文に関して、「この文章の最も顕著な特徴とは、進行する歴史的行程に対する彼の認識と解釈が、彼の扱う主題と手法に影響を与えたと認めていることである」と指摘する。[2]「秘密裏に」は、冷戦期に生きるピンチョンが、ファショダ事件を中心に列強の覇権争いを題材として描いた作品であり、それは後に彼が発展させ、本書で詳しく論じる長編第一作『V.』（一九六三）の第三章へと形を変える。まず「秘密裏に」が扱う歴史的事象から説明すると、ファショダ事件とは、アフリカ大陸での植民地争奪戦にて、大陸縦貫政策を掲げるイギリスと横貫政策を掲げるフランスが、一八九八年に現南スーダンのファショダ村が位置する地域で引き起こした軍事衝突の危機である。同事件を背景としたピンチョンの物語では、そのファショダの北方エジプトを舞台に、イギリスそして大戦勃発を望むドイツのスパイによる暗躍が中心的に描かれる。物語の描く軍事的危機はヨーロッパ列強間の大戦の予兆と捉えられ、そこに生きる人間の無力化、機械化、人間性の喪失も主題として含む。[3]

世紀転換期と帝国主義国家の争いという主題へのピンチョンの傾倒と、彼の冷戦期における生にはさらに深い関連性がある。その問題についてショーン・スミスは考察し、『スロー・ラーナー』の上記引用部分を分析しながら、こう述べる。「ピンチョンは、こうした黙示的恐れというレンズを通して彼が探究する歴史的文脈を心に描く。そのことが示唆するのは、彼が作品内で過去を探究するよう駆り立てられるのは、かなりの程度、核の時代に生きる不安へ対処しようとしているためだ、ということだ」。[4] スミスの見解を「秘密裏に」との関連でより明確にするならば、同歴史物語を書く試みにてピンチョンは、第二次世界大戦の余波が続き益々破壊の潜在力が高まる冷戦期の状況とそこで人々が抱える心の問題を、第一次世界大戦の引き金となる列強間の争いとその影響下にある人々の心に転移させていると言えよう。そのような歴史的想像力上の転移が一つのきっかけとなり、彼は帝国主義国家の争い、それに続く世界大戦、そして冷戦という歴史的現象を、冷戦を到達点として結びつけながら想像する視点を獲得していったと考えられる。

そうした想像力を駆使するため、ピンチョンは短編「秘密裏に」で描いた人物ヴィクトリア・レンを、長編『V.』において発展させ主要な登場人物の一人レディV.とするが、後者にて彼女が自らの身体の機械化を進め、帝国の暴力と二つの世界大戦に関わり、そこで兵器という機械がもたらす暴力を象徴的に表す様を描く。さらに『V.』はレディV.を中心人物とした近現代の歴史物語と、一九五〇年代の主にニューヨークに設定された物語とを行き来して語りを紡ぐ。五〇年代の物語が描くのは、冷戦の恐怖の下、機械化、産業化、都市化が加速する世界で経験するショックにより、街路を無目的に彷徨う人間の姿である。ピンチョンが冷戦の恐怖から出発し帝国主義と世界大戦の暴力を描くなかで作家としての一歩を踏み出したことが、一九世紀末に起点を持つ物語と五〇年代の物語という、時代的、地理的に離れた物語を並行して提示するある意味で「分裂」した語りへとつながった。

分裂した語りはまた、お互いを結びつける仕組みを必要とする。まず『V.』では、五〇年代の物語の主な登場人物の一人であるハーバート・ステンシルが、自分の母だと信じるレディV.の過去を調査し、彼が歴史的章の語り手や語りの情報収集役を務めることにより、両者に結びつきが生まれる。そしてピンチョンが作品に統一性をもたらす技法について、モーリー・ハイトは次のように洞察している。「『V.』が単一の語りの織り糸を持たないならば、ほかの方法で一貫性を打ち建てるのである。異なるレベルで鍵となるパターンや主題の繰り返しを通して。そして語りの現在の『本当の時間』と語りの過去の『鏡の時間』内の出来事の並列によって。また繰り返し現れるイニシャル［V］によって」。[5] アルファベットのVのイニシャルを持つ政治的、破壊的陰謀活動が、歴史的章と現代の章の双方にて示唆され、物語全体に統一性を付与する。ハイトはまた、『V.』の歴史表象について、「この本では歴史はパターンを持たない。それは抑止されることなく荒れ狂うある種の反復脅迫によって組織立てられているように思われる」とも述べている。[6] 彼女の主張を基に、私の扱う主題について考えると、帝国主義、二つの世界大戦、冷戦で繰り返される暴力の脅迫反復が、ピンチョンの描く歴史のパターンを構成する重要な要素だとも言える。そのほかにも近代化の過程とそこで生きる人々の経験上の共通性として、機械化、都市化による疎外、街路での彷徨体験などが見出せる。それにより現代の物語と、近代ヨーロッパならびにその植民地に設定された物語が、時代的、地理的にかけ離れているにもかかわらず、主題上の関連性を持つことになる。

歴史的、地理的にかけ離れた人々に共通する主な行動様式の一つとは、既に述べたように、街路での彷徨であり、そしてそれは、同一的な集団と空間から離脱し外部へと向かうという、重要な主題を構成する。実は『スロー・ラーナー』の序文で、ピンチョンはビート作家の描いた路上での彷徨から得たインスピレーションにも言及している。ジャック・ケルアックの『オン・ザ・ロード』（一九五七）が代表するカウンター・カルチャーを体現する作品のなかで、[7]人々が規範的生活様式から果敢に逸脱し、開かれた「路上」を闊歩し、実験的音楽や文学作品に傾倒し、ときには麻薬にも身を任せ、アメリカを移動する姿に、ピンチョンは語りの可能性を見出す。彼自身が感じた、規範的かつ伝統的環境から踏み出して、変わりゆくアメリカを捉えようとする衝動の起源について、大学時代を振り返りこう述べている。「私たちが感じた学問の世界で隔絶されていたという意識にまで、遡るのかもしれない。そうした意識が、ビート作家が私たちを導いているように思えたアメリカのピカレスクな生に、魅力を添えたのであろう」（*SL* 二四）。無頼の徒であるピカロとして各地を彷徨う生である。伝統的には、ウォルト・ホイットマンの唱道した「オープン・ロード」を想起させる、社会階層そして人種の分断を越える開かれた道での生である。[8]ピンチョン作品内での登場人物の彷徨は、自らにとって異質で多様な人々、そして地域へと向かう衝動に貫かれているのだ。国内のみならず海外に設定された物語でも。

議論を、冷戦期を出発点とし帝国主義の時代へ遡ったことの意義に戻すと、ピンチョンが植民地などの土地を作品の舞台としたことは、彼の近現代に対する想像力にさらなる特色を付与する。『V.』ではエジプトをはじめとし、二〇世紀前半のマルタ島、同時代のドイツ領南西アフリカ（第一次世界大戦後に国際連盟の下で、大英帝国の一部を形成する南アフリカ連邦の委任統治領となる）、そして象徴的で太古的な異質な他者の土地である「ヴィースー」が重要な舞台として設定され、そうした地域へのヨーロッパの介入の物語は、ポストコロニアル批評と問題意識を共有する想像力を生み出す。問題意識とは、ホミ・ババが指摘するような、西洋の近代化プロジェクトが植民地での古代的な暴力を伴っていたことへの意識である。ババは植民地主義における権威とは「開化を補完するものであり、そして民主主義の専制的な生き霊（double）である」と捉える。[9]彼は進化の概念に無批判に立脚した歴史観を批判し、近代性のなかに古代的で専制的な暴力が組み込まれている様を、植民地での暴力行使のなかに読み取る。同様に、ピンチョンが描く植民地での物語とは、冷戦期アメリカから「舞台の中心を外して」（*SL*二一）描くという、抑圧の転移が生み出す想像力に由来するとしても、ババが示すような近代性の矛盾を前景化する語りへと発展を遂げる。その上、ピンチョン作品では、ときに過剰なまでに異質な他者が重要な位置を占めることになる。植民地の被支配者や大国内の少数派が、彼らの革新的な価値観や反体制を目論む動きを示すとき、特にそうであり、ピンチョンは彼らのなかに解放的な力を見出すのである。

　戦争および異質な小数派への強い興味は、続く作品でさらに発展を遂げる。『V.』に続く中編『競売ナンバー49の叫び』は、一九六四年のカリフォルニアを描くが、中心的な舞台である郊外の町サンナルシッソは、第二次世界大戦後に土地開発が進み、ロケット産業が核をなす軍産複合体を基盤に整備が進む（ここで描かれるロケット開発を手がける企業ヨーヨーダインは、『V.』中で登場人物クレイトン・チクリッツが創立した)。サンナルシッソは典型的なアメリカの郊外とされ、冷戦秩序を維持し発展させるための経済とテクノロジー開発が、特有の社会構造を形作るが、人々はその下で不安に支配されながら裕福で平和な生活を営む。主人公のエディパ・マースは変貌するアメリカの国家像を独自に理解するために、サンナルシッソを中心に南カリフォルニアの町を彷徨い調査を実施する。そこで重要となるのは軍産複合体の形成するシステムと同時に、「相続権を失いし者」(the disinherited)の構成する組織である「トリステロ」と彼らの郵便システムおよび通信ネットワークである。同組織はヨーロッパの公式な機関に対抗し、近代史にて革命的、国家転覆的な活動を支えてきたとされる。そして近現代のアメリカに侵入し、勢力拡大を試みるその組織は、人種的少数派や、無政府主義者を含む政治的少数派へ通信手段を提供する。

続く『重力の虹』では、第二次世界大戦の後半から終戦直後のヨーロッパを舞台に、ドイツのロケット・テクノロジー開発と冷戦期の秩序形成に向けた同テクノロジーの争奪戦が描かれる。前作の『競売ナンバー49の叫び』で一九六〇年代前半のアメリカの経済基盤の重要な要素となる軍産複合体が、第二次世界大戦前、戦時中、そして戦後間もない時期に徐々に構築される様が描かれる。その原型は、ロケット・テクノロジー開発を目的として形成される組織の巨大な集合体であり、政治、経済、科学、科学技術、そして官僚組織を取り込む。この集合体は『重力の虹』内で「システム」と呼ばれる。

システムは、彼の作品世界において重要な位置を占め、多くの研究で重点が置かれるが、その巨大さ、複雑さ、そして流動性の故に決定的な定義は難しい。だが比較的最近の研究で、リュック・ハーマンとスティーヴン・ワイゼンバーガーは、以下のように広く捉えた定義を試みており、包括的かつ正確であるが故に参照したい。彼らの定義はシステムの目的と効果を含み、動的な把握も行う。

「システム」とは常に軍産複合体をかなり超えたものを指す。もっともそれが中心的な指示対象であるが。その言葉が含むものは、法典、法の施行、選挙政治、そして日常的にさまざまなレベル（連邦から地方まで）で行われる統治、そして人種とエスニシティーの分類によって過剰にコード化された社会階級の階層性であり、それらのなかには人民の権利剥奪状態を含むものがある。さらに中心的な事柄であるが、「システム」は近代後期のメディアならびにスペクタクルの社会的管理によって条件づけられた文化である。その目的は、受動的な市民の育成であり、そうした市民は「余暇」と「娯楽」に献身する豊かな西洋にてすべてを商品化し販売促進するために必要とされる。市民は、労働による深刻な疎外と欲望の抑圧を受け入れるよう条件づけられねばならない。言い換えれば、合理的かつ決定論的な思考の描く直線的で狭き道筋、父権制下の家族と社会構造、そして厳密なまでに統御された欲望と空想に、日常生活を強制的にはめ込まれることに条件づけされるのだ。[10]

システムはまた、テクノロジー開発と経済の拡大に突き動かされ、しばしば国境を越えたネットワークを構成し、国際的な技術開発と経済ネットワークへと発展する。

『重力の虹』では帝国主義の主題も新たな側面を見せる。戦時中のナチス・ドイツのロケット開発チームには、かつてのドイツ領南西アフリカ出身のオバースト・エンツィアンが開発者として加わり、彼を通して物語のポストコロニアリズム的主題が特に強調される。彼はアフリカではヘレロ族の一員でありながら、ロシア軍人の父を持ち、ヘレロ族の共同体からは異質な者として扱われ、ドイツからは破壊と殺戮行為を受け、難民として彷徨った経験を持つが、やがてかつての支配者の国であるドイツへと移住し、そこでロケット工学の専門知を修得することにより、支配者側のシステムの一員となる。物語の構造という面では、初期作品『V.』内で分裂的様相を示した現代西洋と過去の植民地の物語は、エンツィアンの物語を通して結合される。しかし、大国のシステムで頭角を現す彼は、自己実現のためロケット開発に貢献することで、結果的にはドイツ軍の強化と、抑圧的な体制構築に加担してしまう。また戦後の混乱時のドイツで、ヘレロ族難民が構成する「黒の軍団」(Schwarzkommando)の指導者を務め、開発途上国の核武装化を象徴するかのごとく、ロケット技術開発を基盤に共同体を構築し脱植民地化を実現するが、大国の激しい抑圧に遭う。

『重力の虹』が舞台とするヨーロッパでは、多様な国籍、人種、文化的背景を持った人々が、せめぎ合うが、ナチス政権陥落直後の権威の空白状態に「ゾーン」と呼ばれる多国籍的、非階層的空間が出現し、そのなかで彼らはロケット・テクノロジーの争奪と開発を活動の中心としながら、生き延びようとする。彼らは互いの国民的記憶や神話が拮抗するなかで、自らの国家的起源に戻ろうと試みる。その渦中をアメリカ人軍人の主人公タイローン・スロスロップは彷徨い、彼の歩みの軌跡を中心に据えて、ピンチョンは、アメリカ、ドイツ領南西アフリカ、ドイツ、オランダ、オランダ植民地モーリシャス島、アルゼンチンを含む国々や地域の国民的物語を、自らの語りのなかに取り込んでゆく。多様な国民と民族の記憶、神話、歴史物語が交錯し、帝国と植民地、中央と周辺化された地域、そして以下に述べる「選ばれし者」(the elect) と「選びに与れぬ者」(the preterite) の関係の再考を促す。

そして『重力の虹』が描く帝国と植民地の物語が新たな歴史的視点を提示し、それが次の巨大な長編『メイスン&ディクスン』(一九九七) へと継承されてゆく。前者においてスロスロップの祖先である、一七世紀ニューイングランドへの移民ウィリアム・スロスロップは、マサチューセッツ湾植民地知事ジョン・ウィンスロップが主導し構築した統治システムと対立し、「選びに与れぬ者」を擁護する思想を表明する。「選ばれし者」と「選びに与れぬ者」という概念の起源は、アメリカの清教徒が強い影響を受けたカルヴァン主義思想に求められ、そこでは神学的見地から予定説によって救済が約束された者と救済に与れない者を指して使われた。後者を支持したウィリアムについて語り手はこう思いを馳せる。「彼はアメリカが決して選ぶことのなかった分かれ道の一つで、アメリカがそこから誤った道へと飛躍してしまった特異点であったのか」。[11] ウィリアムが体現した分かれ道について言及しながら、キャスリン・ヒュームは、その問題と『メイスン&ディクスン』とのつながりについてこう指摘する。「『メイスン&ディクスン』とともに、ピンチョンはその植民地時代を、アメリカを誤った道へと歩ませる決定がなされた時代と捉え、探究するのである」。[12]『メイスン&ディクスン』は、そうした分岐点に立ち戻るべく、一八世紀のイギリス、オランダ統治下のケープ植民地、そして独立以前のアメリカを主な舞台に、アメリカでは後に自由州と奴隷州の境界線の根拠ともなるメイスン=ディクスン線測量時の物語を描く。そこでは、白人支配階級と奴隷が、地球規模で拡大する商業資本主義と、それを支える奴隷制と植民地主義を背景に、悲劇的な生を送る。[13]

そして境界線が厳密な意味では存在しない、誤った道の選択以前の建国期アメリカは、自由の理想が頽落する前の形で存在する場であるはずだった。しかしメイスンとディクスンは、彼らがケープ植民地で目撃した人種間の分断、階層性、そして支配と同様の構造をアメリカでも見出す。ピンチョンは、奴隷制と植民地主義を経験した二〇世紀後半の地点から、両者の一つの起源と考えられる時代を想像し、支配構造の探究と解放の可能性を探る。分断された支配者と被支配者は、異人種間の性的欲望によって結びつけられ、同時に異人種の食物を含む異国的な要素への欲望に突き動かされ、境界線を侵犯する。だが異人種間の性的欲望は、人間を性的奴隷へと商品化する奴隷制、それを促進する市場経済、またそれを拡大する貿易という支配構造に取り込まれている。さらに測量をはじめとする科学が、植民地の政治、経済、軍事的支配の道具として利用され、合理的かつ抽象的な支配構造の形成にも加担することとなる。

同小説に続く大作『逆光』（二〇〇六）は、二〇世紀への世紀転換期から第一次世界大戦、そして大戦の余波が残る時代までを語りの範囲とし、無政府主義者が推進する解放運動と、それを押し潰す大資本や中央集権化を進める国家との対立を描く。小説が描くのは、アメリカやヨーロッパの大国がナショナリズムを高め第一次世界大戦へと突入する時代であり、そこではナショナリズムとは本質的に相容れない無政府主義イデオロギーの理想、そして国境を越えたネットワークによる活動が力を奪われてゆく。また作品では、「侵入者」（Trespassers）と呼ばれる未来からの亡命者たちが、第一次世界大戦前の時代を訪れ、大戦がもたらした破壊や荒廃について警告を発する。ピンチョンは、大戦のみならず冷戦やテロリズムとの戦いを経験した地点から、過去の出来事と登場人物の活動が、逃れがたく破壊の歴史に導かれる様を示す。ピンチョンが『スロー・ラーナー』序文で明らかにした想像力による冷戦期から世界大戦前の時代への遡及、そしてそこを起点とした二〇世紀の破壊の歴史の再構築を想起して欲しい。

『逆光』はまた、これまでの作品で特徴的であった革新的で過剰なまでに異質な他者の系譜を受け継いでいる。ここで体制側のシステムに対抗し、異なる選択肢としての価値観を提示する少数派は、無政府主義者であり、彼らは社会主義的な理想と正義を追求するが、性急な爆撃テロリズム行為に及ぶ。無政府主義者と権力体制の双方が、生殺与奪に関して独自の信念に基づき判断を下し、殺戮行為に及ぶ。同時にそれがつながりゆくのは、やがて小説内で到来する世界大戦での総力戦と非武装市民の殺戮の問題、そして現代の無差別テロリズムの問題である。

ピンチョンは、主に作家としてのキャリアの半ば過ぎから、これまでの地理的、歴史的に拡大する物語とは異なり、場所をアメリカ、時代を現代に絞った作品を出版する。それらの作品は、『ヴァインランド』（一九九〇）、『LAヴァイス』（二〇〇九）、『ブリーディング・エッジ』（二〇一三）である。かつての物語で描かれた植民地や大戦中のヨーロッパでの抑圧や暴力は、三作品ではアメリカ国内に転移される。また帝国の暴力と支配は、アメリカが主にヴェトナムや中南米で行使するが、それらは物語の周辺に置かれている。中心を占めるのは、アメリカでの不正、暴力、抑圧、支配である。

『ヴァインランド』では、ヴェトナム戦争後の八〇年代冷戦期のアメリカで、自国民の少数派が抑圧される。軍隊化する司法機関が、基本的人権を剥奪し、標的とする人々から居住地を奪い、国内での避難民となるまで追い込む。支配網を拡大した司法機関と軍産複合体は、カリフォルニアの多くの地域を防衛するとともに影響下に置き、やがては州の緑深き奥地まで、勢力を広げることが示唆される。ヒッピー崩れの平和主義者や、改革運動で裏切られた者の亡霊、ヴェトナム戦争での戦没者の亡霊が、この小説の異質な他者を主に構成するが、彼らは抵抗力を奪われ、カリフォルニア奥地へと避難するのが精一杯である。帰るべき故郷であるアメリカは変貌し、登場人物はもはやそこに民主的な理想に支えられた故郷を見出せない。また体制側を支えるシステムはメディアやコンピュータ・システムと連動し、個人のデータ化とその管理がより高度化され偏在化する。

人々が帰郷出来ない抑圧的なアメリカと、人々がほかの国や地域での抑圧から逃れて移住し再出発を図ることの出来る地アメリカ、という矛盾した国家像、そしてその矛盾を体現するカリフォルニアの問題は、『LAヴァイス』でも引き継がれる。同小説では、大資本と政治的権力に支えられた急速な土地開発に伴い、人種、文化、政治、イデオロギーの面で少数派を構成する人々の居住地からの追い立てが、国家のあるべき姿そしてそこでのあるべき生の実現を阻む。失われた伝説的大陸「レムリア」からの避難民が、安全を求めたどり着いた土地であったアメリカの国家像が空想される。だがそれは、国内での警察権力、資本家、そして両者の共謀による暴力と抑圧により、正当性を喪失する。そして国外で帝国的暴力を行使するアメリカの姿が暗示され、そこには冷戦期の中南米での共産主義運動や反アメリカを唱道する政権の転覆工作が含まれる。

『ブリーディング・エッジ』では9・11同時多発テロ事件前後のニューヨークを舞台に、冷戦からテロリズムとの戦いへの移行期に設定されており、居住者の権利を蹂躙する不動産投機の過熱やアラブ世界を巻き込んだ複雑で不透明な金融ネットワークのなかで、アメリカの組織による不正な資金洗浄や、イデオロギー的に敵対関係にある国家や集団との資金上のつながりが示され、社会正義について問題提起される。加えて、9・11自体にアメリカの政府機関が積極的に関わっていたとの偏執症的疑いが生じ、国家と国民との乖離が深刻な問題となる。そして不正の調査を生業とする主人公マキシーン・ターノウは、ニューヨークの街路を彷徨し独自のネットワークを築きながら、正義の追求を続ける。また『重力の虹』内の「ゾーン」から発展した空間、すなわち階層性が取り払われ、人々が分断されることなく交流可能な空間「ディープアーチャー」が、サイバースペース上に構築される。だが同時に、その空間は軍事テクノロジーの作り上げた巨大な通信ネットワークの一部であり、監視、管理、統制、支配の道具でもある。最終的には、都市の開かれた街路での彼女の彷徨が、社会正義の実現に近づくために特に重要な手段であることを示してくれる。

批評理論上の枠組みと研究手法

本書では、上記の作品の軌跡において示した事象および主題に着目しながら、トマス・ピンチョンの中編と長編小説全体を論じる。これより各章の内容および目的を、批評理論上の枠組み、そして研究手法と併せて説明する。

第1章では長編第一作『V.』を扱い、語りの現在で描かれる一九五〇年代アメリカにおける人々の体験と、歴史的章の主に植民地で描かれる体験に焦点を当て、人工性と有機性、機械と人間の関係を検討しながら、帝国主義と世界大戦を通した暴力と支配の問題を論じる。人工性と有機性の問題は、ポストコロニアル批評的観点から提示された有機体論に立脚し議論する。有機体論の基本的主張は、生命体ならびにそれとの類推により国家などの組織が、機械的な部分の集合体ではなく、個々の構成要素が有機的に結びついた状態で全体を構成する、というものである。またそうした有機性を人間の自律、自己決定力、批判力と結びつけ議論する。だが有機体論的考えに立脚しながらも、生命体の機械化を描く同小説では有機性は半ば失われた「スペクター」(specter)として現れるという立場を取る。その際、ポストコロニアル思想家フェン・チャーの有機体論や、ジャック・デリダの亡霊論に依拠し議論を進める。[14] 機械化とテクノロジーが急速に支配力を強める世界に置かれた人間の生のあり方を、有機性の幻影的スペクターが憑くという現象のなかで探る。

また本書では全体として、街路を彷徨するという登場人物の行為に焦点を当てるが、第1章では空間の抽象化と機械化の問題を論じ、そうした環境への適応に困難を抱える人々のショック体験を分析する。加えて、一九五〇年代の物語の登場人物が示すショック体験の背後には、核兵器による破壊の恐怖が存在することに注目し、歴史的アプローチも行う。すなわち、核による破壊を、アメリカ研究においてドナルド・ピーズが分析する冷戦期の黙示的意識から理解し、破壊が既に起きた出来事でありながらも未来に待つ出来事であり、そのことが閉じられていると同時に分裂した時間を形作るという文脈で扱う。[15] そうした黙示的意識の分析が、ピンチョンの小説の特殊な時間と歴史に対する意識を明らかにすると考える。さらに本章では、戦争と破壊がもたらすショックについて、植民地での特徴も分析する。特に植民地での空間と体験の問題を扱う際に、社会学者シャロン・ズーキンの「権力の風景」の概念に立脚する。[16] そして植民地の空間分析では、ピンチョンの提示する「ベデカー・ランド」、すなわち西洋の模造であるスペクトラルな場という概念を中心に、そこでの生のあり方にも注意を払う。

植民地において視覚的に支配者の秩序を崩す要素として、ジャック・ラカン心理学の「眼差し」という概念に着目する。象徴界の外部に位置する心的外傷の核を含む「現実界」についても論じ、象徴システムを他者性へと開く力を、ベデカー・ランドや幻覚的な未開民族の地である「ヴィースー」の議論にて検討する。[17] また、西欧の近代化と同時進行した植民地での古代的暴力の歴史が露わにする矛盾、そして近現代に憑いている古代という時間の問題を、先述したホミ・ババのポストコロニアル批評、そしてデリダの亡霊論を背景に検討する。

第2章は、中編『競売ナンバー49の叫び』を扱い、主に冷戦期の国家像想像の問題を探究するが、その際、移民国籍法の推移という歴史的枠組みのなかで外国人に対する認識の変化と、一枚岩的国家像を超えるヴィジョンについて論じる。移民国籍法については、アメリカ研究の文脈でアリ・ベダドが焦点を当てる「望ましき外国人」と「望まれざる外国人」という概念を活かし、小説内に現れる革新的で異質な存在である「トリステロ」を取り込んだ国家像を分析する。[18] アメリカの移民法改正の歴史のなかで、人口、労働力、人種、宗教、イデオロギー上の統制のため、二つの外国人の分類と特徴が法的にも定義されてきたが、両者の対立および混合に注目し、トリステロがもたらす国家保安への脅威と彼らの示唆する社会変革の可能性を追求する。

本章では、同小説が六〇年代の変わりゆくアメリカの姿に反応し、人種的少数派への抑圧や軍事的抑圧からの解放を求める国民意識の高まりを捉えている、との前提に立つ。その時代のアメリカでは、軍産複合体を経済基盤として町が発展し、その複合体が着実に支配網を広げるなか、主人公エディパ・マースは彼女個人で国家像を再想像しようと、複数の町の街路を彷徨する。そこでの彼女の空想を分析するが、その際、ジャック・ラカンの倫理の概念を基幹にスラヴォイ・ジジェクが構築する空想論に立脚し議論を進める。[19] 心理学的、イデオロギー研究的観点から、空想において象徴界を切り崩す現実界の力が示す倫理的な問題に着目する。同分析のなかで重要なイメージとなるのは、象徴界を攪乱する「虚空」である。社会象徴システムのなかで垣間見られる虚空が可能とする想像上の開かれた国家像、またそのなかで異質なトリステロが果たす役割が重要となる。

エディパが独自に想像する国家像の分析では、特にトリステロと無政府主義者との結びつきに着目し、中米出身の無政府主義者のアメリカでの活動と彼らと体制との対立についても検証する。またそうした政治的、人種的少数派とエディパとの間の緊張関係や信頼の問題が浮上するが、そこでは彼女の探偵的な役割や体制側とのつながりが相互信頼の妨げとなる。そして冷戦期での少数派市民の監視において国民が果たす役割を、先述したドナルド・ピーズのアメリカ研究という枠組みを利用し論じてゆく。

第3章では、『重力の虹』が描く第二次世界大戦から冷戦へと向かう歴史的うねり、特に大陸間弾道弾のテクノロジー開発を軸とした軍産複合体と冷戦秩序の形成を背景とし、異なる国籍、文化的背景を有する登場人物が呼び起こす国家の記憶、創設神話、歴史物語、そしてそれらに見出せる国民や民族としての系譜の問題を主に扱う。第二次世界大戦中のヨーロッパで、故国から離れた地で破壊と死を目の当たりにする人々は、しばしば故国の起源にまで記憶を遡らせ、想像上の国家像のなかに自分自身を位置づけ、家族、民族、国民としての系譜への帰属を果たし、自己同一性を取り戻すのである。そうした問題に取り組むにあたって、主人公タイローン・スロスロップのアメリカ国家像から議論を始め、彼の国家像の想起がピンチョン研究家であるマーカス・スミスとカーチグ・トロリヤンが提示した「系譜的空想」であるとの前提に立ち、[20] またアメリカ研究の文脈でサックヴァン・バーコヴィッチが描いた清教徒のアメリカの起源に立ち戻り、[21] スロスロップが想像のなかで絆を強めようとする創設神話を検証する。神話的要素の批判的な検証のために、ドナルド・ピーズによるアメリカ研究が行うナショナリズム批判を援用し、神話が含む国家の例外主義につながる要素や、明白な天命の暴力的側面を論じ、ピンチョンの小説が如何にしてその問題を扱うのか、系譜の再構成という点に注目しながら見てゆきたい。同時により広いアメリカ研究を背景に、帝国としてのアメリカ像へと踏み込む。また清教徒のアメリカの歴史的起源において、選びに与れぬ者の系譜に自らを帰属し直すことの重要性を論じてゆく。

国民としての系譜の再構成をきっかけとして、異質な他者との関係の再構成の可能性が見えてくる。そしてそれは多国籍空間「ゾーン」にて、国家的、民族的記憶が絡み合うなかで現実性を帯びるのである。スロスロップが自ら属す特権階級の系譜の再構成を試みるとき、選びに与れぬ者であるヘレロ族との関係に変化が生じる。選びに与れぬ者の生の問題として、ジョルジョ・アガンベンが論じた、法の例外状態において基本的人権を奪われた剥き出しの生である「ホモ・サケル」の概念に立脚したピンチョン研究を参考にし、理解を深める。[22] またゾーンでは、ドイツ人による本源主義的な国家起源への回帰と、旧ドイツ領南西アフリカ出身のヘレロ族による民族の起源への回帰の問題を批判的に扱う。特に被支配者であった人々の脱植民地化の抵抗のなかで現れた起源回帰の意義を、ポストコロニアル批評の文脈のなかで再検討する。そして最終的には、ロケット・テクノロジー開発が加速させる破壊的近代化と、楽園的で統一されたヘレロ族の村の太古的なヴィジョンへの回帰が示す矛盾について、ヘレロ文化の基底をなすマンダラのイメージを通して探究する。最終的には、ヘレロ族の村が抱えていた内的矛盾も扱い、民族の系譜の問題を追究したい。

第4章では、『メイスン&ディクスン』が問題提起する植民地的欲望に注目し、特に異人種間の魅惑と反発のダイナミクスに焦点を当て、異人種間の境界線の侵犯やその徹底した管理、支配と被支配、身体の商品化そして愛の問題にも議論を広げる。理論的基盤として、ロバート・ヤングによる植民地的欲望というポストコロニアル批評を中心に、人種の混交の問題を扱う。[23]またメアリー・ルイーズ・プラットの検証した近代科学、資本主義、植民地支配の構造的結びつきにも立脚する。[24]

地球規模での貿易の拡大と食物を中心とした異国的な商品の到来、それらの消費による人種的そして文化的他者との間の境界線の侵犯、異人種の身体の魅惑による境界域の侵犯が起こる。食物の消費には、それを生産する植民地での労働と倫理の問題が絡んでいる。また異人種の魅惑については、身体論を中心とし扱うが、その際には植民地が拡大する時代における異人種の女性の身体を、文化間そしてイデオロギー間の境界域と捉えたレベッカ・フェアリーの研究を援用する。[25] 加えて本章では、西洋文化史的文脈での女性奴隷の身体表象が重要であり、この問題については一八世紀ヨーロッパ人の旅行記研究、具体的にはイギリス人船乗りインクルとアメリカ先住民ヤリコの物語内の、ヤリコの身体の商品化や性奴隷化の課題を基に、ピンチョン作品の分析に取り組む。

議論の終盤では、異人種間の境界線と分断を越えて人種的少数派への身体的魅惑に積極的に身を任せる女性の姿を論じ、アメリカでの人種横断的な愛の可能性を探究するが、それが物語の主要な語りから内容的にも構造的にも逸脱した語りに属することに注目した物語の構造分析と併せて、異人種間の欲望の問題を分析したい。またそうした語りの持つ存在論的レベルの問題に重点を置いたポストモダニズム論とも論考を関連づける。

第5章では『逆光』について論じ、無政府主義と、大資本や政府の中央集権的システムという勢力の対立、そして第一次世界大戦という歴史的現象に注目し、抑圧と解放、破壊と殺戮の問題を扱うが、戦争または戦闘行為における生命の表象の問題を中心的課題とする。その上で、無差別殺戮と非武装民の保護の問題を、戦争論という枠組みのなかで探る。
戦争と関わる生命の表象の分析では、言説やメディアのイメージによる敵集団の表象が重要な位置を占めるが、政治哲学およびメディア学的観点からジュディス・バトラーが指摘した「哀悼可能な生」と「哀悼不可能な生」という分断された表象の研究を基に、二つの生の形がピンチョン作品のなかで如何に扱われるのか検討する。[26] その際、他者に対する哀悼という情動の働きを軸とする。そして無政府主義者によるテロリズム行為についての分析を、マイケル・ウォルツァーによる戦争論を参考として発展させ、無差別攻撃の道徳的正当化や免罪主張といった矛盾を論じたい。[27]
抑圧的な体制側が作り出す生命の表象とそれが助長する暴力行為も分析する。中央集権化する国家がナショナリズムを利用し、総力戦である世界大戦へと突き進みもたらす大規模な暴力と殺戮は、局所的なテロリズムを凌ぐ。社会的ダーウィニズムに依拠し資本家が作り上げる労働者や無政府主義者の表象や、脅威としての無政府主義者の表象と彼らの生命剥奪の問題を扱う。また第一次世界大戦に関わる議論では、大戦前のバルカン半島での小国と列強の関係に主題を絞り、小国の抵抗の歴史と『逆光』でのその歴史の扱いに分析を広げる。さらに、サラエヴォ史での、人々の生を中心とした歴史認識の問題へと踏み込む。また世界大戦の黙示的ヴィジョンとの関係において、再び無差別攻撃と非武装市民の保護の問題を検討する。
第6章では、ピンチョンの作家キャリアの中期から後期に書かれアメリカに設定された作品群、『ヴァインランド』、『LAヴァイス』、『ブリーディング・エッジ』を扱い、アメリカへの帰還を困難とする国家システムの変貌を主な主題に、人民の監視、管理、支配を行うシステムの構造や空間を分析し論を進める。ほかの長大な作品との比較において、これらの比較的短い作品の位置づけをした先行研究に注意を払いながら、後者の作品群へピンチョン的な主題が如何に収斂されてゆくのか検討したい。

『ヴァインランド』研究では、一九八〇年代のカリフォルニアでの基本的人権の喪失と、その背後にある司法機関の軍隊化、権力システムの強化と拡大を分析する。民主主義的理想の喪失、すなわちアメリカという故郷の喪失を、財産や居住権の剥奪、追放、監視、管理という観点から論じる。また有機的自然と合理的かつ抽象的システムとの関係の議論のなかで、システムによるメディアを利用した人民の統制、人民に関わる情報のデジタル化と支配網の偏在化、そしてそれらが従順な主体を構成する様も扱う。

『ＬＡヴァイス』の分析でも、カリフォルニアの土地開発の歴史において、人種、文化、政治、イデオロギーの面で少数派を構成する市民が居住地を追い立てられ共同体を解体される、という基本的権利の蹂躙の問題に焦点を当てる。またそれを、シャロン・ズーキンの都市論が示す「権力の風景」の概念を再び援用し論じたい。『ＬＡヴァイス』では、苦境に置かれた外国人を受け入れる避難所であるアメリカと、それと対立する小数派への抑圧、警察権力の増大、そして海外での帝国的支配活動を推進するアメリカという複合的国家像が提示されるが、それを過去のピンチョン作品の国家像と比較する。『ＬＡヴァイス』では国家像の空想が社会変革の力を失ってしまったとの観点から、その原因も含め分析する。

本書で最後に扱う作品である『ブリーディング・エッジ』の議論では、主に社会正義という観点から問題提起をしながら、ピンチョンが到達したアメリカ国家像と、市民のあり方について分析する。それは自らの国家内での異質な者としてのあり方である。ここでは正義の問題を、冷戦期とは異なるイデオロギー的対立または共謀関係、そして国際金融や不動産投機が形成する資本主義のネットワークが形成する枠組みにおいて捉える。イデオロギー、資本主義、そしてテクノロジーは、認知地図作成が困難な複雑なネットワークを持つ強大なシステムを構成するのだが、そこでの個人の責任の問題も検討すべきである。『ブリーディング・エッジ』が描くのは、9・11同時多発テロ事件前後のアメリカであり、その特殊性の理解のためデレック・グレゴリーに倣い、「植民地的現在」という概念も導入したい。[28] グレゴリーの主な主張の一つとは、アメリカによる自国外における植民地主義的支配に対する被支配者の抵抗が、9・11という形でアメリカ国内に「植民地的現在」を到来させたことである。そしてまた本章では、システムに対抗する潜在力を有するサイバースペース上の闇の空間「ディープアーチャー」(DeepArcher)の表象の問題も探究する。同空間を『重力の虹』で「ゾーン」と呼ばれた空間の発展形と捉え、先述したジョルジョ・アガンベンの「ホモ・サケル」という概念に立脚したピンチョン研究の議論を接続し、法システムの「例外状態」のため、人権を奪われ剥き出しの生と化す者を民主的な空間が生み出すという矛盾を問題化する。また「ディープアーチャー」は、象徴界の秩序を切り崩す表象に満ちており、その分析のため、再び「現実界」と「虚空」の概念に戻り、システムを外部の世界へと開くことと、それを防ぐ支配網の拡大を検討する。そして支配網拡大に対抗する力としての正義への献身と利益相反に抗う倫理観が提示する可能性を検討する。

そして本書全体で注目するのは、形を変えながらもピンチョン作品全体において現れる、主流派から排除された選びに与れぬ者たちの系譜と、システムに抗う彼らの生である。

トマス・ピンチョン伝記

以下にトマス・ピンチョンの伝記的情報を加えたい。彼は私生活に関わる情報を原則として公開せず、その管理も徹底して行ってきたため、入手出来る確かな情報が非常に限られている。ここでは基本的事実と考えられる情報に絞って記したい。[29]

トマス・ラグルズ・ピンチョン・ジュニアは、一九三七年五月八日にニューヨーク州ロング・アイランドの町グレン・コーヴで生まれ、近隣の町イースト・ノリッジで育った（ともにニューヨーク市の中心部マンハッタン島から東に位置している）。父は測量士で名はトマス・ラグルズ・ピンチョン・シニア、母はキャサリン・フランシス・ベネット・ピンチョン、そして妹ジュディス、弟ジョンがいる。父はプロテスタント、母はカトリックである。地元のオイスター・ベイ高等学校で学び、また高校のイヤーブック（日本の卒業アルバムと類似しているが全生徒のための発行物）によると、学業優秀者（best student）に選出され一九五三年に一六歳で卒業し、そこには将来物理学者になることを志している旨、記されている。また在学中には学校新聞『パープル・アンド・ゴールド』に短編小説を投稿している。[30] 一九五三年に、東部の名門私立大学が構成するアイヴィー・リーグの一つであるコーネル大学に進学し、当初は物理工学を専攻する。二年後に学業を中断し海軍に入隊する。その後海軍で二年間を過ごすが、一九五六年のスエズ危機の際には、地中海の駆逐艦にて軍務を果たしている。海軍除隊後にはコーネル大学に復学し、専門を英米文学に改め一九五九年に優等で卒業。

一九五九年から、短編小説を活発に発表し始める。同年には、作品「少量の雨」と「殺すも生かすもウィーンでは」、一九六〇年には「低地」と「エントロピー」、一九六一年にはO・ヘンリー賞に輝いた「秘密裏に」を発表している。「殺すも生かすもウィーンでは」以外は、後に短編集『スロー・ラーナー』（一九八四）に収められる。また同短編を発展させ「エントロピー」という優れた初期短編を作り上げている。この頃には既に長編第一作となる『V.』（一九六三）の作成に取り掛かっている。また一九五九年にピンチョンは戯曲やオペラのリブレット（台本）を対象とした助成金を獲得するため、フォード財団宛てに申請書を提出しているが、不採用という結果に終わった。[31]

一九六〇年にはアメリカ西部に移住し、シアトルに位置するボーイング社にて、同社が発行する機関誌『ボマーク・サーヴィス・ニュース』の技術ライターとして勤務し始める（ボマークとは長距離地対空ミサイルのこと）。六〇年代にはメキシコ、テキサス州、カリフォルニア州などで暮らしている。一九六三年に『V.』を発表すると、その年の最も優れた長編第一作を対象としたフォークナー財団賞を授与され、さらに全米図書賞の最終候補にもなった。一九六四年には、『サタデイ・イヴニング・ポスト』誌に短編「秘密のインテグレーション」（こちらも後に『スロー・ラーナー』に収録）を発表し、六六年には中編『競売ナンバー49の叫び』を出版。後者は六七年に米国芸術文化アカデミーのローゼンタール基金賞を受賞した。一九七三年には、後に国内外の研究者によって非常に高く評価されることとなる『重力の虹』が出版される。同作品は一九七四年の全米図書賞を受賞したが（アイザック・バシェヴィス・シンガーの『羽の冠』と同時受賞）、ピンチョン自身は授賞式に出席せず、コメディアンのアーウィン・コーリーを代理で出席させた。また同作品の功績を称え、アメリカ芸術文学アカデミーがハウエルズ・メダルの授与を決めるが、ピンチョン自身が辞退。

六〇年代に西海岸に生活の拠点を移しカリフォルニアで暮らした際には、マンハッタン・ビーチ（ロサンゼルスの南に位置する）に住居を構えていたことがあるが、その地は後に出版される『ヴァインランド』（一九九〇）と『LAヴァイス』（二〇〇九）で描かれる架空の地ゴーディタ・ビーチのモデルである。二作品の間には、九七年に『メイスン&ディクスン』を、二〇〇六年に『逆光』を世に出し、そして現時点での最新作は二〇一三年出版の『ブリーディング・エッジ』である。

一九八八年には、類まれなる創造性を有する者を対象とした「天才賞」とも呼ばれるマッカーサー・フェロー奨学金を授与される。九〇年代からは主にニューヨーク市にて、彼の妻でありエイジェントでもあるメラニー・ジャクスンと子息とともに暮らす。二〇〇九年には、アメリカ芸術科学アカデミーにフェローに選出される。

ピンチョンは小説以外にもエッセイ、書評、そしてほかの作家の小説へ序文を発表している。代表的なエッセイを挙げると、「ワッツの心への旅」（一九六六）、「ラッダイトをやってもいいのか?」（一九八四）、「私のソファーよ、汝の元へ」（一九九三）がある。書評はガブリエル・ガルシア＝マルケスの『コレラの時代の愛』（一九八八）に関するものがある。ピンチョンが序文を寄せた小説の書籍名とその出版年を記すと、代表的なものとしてリチャード・ファリーニャの『長いこと下向きだったから、上向きに見える』（一九八三）、ドナルド・バーセルミ『ドン・Bの教え』（一九九二）、ジム・ダッジ『ストーン・ジャンクション』（一九九七）、ジョージ・オーウェル『1984年』（二〇〇三）がある。

最後に、ピンチョン家のアメリカにおける最も古い祖先は、ウィリアム・ピンチョン（一五九〇–一六六二）である。イギリス出身の彼は、著名な建国の始祖であるジョン・ウィンスロップとともに一六三〇年にアメリカに渡り、マサチューセッツ湾植民地の設立に関わった。ウィリアムは毛皮や農作物の商いなどを行い、植民地で行政官（magistrate）を務め、財務担当者や軍需品に関わる顧問的役割を果たしている。彼の発表した神学書 *The Meritorious Price of Our Redemption*（1650）は、当時の裁判所により異端と見做され焚書の憂き目にあった。彼はその後、商いを息子に譲り一六五二年にイギリスに帰国した。[32]

註

1　Thomas Pynchon, Introduction. *Slow Learner: Early Stories* (London: Picador, 1985) 20-21. 以下、『スロー・ラーナー』(*SL*) からの引用は同書による。

2　Shawn Smith, *Pynchon and History: Metahistorical Rhetoric and Postmodern Narrative Form in the Novels of Thomas Pynchon* (London: Routledge, 2005) 5.

3　そもそもなぜピンチョンは「秘密裏に」の時を一八九八年、舞台をエジプトに設定したのか。ピンチョン自身が『スロー・ラーナー』の序文で、ドイツのカール・ベデカー社発行の旅行ガイドブックを挙げ、「一八九九年版エジプトガイドが、その物語の主な『情報源』であった」と明らかにし、また「私はこの本をコーネル大学の生協でたまたま見つけた」(*SL* 一九) と述べていることが参考になる。

4　Smith 5.

5　Molly Hite, *Ideas of Order in the Novels of Thomas Pynchon* (Columbus: Ohio State UP, 1983) 49.

6　Hite, 64.

7　Jack Kerouac, *On the Road*. (New York: Penguin, 2001).

8　Walt Whitman, "Song of the Open Road," *Complete Poetry and Selected Prose*. 1891-92, ed. James E. Miller, Jr. (Boston: Houghton, 1959) 108-15.

9　Homi K. Bhabha, *The Location of Culture* (London: Routledge, 1994) 96.

10　Luc Herman and Steven Weisenburger, Gravity's Rainbow, *Domination, and Freedom* (Athens: U of Georgia P, 2013) 62.

11　Thomas Pynchon, *Gravity's Rainbow* (London: Picador, 1975) 556. 以下、『重力の虹』(*GR*) からの引用は同書による。

12　Kathryn Hume, "*Mason & Dixon*," *The Cambridge Companion to Thomas Pynchon*, ed. Inger H. Dalsgaard, Luc Herman and Brian McHale (Cambridge: Cambridge UP, 2012) 59.

13　本書における「帝国主義」と「植民地主義」という用語の使い方について補足すると、原則として『V.』に関する議論のように、帝国主義国家同士の軍事的対立を扱う際には帝国主義を、そして植民地内での支配の問題を扱う際には植民地主義を使用する。両者の区別に関しては、たとえば以下のエドワード・サイードによる見解を参考にされたい。「『帝国主義』は、地理的に離れた領土を統制する支配者である帝国本国の中枢部による実践、理論、そして態度を含み、『植民地主義』は、ほぼ常に帝国主義の結果であり、地理的に離れた領土にて入植地を据えつけることを指す」(九)。サイードからの引用は、以下による。Edward W. Said, *Culture and Imperialism* (New York: Random House, 1993).

14　Pheng Cheah, *Spectral Nationality: Passages of Freedom from Kant to Postcolonial Literatures of Liberation* (New York: Columbia UP, 2003). ジャック・デリダ、『マルクスの亡霊たち　負債状況＝国家、喪の作業、新しいインターナショナル』（増田一夫訳、藤原書店、二〇〇七年）。

15　Donald E. Pease, *The New American Exceptionalism* (Minneapolis: U of Minnesota P, 2009).

16　Sharon Zukin, "Postmodern Urban Landscapes: Mapping Culture and Power," *Modernity and Identity*, ed. Scott Lash and Jonathan Friedman (Oxford: Blackwell, 1992) 221-47.

17　ジャック・ラカン、『精神分析の四基本概念』（ジャック＝アラン・ミレール編、小出浩之、新宮一成、鈴木國文、小川豊昭訳、岩波書店、二〇〇〇年）。

18　Ali Behdad, *A Forgetful Nation: On Immigration and Cultural Identity in the United States* (Durham, NC: Duke UP, 2005).

19　Slavoj Žižek, *The Plague of Fantasies* (London: Verso, 1997) および *The Ticklish Subject: The Absent Center of Political Ontology* (London: Verso, 1999).

20　Marcus Smith and Khachig Tölölyan, "The New Jeremiad: *Gravity's Rainbow*," *Critical Essays on Thomas Pynchon*, ed. Richard Pearce (Boston: G.K. Hall, 1981) 169–86.

21　Sacvan Bercovitch, *The Puritan Origins of the American Self* (New Haven: Yale UP, 1975).

22　ジョルジョ・アガンベン、『ホモ・サケル　主権権力と剥き出しの生』（高桑和巳訳、上村忠男解題、以文社、二〇〇三年）。および Herman and Weisenburger.

23　Robert J.C. Young, *Colonial Desire: Hybridity in Theory, Culture and Race* (London: Routledge, 1995).

24　Mary Louise Pratt, *Imperial Eyes: Travel Writing and Transculturation* (London: Routledge, 1992).

25　Rebecca Blevins Faery, *Cartographies of Desire: Captivity, Race, and Sex in the Shaping of an American Nation* (Norman: U of Oklahoma P, 1999).

26　Judith Butler, *Frames of War: When Is Life Grievable?* (London: Verso, 2010).

27　Michael Walzer, *Arguing about War* (New Haven, CT: Yale UP, 2004).

28　Derek Gregory, *The Colonial Present* (Oxford: Blackwell, 2004).

29　ピンチョンの伝記に関わる情報源として特に重視したのは、ジョン・M・クラフトによる以下の文章である。John M.

Krafft, "Biographical note," Dalsgaard, Herman and McHale 9-16.

30　一九五三年発行のオイスター・ベイ高等学校イヤーブックとピンチョンの短編を含む『パープル・アンド・ゴールド』からの抜粋が、クリフォード・ミードが編纂したピンチョン作品および研究文献目録である以下の書物の補遺（Appendix）に記載されている。Clifford Mead, *Thomas Pynchon: A Bibliography of Primary and Secondary Materials* (Elmwood Park, IL: Dalkey Archive P, 1989) 157-67.

31　フォード財団への申請の経緯と申請の詳しい内容については、以下の資料を参照されたい。Steven Weisenburger, "Thomas Pynchon at Twenty-Two: A Recovered Autobiographical Sketch," *American Literature* 62.4 (1990) 692-97.

32　ウィリアム・ピンチョンの伝記的情報については、*The Meritorious Price of Our Redemption* の復刻版に、ランス・シャクタールが寄稿した以下の論文を参考とした。Lance Schachterle, "The Merits of William Pynchon, Merchant, Magistrate, and Progenitor, 1590-1662," William Pynchon, *The Meritorious Price of Our Redemption* , ed. Michael W. Vella, Lance Schachterle and Louis Mackey (New York: Peter Lang, 1992) xi-xiii.

第1章　有機性の喪失とスペクター――『V.』における拡大する生命なき世界

戦争がもろもろの破壊によって証明するのは、社会がいまだ技術を自分の器官として使いこなすまでに成熟していなかったこと、そして技術がいまだ社会の根元的な諸力を制御するまでに成長していなかったことである。

――ヴァルター・ベンヤミン「複製技術時代の芸術作品」

トマス・ピンチョンは長編第一作『V.』（一九六三）において、近代化に伴い発展するテクノロジーと拡散する人工物が、西洋と植民地を舞台に、身体、大地、共同体が持つ有機性を侵食する過程とその結果を描き出そうと試みる。『V.』は機械とテクノロジーの人工性が持つ圧倒的な力により、「生命なきもの」(the inanimate) へと変貌を遂げつつある世界と人々を描く。小説では第二次世界大戦の余波が残る一九五〇年代に設定された物語と、二〇世紀転換期から世紀半ばにわたる歴史物語が交互し、前者ではニューヨークと地中海に位置するマルタ島、後者ではエジプト、パリ、イタリア、ドイツ領南西アフリカを主な舞台とする。ピンチョンが提示する近代と現代とは、西洋の大国が帝国主義と機械文明の発達を推し進め、その破壊力が二つの世界大戦において頂点へと達し、さらなる大規模な破壊への脅威が存在する世界である。現代および近代の歴史物語の双方で特徴的なのは、人工物が猛威を振るう「街路」(street)を、人々が彷徨する姿である。都市化、機械化、そして急速なテクノロジーの発達が進む世界に生きる人々は、歴史的、地理的に離れた分裂した物語群において、喪失感と精神的ショックを共有しており、同時に名づけがたいある種の怪異さにつきまとわれている。

その怪異さとは、根本的には「生命あるもの」と「生命なきもの」の関係のなかから現れる。『V.』の支配的な主題を、エドワード・メンデルスンは「生命あるものの生命なきものへの堕落」と見定めたが、[1]本章では、生命なきものが過剰なまでに支配力を振るう様子が描かれるなかで、それに抗うべき「生命あるもの」の核をなす有機性とそこに存在する怪異性の表象に注目する。その際に本章の議論が立脚するのは、まずは有機体論(organicism)の持つ人間観と世界観であり、そこでは自然界の有機的生命体に比して、大地、共同体、身体、精神において、個々の構成要素が全体と密接に結びつき統一された全体を形成している。しかし特に焦点を当てたいのは、そのような有機性が『V.』では多くの場合既に半ば喪失されたものとして意識されていることである。たとえば、作品が強調するのは都市化と機械化により侵犯される大地、私化と原子化により分断された共同体、道具的合理性に基づく機械や人工物に規定され、自律的な思考と行動力を奪われた人間の様子である。そのような喪失の過程あるいは生命なきものへの変貌を象徴的かつ誇張的に示すのは、近現代の機械化とその暴力性の増大を表象する登場人物であるレディV.が、自らの身体の部位を、義歯、義眼、義足、宝石の臍などに置き換えてゆくことである。そして小説の多くの場面で、統一性を持った有機的身体や大地は、半ば失われた幻のような姿を取るのである。

そのような有機性を、フェン・チャーは彼の西洋思想とポストコロニアリズム研究のなかで、文化、政治的価値体系のなかに位置づけられた概念および比喩と捉え、それらは目まぐるしい速度で進む近代化に対抗し伝統的文化と共同体を取り戻そうと試みる過程において、重要な課題であると指摘している。チャーは次のように論ずる。「有機体論的比喩は、イデオロギーによる神秘化としてではなく、この強烈な経験［急速な近代化］を読み解こうと試みた際の人間の行動と目的論的因果律に対する、新たな合理的理解の根幹をなすものとして見做すことが可能である」。[2] チャーの見解において有機性は、亡霊や幻影を意味する「スペクター」（specter）として捉えられている。主な原因は、道具的合理性などにより突き動かされる機械および人工物が、大地、共同体、身体、精神の統一性を半ば奪い取ってしまうからである。そしてポストコロニアリズム研究の文脈では、西洋的であるが故に異質な機械および人工物の問題がより深刻な問題と捉えられ、失われつつある有機性を取り戻し、それを人間の合理的判断と行動の問題と結びつけることが求められる。

以下の議論では、有機性にまつわるスペクターという概念を核として分析を進め、登場人物が西洋と植民地の双方で共有する体験を扱ってゆく。急速な近代化と高度テクノロジーの台頭に直面した彼らの精神的ショック、そしてそれらに起因する現象である街路での彷徨、地下の世界への下降、また西洋都市の私生児としての植民地都市の出現、有機性への切望を主な論題とする。作者が西洋と植民地を行き来しながら描写するスペクターは、西洋と植民地で如何にして現れるのか。ピンチョンの示す近代から現代へ至る西洋の物語は、植民地においてより暴力的な形で進行し、彼の国家横断的な想像力は植民地での体験を批判的に取り込むことによって、近現代のより包括的な姿を捉える。それらを分析する際、冷戦の時代における時間の分裂や、冷戦期から帝国主義の時代への遡及、そして帝国がもたらした暴力的過去の近現代への憑依という問題にも踏み込む。

街路での彷徨、有機性の喪失、ショック体験

物語は一九五五年のヴァージニア州ノーフォークで開始され、開始後間もなく現代の物語の主人公ベニー・プロフェイン（海軍を除隊後に道路工事に従事している）が、その町の街路が呈する怪異な様相に反応する様子が描かれる。「プロフェインは、街路（street）に対して、特にこのような街路に対して幾分用心深くなっていた。実際に街路は皆、一つの抽象化された街路（Street）へと融合されていて、彼は満月の夜にはそれにまつわる悪夢を見るほどだった」。[3] 彼の外界への特殊な反応は、小説の主題である近代化に伴う抽象化と疎外と関連性を持つ。「街路」とは、自然の上に描かれた抽象的な構図であり、人々と有機的大地、共同体との結びつきを分断する。そして機械と人工物が跋扈し、生命あるものを圧倒する象徴的空間でもある。街路は皆そうした抽象的で単一な空間に集約されると、プロフェインは感じ取っていると言える。また街路で描かれるのは、「不活発な」（inert）生命なきものへと変貌を遂げ自動人形の状態に近づきつつある人々である。登場人物は、多様な機械（すなわち、車、オートバイ、テレビ、マシンガンなど）にフェティシズム的執着を抱き、機械と自らを連結するのだが、その過程で機械の動きと目的に順応し、自律性や自己決定力を徐々に失ってゆく。事の重大さにプロフェインは気づいているのだが、彼自身も機械の動きを模倣し、「ヨーヨー的な行動」（yo-yoing）と彼が呼ぶ地下鉄の終着駅の間を行き来する自動運動に身を任せ、街路でも同様に無目的な彷徨を続ける。このように物語冒頭で、幾何学的パターンと自然の有機的統一性、他律的機械と自律的人間の関係という、有機体論に特徴的な主題が示唆されるが、物語は生命なきものの圧倒的な力を描く。[4]

プロフェインのそうした意識と行動を規定する要素を理解するため、ヴァルター・ベンヤミンが分析する自動人形のように街路を歩む群衆を取り上げたい。彼らは一九世紀半ばから後半の産業化の進む社会において均一な機械的な動作で都市を歩む群衆である。ベンヤミンはシャルル・ボードレールやエドガー・アラン・ポーが描いた都市遊歩者を、マルクス主義やフロイト心理学的視点から分析しているが、都市に集まる特定の一団が示す「服装と挙措の一様性」と「表情の一様性」に注目し、その主な原因の一つを彼らが工場での労働で求められる規則的な動きに見ている。[5] 特にポーの作品についてベンヤミンが考察するように、彼らは「あたかも自動装置に順応させられて、もはや自動的にしか自分を表現出来ない人間のごとき行動をとる。彼らの振舞いは、ショックに対する反応なのである」。[6] 機械との接触によるショックがもたらす心的外傷と、その結果としての人間の自動人形化というベンヤミンの洞察を基にベニー・プロフェインについて考えると、プロフェインがヨーヨーのように行動する原因は、ショックから意識を守ることを目的とした機械的自己表現と言える。実はプロフェインをはじめとする登場人物のなかには、より高い順応性を獲得するため機械と一体化しようと試みる者もあれば、一方でその試みの過程で機械への拒否反応を示す者もある。プロフェインはそのどちらの反応も示し、機械的なヨーヨー行為への執着のみならず、しばしば強い拒否反応を露わにする。彼の拒否反応とは、機械や人工物の状態へと自己が近づく過程に歯止めをかける試みと解釈出来る。具体例を挙げれば、彼は身の回りの人工物を使いこなすことは出来ず、人工物とのぎこちない関係のなかでしばしば身体を傷つける。その様子について「生命なき物体と彼は平和的に共存することが不可能なのだ」(三七)と語り手も解説する。だが重要なのは、彼が半ば意識的に機械に対する自傷的な拒否反応を保持しようとすることである。そういった試みは機械と自らの間に境界線を引き、自律性や自己決定力を保持することとつながるため、プロフェインが機械や人工物との接触の度に、繰り返し身体を傷つけながら生きる様を示すことは重要である。

しかし機械への拒否反応が著しいことが原因となり、プロフェインは強い自己破壊的傾向も呈する。たとえば、彼は車にぶつかり続けるなどの衝動を抑えきれない。故に、彼はガールフレンドのレイチェル・アウルグラスと時を過ごしながら、自分が「自殺衝動を持っているのではないか」(二四)と自問する。そして「あたかもこの世からだめ男としての存在を消し去ろうと望んでいるかのように、こちらに敵対心を抱く物質の前に故意に自分自身を置いているのではないかと、ときに彼には感じられるのだった」(二四)。彼の半ば意識的な環境への不適応は生命なきものの拒絶であり、それは本来生命あるものへと向かうべき衝動なのだが、極度の不適応状態は重い肉体的かつ精神的な負担を強いるため、その困難さから逃れようと自己破壊へと向かうと考えられる。この観点から言えば、意識を鈍らせ無目的に街路を彷徨う行為は、自らの破壊的な衝動から自分自身を守り生存し続けるための手段として、彼にとって不可欠である。

有機体への暴力と破壊、歴史的時間の分裂、スペクター

機械との接触がもたらす有機性喪失への意識とショック体験はさらに強まる。プロフェインのショック体験が頂点に達するのは、彼が一時的に勤める人類科学協会での、「ショック」(synthetic human object, casualty kinematics)と呼ばれる交通事故などの人体被害の予測に使用される運動学的人造人体と、経帷子という意味を

持つ「シュラウド」(synthetic human, radiation output determined)、すなわち放射性出力を計測する人造人体との関係においてである。「彼がこれまではじめて出会った生命なきだめ男であるショックには、彼は未だにある種の血族関係を感じていた」(二八五)と言う。なぜなら、機械や人工物に衝突するプロフェインと似て、ショックは自動車事故、高度飛行、宇宙飛行のシミュレーションにおいて機械のもたらす衝撃を受け、その人体への影響を予測するための道具であるからだ。プロフェインは日頃の機械への拒否反応にもかかわらず、高度なテクノロジーとの関係において無力で劣った存在として、人造人体との血族意識を抱く。またテクノロジーの強大な力の前で、プロフェインも人造人体のように破壊の対象と化すことが示唆される。

シュラウドは、軍事関連データ収集にも使われるため、より強烈なショック体験をも指し示している。ショックとシュラウドについてのエピソードで、語り手は近代史における人体機械論に触れ、一八世紀の時計仕掛けの自動人形や一九世紀の熱エンジンとしての人間のイメージを振り返った後、こう述べる。「二〇世紀の現在では、核および素粒子物理学が発展中で、人間は放射線、ガンマ線、中性子を吸収するものと化したのだ」(二八四)。まさにそのような物体である人造人体シュラウドについて、ショーン・スミスは分析する。「シュラウドが表象するのは、身体をそれ以外の何ものかに作り変えようとする政府の試みである。大量の放射線量に対する免疫を持った何ものかにである。実は、シュラウド自体は有機的なものと非有機的なものとの結合体であり、徹底的に異質な何かへと変成されたものだ」。[7] 人骨と人工内蔵などからなるシュラウドは、テクノロジーによって人為的に放たれた破壊力に晒される受動的存在としての人間の、怪異な分身的スペクターであり、シュラウドとの出会いは小説内で最も強烈なショック体験の一つをプロフェインに与える。そしてシュラウドとショックの存在が持つ重要な点として、キャスリーン・フィッツパトリックは、それらが「行為主体性を失った人間主体のモデル」の役割を果たしていると指摘しており、[8]小説はここで人間の自律性や自己決定力の剥奪をも語る。スミスは放射能への免疫を持った人体への改造が政府の計画の一部であると示唆するが、フィッツパトリックの指摘と併せて考えると、改造を目指した実験は急速に進むテクノロジーの発展とそれに伴う環境の変化に、主体性を失った人体を適応させる試みの延長線上にあると言える。シュラウドが体現する改造された人体とは、有機的部位の破壊後に一部が保存、利用されそのほかの部位を人工物によって置き換えられた物体である。故に、シュラウドは人々を生命なきものへと変える近代化の発展の一つの終焉を指し示す。プロフェインの空想のなかで、シュラウドが彼に話しかけ、「俺とショックは未来のおまえと皆の姿だ」（二八六）と告げるとき、人造人体はその発言の意味を定かにはしないが、基本的には核戦争の到来と放射能の拡散による人体の変貌を指し示す。

この黙示的ヴィジョンは、物語の時間を閉じられたものとすると同時に分裂させる。冷戦期アメリカの歴史観について、ドナルド・ピーズはそれが広島への原爆投下と密接に結びついていることを指摘した上で、次のように論ずる。「歴史的、国家的惨劇である広島は、アメリカの社会象徴システム全体を、国民集団が到来を予期する原光景の残像へと変えたのだ。それは（現前するというより）自己分裂した瞬間であり、常にまだ起こってはいなかったが（それ故常に到来が予期されているのだが）、しかしそれでも常に既に起こってしまった出来事であるのだ（これから到来が予期される大惨事の生きられた経験の内で）」。[9]破壊の原光景はアメリカ本土で起こったことではない限りで、未だ起こってはいない光景ではあるが、他国で起こった歴史的事実であるため、既に生きられた経験としてこれからアメリカに起こることが予期される光景であると言える。その原光景は未来のヴ

の世界は、軍事テクノロジーの発達に支えられた大規模な大量破壊が既に起こりそこへ進む世界の未来は、閉じられていると同時に分裂している。小説『V.』も、帝国の覇権争いとその延長と作品が捉える二つの世界大戦、という破壊の歴史を通り抜け二〇世紀半ばに達した時点で、既に生きられた破壊の未来が原因となる抜け出しようのない強い閉塞感を描いている。ベニー・プロフェインが置かれているのは、そのような歴史的状況である。

プロフェインの意識には、有機的身体のスペクターと連結したもう一つの歴史的暴力の記憶がつきまとっていることが示唆される。その前提として注目したいのが、彼が自らの身体とほかの身体とのつながりを特殊な方法で意識していることである。たとえば、「彼は腹の辺りで目には見えぬ臍の緒が強く引っ張られるのを感じた」(三四)との記述があるが、そう感じる理由は彼の裡では臍の緒を通して母親のみならず恋人のレイチェル・アウルグラスとつながっているからである。二人はともにユダヤ系の女性であり、既に失われた有機的な器官である臍の緒が想像上の幻として、同じ民族との血縁的つながりを保持する役割を果たす(プロフェインの父親はイタリア系)。だがそれは辛うじて保持されたつながりである。なぜなら、そのような身体は彼の想像のなかで解体されてしまうからだ。プロフェインは地下鉄で居眠りしながら見る夢のなかで、かつて彼が聞いた物語を思い出すのだが、その物語とは臍の部分に金のねじがはめ込まれた少年についてである。少年はあらゆる手段を使ってねじを外そうと試み、最終的にブードゥー教を信奉する医師から与えられた薬を服用しねじを外すことに成功する。しかしねじが外れることに伴い臀部さえも外れてしまう。その物語の直後に、プロフェインは街路を彷徨うことに悪夢的恐怖を感じる。「なぜなら今このまま街路を歩み続けたら、尻のみならず腕、足、スポンジ状の脳、心臓内の時計までもが彼の背後に落ちてゆき、歩道に散らかり、マンホールの蓋と蓋の間の歩道上に撒き散らされるだろうからだ」(四〇)。臍の緒によるユダヤ民族との母系的なつながりが断ち切られ身体が解体してしまう悪夢は、第二次世界大戦中のユダヤ人の共同体解体と大量虐殺を想起させる。シュラウドも彼に対してその事実を告げる。「アウシュヴィッツの写真を覚えているか。何千ものユダヤ人の死体が、哀れな車体のように積み重ねられていたではないか。だめ男よ。既に始まっているのだ」(二九五)。人体は機械のように解体可能な物体であり、有機的な身体が有する統一性は徹底的に軽視されている。そのように人間が見做され扱われた歴史的事実は、物語において描かれる機械文明が持つ人間観に強く影響している。ここで想起される虐殺も、「国民集団が到来を予期する原光景の残像」と位置づけられていると言える。[10]

時間の分裂とスペクターには本質的な関わりがある。ジャック・デリダは著書『マルクスの亡霊たち』の第一章で、ウィリアム・シェイクスピアの『ハムレット』に言及しながら、毒殺された亡き王が、シェイクスピアの言う「時間の関節がはずれた」状況において、息子ハムレットの元へ亡霊(スペクター)として現れ、正義をもたらすよう促す様を分析する。デリダはそのような正義、時間、亡霊の関係の前提となる要素についてこう記している。

いかなる正義も、何らかの責任＝応答可能性［responsabilité］の原理なしには可能ないし思考可能には思われない。一切の生き生きとした現在の彼方における責任＝応答可能性、生き生きとした現在の節合をはずすものにおける責任＝応答可能性、まだ生まれていない者もしくはすでに死んでしまった者たちの幽霊の前での責任＝応答可能性なしには。その彼らが、戦争や、政治的その他の暴力や、民族主義的、植民地主義的、性差別的その他の絶滅や、資本主義的帝国主義あるいはあらゆる形態の全体主義による圧制、それらの犠牲者であろうとなかろうと。[11]

つまり不正に満ちた抑圧および暴力行為は過去にも未来にも存在し、それらに正義を求めるのであれば、直線的な時間あるいは歴史の関節をはずし、亡霊を呼び込むことが必要となる。加えて、デリダは指摘する。「相続は何らかの亡霊的なもの、したがって／つならずの亡霊との釈明的対決［s'expliquer］なしにはけっしてありえない」。[12] 第二次世界大戦以後の世界を相続したピンチョンは、過去と未来の暴力の亡霊と折り合いをつける必要がある。彼の提示する物語の時間は関節がはずれた状態で提示され、アウシュヴィッツ、広島、そして未来の破壊が憑いている。

原子力による大量破壊と民族の虐殺が、既に起こってしまった未来のヴィジョンとしてプロフェインに憑いており、彼はデリダの言うような責任を負うべきだが、彼はそれに耐えられない。機械化および生命なき世界の到来に加えて、解体された人体の累積が指し示す虐殺の歴史がもたらすショックは大きい。先述したように、ショックが主な理由となり彼は無目的に街路を彷徨するが、これから論じる彼の地下の世界への下降も、ショックから逃れることが主な動機となっている。

ピンチョンが『V.』によって時間を分裂させ、冷戦期の現在を帝国支配と世界大戦の過去、そして核戦争の未来とつなごうと試みるとき、そのような責任を果たそうとしていると考えられる。

怪異な地下世界への下降、有機性への渇望とその破壊

ベニー・プロフェインは、ニューヨーク市の地下世界、すなわち下水路へと下降し、街路で経験する生とは異なる生を一時的にではあるが探し求める。下水路は、都市社会学者シャロン・ズーキンの概念を借りて「境界空間」と位置づけることが出来る。その空間は「自然と人工、公共的使用と個人的使用、グローバル市場と特定地域の空間、との間を移動し仲介する」。[13]『V.』における地下の下水路は、自然と人工、有機性と人工性を仲介する境界空間として機能し、同時に有機的でも人工的でもない場であるが故に怪奇な様相を帯びる。またフレドリック・ジェイムスンは、ポストモダン時代のアメリカ都市空間の主な特徴の一つを、「自然とそこにおける資本主義以前の農耕の消去」そして「均一に近代化と機械化が進んだ、社会空間と経験の本質的な同一化」に見ている。[14]そうした消去された自然や有機性の記憶を、小説内の「境界空間」である地下世界は喚起する。同時に、地下世界は現在において失われた、または失われつつある、有機的共同体、共同労働、原始主義、非文明世界での暴力の記憶をも喚起する。またそこは、後述するように過去の亡霊であるスペクターが住む時間的に分裂した世界でもある。

プロフェインが地下世界へと下降する契機は如何なるものか。実は、彼はヨーヨーのように地下鉄の終点間の往復を繰り返している際に、プエルトリコ系の一家と懇意になるが、一家の男性と仲間が地下下水路で廃棄された元ペットであるワニの掃討をしており、その仕事に誘われる。承諾したプロフェインは、普段彼が交流する白人の集団（特に全病連と呼ばれる集団）から自らを切り離し、人種的、文化的他者の領域へ入り込む。そこは全

病連が体現する退廃的な似非芸術や生活様式、機械への無批判な順応と従属とは無縁の世界である。彼は地下世界での労働とともに一家の娘フィーナにも興味を抱き、彼らの家へと赴くが、そこで母親からもとりあえずは受け入れられ、バスタブの寝床を与えられる。プエルトリコ人の集団のなかにはあたかも有機的共同体が存在し、彼らの家族には母親が求心力となった構成員間の統一性が保持されているかのように見える。後者に関してはプロフェインの母親が不在であること（彼が家を訪れても留守である）とはかなり異なる。このエピソードでは、彼の彷徨はウォルト・ホイットマンが「オープン・ロード」と呼んだ、階層、人種、性による分断を超え、多様な人々を受け入れる開かれた道をたどっているかのようだ。[15] そしてプロフェインはさらなる他者の世界である地下世界へと導かれてゆく。

地下の世界がショック状態にあるプロフェインの心を和らげる主な要因は、上記の共同体意識とともに社会的自己同一性の回復だと考えられる。すべてが急速に変化し機械化と都市化が進行する現在の空間に帰属出来ず、そこには彼が生まれた大恐慌時代の痕跡を見出せないと嘆く。自らを「大恐慌の申し子」（三五八）と見做す彼は、地下の世界の人種的、文化的他者が構成する労働者集団に帰属の可能性を見出そうとする。ワニパトロール隊の監督者ザイトサスは、可能であれば労働者間の階層性を崩し、隊員皆で聖餐式を想起させるような交流をしたいと望む。「サメ皮の上着を脱ぎ色のついた眼鏡を外せば、彼もまた浮浪者であったのだ。ただ時と場所の偶然が、今みんなでワインを飲み交わすことを阻んでいるのだ」（一一五）。そのような状況に抗い、地下下水路が形成する境界空間は、過去と現在、力を持った者とそうではない者との間も仲介し、共同体意識が存在する世界を開こうとする。

しかし明らかに、地下世界は有機的な大地ではなく、その場に関わる者も有機的共同体を形成するわけではない。下水路は生活排水、産業排水の化学物質で汚された場であり、機械文明に対抗可能な価値観を見出せる場ではない。また野生の生物であるワニは既にペットとして所有された消費物であり、トイレの下水とともに流された廃棄物でもある。その野生生物の繁殖を止めるため、プロフェインたちは狩りをするが、彼らは自らがかつて利用した生物を自らの都合で殺戮する集団とも映る。しかも彼らの裡には殺戮そのものへの欲求が原動力として働いていると思わせる記述がある。狩りの仕事を引き受ける場面に戻ると、プロフェインを勧誘するジェロニモは彼にショットガンを使ったことがあるかどうか尋ねるが、それを受けてプロフェインは考える。「一度もない。これからも決して使わないだろう、少なくとも街路のレベルにおいては。しかし街路（street）の下では、街路（Street）の下では、きっと問題ないだろう。彼は自分自身を殺めることになるかもしれないが、たぶんそれも問題ないだろう」（四三）。[16] 抽象化された、すなわち文明化された街路では許容されぬ殺戮も、その外部の他者の領域で劣った生物が対象であれば許される。地下の世界は、法の埒外の野蛮さと暴力の世界である。特に重要なのは、人工物の世界に幻滅し、機械文明の力に翻弄され自己破壊的となった人物が、死の欲動に駆られてほかの生物と自己の破壊の区別もつけず暴力的衝動を解放する場でもあることだ。

地下の世界の野蛮さや暴力は、スペクター的側面をも持ち、それがフェアリング神父を通して一層強められる。フェアリングは大恐慌時代のニューヨーク下水路でネズミの一団を信徒として教区を設けた伝説の人物であり、五〇年代の下水路には彼の亡霊が憑いている。彼はニューヨークの地表の世界から逃れたのだが、その理由は彼には「飢えで亡くなった人々の死体が歩道や公園の芝生を埋め尽くし、噴水のなかで腹を上に向け横たわり、街灯から首が曲がった状態で宙吊りになっている都市しか未来に思い描けない」（一一八）からだ。三〇年代の大恐慌の時代に幻視された未来の労働者の亡霊が、五〇年代の現代の語りに呼び起こされ、正義の可能性を求めていると言える。この宣教師の原始的な異教徒の地への下降は、狂気に彩られている。彼は野蛮なネズミに教育を施すが、彼がもたらす啓蒙（キリスト教とマルクス主義批判）はネズミの間に争いを生じさせ、原始的な共同体を解体させる。同時にフェアリングはネズミを食し、その行為自体が野蛮な存在と啓蒙化された存在の境界線を無効にしてしまう。結局のところ、フェアリングやプロフェインによる暴力的な介入が、地下の世界を暗黒郷へと変えてしまうのだ。犠牲となるネズミとワニが示す野蛮さより、フェアリングとプロフェインによる暴力行為のほうが、より破壊的である。文明化された世界の物語には、文明人自身による野蛮な暴力のヴィジョンが亡霊的に憑いている様子が示されている。

そして、この問題をより深く理解するためには、植民地に設定された歴史的章に議論の焦点を移し検討する必要がある。次の議論では、歴史的章で描かれる暴力的、破壊的行為を分析することを通して、機械と人工物と対立するものとして描かれる有機性、そしてそのスペクター的要素を探究する。

語りの時間と地理における分裂、植民地のスペクター的都市、相互的自己喪失

小説は第三章にて、一九五〇年代のニューヨークの物語から、時代的には最も古い一八九八年に設定された、当時イギリスの保護国であったエジプトのアレクサンドリアとカイロへと移動し、時代的そして地理的に大きく

分裂した物語が開始される。それは五〇年代の登場人物ハーバート・ステンシルが、自らの母ではないかと疑うレディV.に関する調査と彼の想像を基に構成する歴史物語である。また同物語とは、序章で既に述べたように、ピンチョンが作家としての出発点において冷戦期アメリカで経験した不安や恐怖から、彼の黙示的な想像力を「より色彩豊かな時と場所に舞台の中心を外して」他者の土地へと転移させた、[17]一九世紀末エジプトに関する短編「秘密裏に」を発展させたものである。

ステンシルは、そのような土地でも近代西洋の植民地支配によって生命なきものの力が既に解き放たれていることを物語る。ジョン・ダグデイルが指摘しているのだが、「ステンシルの望みとは……すべてが『生命なき』魂が失われた状態に陥っていると思われる世界から『生命ある』世界へと逃れたいというものだ。そこでは人々、物質、都市、あるいは芸術作品が、魂ないしは魂のような神秘性を有しており、それは『背後または内側』に隠されている何ものかであるのだ」。[18]しかしダグデイルは次のように付け加える。「一八九八年のエジプト、一八九九年のフローレンスで、彼の登場人物は周りに『ロマンス』や『神秘』を見出すどころか、あらゆる場所で生命なき状態を発見する」。[19]エジプトではキリスト教会、ビアホール、ホテルをはじめとする西洋風建築物の構成する景観が、現地の伝統的風景を圧倒する。西洋の模造物の増殖は、旅行者が現地の異質性に対する意識を抑圧するための手段であり、またピンチョンがドイツの「ベデカー旅行ガイドブック」の名を取り「ベデカー・ランド」(V.七〇)と呼ぶ、有機的共同体とは隔絶した現地でも西洋でもないスペクター的様相を示す土地を形成する。[20]再びシャロン・ズーキンの言葉を使えば、それは「権力の風景」であり、そうした「風景とは常に社会的に構築されたものであり、それは社会的な支配力を有する組織を取り巻いて建設され……権力によって秩序を与えられる」。[21]

植民地の街路と都市は空間的階層性を作り上げ、「権力の風景」が現地の風景を圧倒し、支配者と被支配者の意識そして相互関係に影響を及ぼす。ステンシルは物語でまずはじめに、アレクサンドリアのカフェで働く南部フランス出身の人物アユールになりきったという前提で、当時の事象に関する空想を働かせ物語を創出するが、アユールは同都市を「偽りで私生児の都市であり、彼自身のように活力を欠き、『彼ら』のためのものである」（六四）と考える。伝統的な現地の文化に属さないが故に偽りであり、西洋がその支配力を基に現地との間に産んだ場であるが故に、私生児と呼んでいる。またここで欠落している活力とは、自律した共同体と文化に立脚する活力であると想像出来る。アユール自身は支配者であるイギリス人にも属さず、かといって現地共同体にも帰属しない宙ぶらりんの存在である。他国の支配下に置かれているためその支配力が生み出した私生児の都市に批判的だが、他方で白人であると同時に被支配者でもあるため、私生児の都市に自虐的とも言える同一化を果たす。

しかしながら、アユール（そして彼に扮するステンシル）の想像力が充分に及ばない領域がある。それは大国の出身者アユールが「彼ら」に従属し労働を行う際に抱くショックより、現地人が抱くそれがはるかに強いものであることだ。この問題は『V.』が示す歴史物語構築と表象の方法に関わっており、近現代史を語るステンシルの物語において重みを持つ。上記のアレクサンドリアの物語と関連して、著者はステンシルがさまざまな人物の人格を想像し彼らの視点から物語る方法についてこう説明する。「『強制的な人格の転移』と彼［ステンシル］はそれらに共通する技術を呼んでいた。それは『他人の視点を理解すること』と正確には同じではない」（六二）。この記述はフィクションが、それ自身の表象が持つ限界を明らかにするメタフィクション的自己批判の発言と捉えられ、表象の限界が含む理解の欠如を読者は常に意識させられる。だがそれでも、帝国による暴力と世界大戦を近現代史の中心に据えるこの小説においては、異国の他者の表象を試みなければならない。「強制的な人格の転移」による表象とはまた、エリック・ブルスンが見抜いているように、「彼［ステンシル］は従属民に語らせようとするのだが、同時に自分の立場が西洋の代弁者であると意識している」ことの表れでもある。[22] そしてリュック・ハーマンは、「ステンシルの歴史的想像力が持つ詩的弾力性」を、「連続性と単一要素からなるパターン」に依存する歴史理解と区別し、前者を肯定的に評価しているが、なぜならそれは、「二〇世紀前半の歴史における脅威の無秩序を、受け止めるのが不可能であることを、ある程度まで埋め合わせてくれるように思われる」からだ。[23] 単一的なパターンを歴史に押しつけるのではなく、誤った表象に踏み込む危険を冒しながらもメタフィクション的な自己批判力やポストコロニアル批評的意識を持ち、また歴史的事象の無秩序性に対抗する「詩的弾力性」という人間の心を柔軟かつ力強く描く想像力に支えられ、ステンシルの物語は近現代のショッキングな暴力と破壊の問題に取り組む。

ベデカー・ランドに議論を戻すと、その空間は実は多くの登場人物を疎外しショックを与え、現地住民にのみならず、支配力を振るう西洋人にも悪影響をもたらす。ベデカー・ランドは故郷の模造であり、スペクター的な様相を帯びる。たとえば、カイロに設けられたビアホールは、有機的で統一的なドイツ性の偽りの表象上に成り立っている。ビアホールで働く女性の記述を見てみたい。「ハンネは彼女がふくよかで金髪だという理由のみで仕事を保持出来た。ドイツ南部出身の黒みがかった髪をした小柄な女性はしばらくその職場に留まったが、ドイツ人らしさが充分ではないことを理由に、やがて解雇された。バイエルンの農婦がドイツ人らしくないとは！」

（八八）。皮肉なことに、バイエルン出身の女性は、まさにドイツの有機的な大地に根差した共同体での生と労働を想起させるのだが、彼女のドイツ性は商業主義によって模造化されたドイツ性のために否定される。しかしながら逆に金髪のハンネも、固有な人格と背景を有する個人としての存在を奪取され、自分自身から疎外されてしまう。商業主義が重視するのは、フェティシズムの対象としての彼女のふくよかさと金髪という身体的部分であるからだ。ここでは西洋出身の住民も、本来有していた人格と身体を喪失した者と化すのである。また現地住民も被支配者として人間性を剥奪された表象と化し、支配者も被支配者も幻影的姿を通してお互いを認識する。

西洋都市の模造空間で、現地住民は自動人形として生きる。西洋出身の支配者に仕える人々は、「ウエイター、ポーター、御者、事務員」といった「自動人形」（七〇）と化していると描写される。語りの現在で近代化とそれが行き着いた大戦の暴力によるショックにより自動人形と化したベニー・プロフェインとは異なり、彼らは他民族による支配の下での労働、政治的および経済的自律性の剥奪により自動人形化を余儀なくされる。ゲイブリエルと名づけられた登場人物は、カイロ内の現地人居住区での生と疎外された労働について物語る。「家々は階段のように積み重ねられ、あまりにも高く聳えているため、街路で向き合う二つの家の窓が上空でお互いに接触しそうだ。そして太陽を隠してしまうようだ。そこでは金細工職人が汚れのなかで生活しており、小さな炎の番をしている。旅行者のイギリス人女性のために装飾品を作るからだ」（八三）。西洋的、近代的、かつスペクトラルなベデカー・ランドには、それを維持するための労働から解放を求める住民が憑いている。

解放を求める力は破壊的な方向へ進む可能性を秘めており、実際にゲイブリエルが都市に侵入する砂漠の幻想を紡ぐとき、偽りの都市と支配者への怒りが、自己破壊的な衝動となって表出する。彼は「石造りのビルや砂利で舗装された道路、鉄製の橋やシェパード・ホテルのガラス窓を憎んでいた。それらは彼の家を奪ったのと同じ死せる砂が形を変えたものに過ぎないように思われた」（八三）。彼の空想では、街路と都市は砂漠の砂に比せられることにより、その不安定さと虚栄を暴き出される。また「すぐに、無となる。すぐに砂漠のみとなるのだ」（八二）と彼が想像するとき、階層性と分断された空間に対して、自然の力を借りて報復し不正に満ちた世界を無効にすることを願っていると言える。しかしながら、反植民地主義的かつ自己破壊的な彼の幻想は、植民地都市とともに彼の居住地と共同体をも破壊する。ゲイブリエルのヴィジョンは、被支配者を解放に導くような術を提示出来ない。そして繰り返しになるが、ピンチョンは冷戦期アメリカにおける黙示的感覚を、一九世紀末の植民地に転移させたのである。ゲイブリエルの黙示的思考は、アメリカ冷戦期のそれに根を持つことを想起しなければならない。

権力構造を切り崩さんとする力は、ほかにも示される。ビアホールのハンネに議論を戻すと、彼女は異音により聴覚が乱されていると感じている。「正午からある種の病の示導動機が、小さく振動する乱れのように入り込み、正体を完全には明らかにせぬまま、カイロの午後の音楽に潜在していた。ファショダ、ファショダという言葉は、彼女の微かで曖昧な頭痛の原因であり、ジャングルを示唆する言葉であった」（九〇）。エジプトを保護国とするイギリスの大陸縦貫計画とフランスの大陸横貫計画に基づく領土拡大の動きが、ナイル川を南下した地域ファショダでの衝突の危機（ファショダ事件）という結末に向かうことが予感され、それへの恐れとともに囁かれる噂が、ハンネの聴覚を乱すのである。ゲイブリエルの砂漠のようにジャングルと言及される他者の大地が、ベデカー・ランドの秩序を脅かすように迫って来る。同時に、彼女は洗っても落とすことが出来ない皿の汚れに悩まされ、視覚も攪乱される。彼女はその汚れについてこう感じている。「ほとんど見えなかったが、おおよそ三角形のようで、皿の最も盛り上がった中心部から、端から二、三センチほど内側の部分にかけて広がっていた」（九〇）。しかし「その形が輪郭を変化させ始め、今、三日月状だったかと思えば、次の瞬間には台形になっていた」（九〇）。この汚れについて初期ピンチョン研究でトニー・タナーが示した見解は、「その形を幾何学的な言葉で描写したのはもちろん意図的である……。我々が幾何学性の内に生きていると感じることは、最も古くから存在する人間の夢（または欲求）の一つであるのだ。形なき空間に直面するよりは、我々は線や角度を導入することを選ぶのである」。[24] だが同時に、如何にしてそのような「人間の夢」が限界に達するのかも示す必要がある。なぜなら汚れは逆に幾何学的秩序に挑戦するものと捉えることが可能であり、それが有する力は、植民地化と近代化がもたらした人工的な空間の秩序に打撃を加え、異質性に対してハンネのような人物の意識を向けるからだ。怪異な雑音と視界の歪みが表面的な秩序に憑いており、それは帝国による支配によっても抑圧しきれない何かとしてくすぶっている。

右の現象について心理学的概念を援用して理解を試みると、ジャック・ラカンの「眼差し」という視界の構造内での欲動の表出が示唆を与えてくれる。ラカンの「眼差し」とは歪像であり、「ここにこそ実測的な関係においては抜け落ちてしまう何かがあるのです。それはつまり、その場の奥行き、それが示している曖昧で移ろいやすいすべてのもの、私にはまったく支配出来ないすべてのものです」。[25]「眼差し」と呼ばれる歪像は幾何学的に構築された合理的象徴界を乱す要素であり、幾何学的視界では歪像やある種の「シミ」として現れる。同時にそれは、彼が「現実界（レアル）」と呼ぶ象徴界の外に存在する心的外傷および死の領域を、垣間見せる。ピンチョンの『V.』では、「眼差し」としての汚れは幾何学的な秩序に支えられたハンネの視界を乱し、抑圧された領域からの侵入物を導き入れる。[26] ハンネの登場するエピソードで、ベデカー・ランドに安住する人々が意識において抑圧するのは恐ろしき「ジャングル」（七五）である。彼女の恋人であるドイツのスパイ、レプシアスもファシヨダが位置するとされるジャングルへの否定的見解を露わにする。「そこでは野生の獣の法則がはびこっているんじゃないか。財産権などは存在しない。争いがあるんだ。勝者がすべてを手にする。栄光、生命、権力、そして財産のすべてをだ」（七五）。彼はジャングルを近代の啓蒙化された国家と比較し、後者が生命と財産に対する剥奪不能な権利を保障する故にその優位性を強調する。ここでは文明の埒外にある有機的大地は、西洋側の表象によって原始的土地であると時代錯誤的に認識される。ナイル川を南下した地域が如何なるものであろうとも、それは野蛮な地であり、文明の拡大を通した支配が正当化される。けれども「野生の獣の法則」という言葉は、西洋人自身に戻って来る。なぜなら覇権争いのためにアフリカで土地を奪い、基本的人権を徹底的に蹂躙しているのは、彼らだからである。

ここでポストコロニアル批評においてホミ・ババが、西洋の近代化プロジェクトが植民地での古代的な暴力を伴っていたと指摘していることも、想起すべきである。彼は植民地化の記憶の「憑依」を論じ、植民地における権威とは「開化を補完するものであり、そして民主主義の専制的な生き霊（double）である」と指摘する。[27] ババは進化の概念に無批判に立脚した歴史観を批判し、近代性のなかに古代的で専制的な暴力が組み込まれている様を、植民地での暴力の行使のなかに示すが、その問題を本章で既に論じたジャック・デリダによる「スペクター」の表出の議論と関連させれば、ババは近代化プロジェクトの進行する時間を中断し、他者の土地での暴力の歴史を西洋の近代史に亡霊的に憑依させていると言える。同時代的な出来事である西洋の近代化と帝国による古代的暴力を通し、捻じれた時間の進行を持つ近代西洋の歴史を提示するのである。小説内のファショダ事件は、近代西洋の古代的な「生き霊」の一例であり、それが啓蒙化された支配者の住む都市と街路に憑いている。

また過去の暴力にまつわる時間は、ドナルド・ピーズの表現に戻れば、歴史的時間を「自己分裂」させるとも言え、未来の核爆弾による破壊は、「常にまだ起こってはいなかったが（それ故常に到来が予期されているのだが）、しかしそれでも常に既に起こってしまった出来事であるのだ（これから到来が予期される大惨事の生きられた経験の内で）」。[28] そして、植民地での暴力の物語は、ピンチョンの想像力のなかでは、元々は未来の核戦争への黙示的恐怖が過去に投影されたものと見做すことが出来、それが逆に西洋が乗り越えられなかった古代的な要素として、近現代の時間を分裂させていると言える。

「野生の獣の法則」（V. 七五）が支配する未開のジャングルの対局に位置するのは、啓蒙化された合理的社会であるが、その社会では人工性と機械化が猛威を振るっていることが描かれる。小説はファショダ事件を巡るイギリスとフランスの対立に加えて、イギリスとドイツの緊張関係を描いており、他者の土地で繰り広げられる列強の対立はスパイ同士のそれに置き換えられる。ドイツのスパイであるボンゴ＝シャフツベリーは自らの身体を機械化させ任務に当たるが、彼はその身体を、後にレディV.となるヴィクトリア・レンの妹ミルドレッドと彼女と同席するイギリスのスパイ、ポーペンタインにも見せつける。「肉体に縫い込まれて黒光りしていたのは、小型の電気スイッチだった。……細い銀のワイヤーが電極部分から腕を上ってゆき、捲った袖の下へと消えていった。『わかるかい、ミルドレッド。ワイヤーは脳まで達しているんだ。スイッチがこんなふうに切れているときには、今みたいに振る舞うのさ。それが反対になったときは――』」(八〇)とその結果を子供に想像させる。続けて主張するには、「すべてが電気で動くんだ。単純で清潔だ」(八一)。ドイツ精密機械に対する固定観念に彩られたこの機械化されたスパイは、有機的身体を軽視し、機械文明の支配力を誇示する。ボンゴ＝シャフツベリーは意図的に人間性を否定するが、その主な目的は非人間的なスパイ活動の遂行である。彼は人間らしさを保持しようと努めるイギリス人スパイのポーペンタインに警告を与える。人間的感情は持ってはならないのだと。「愛、憎しみ、迂闊に示す同情心でさえも。おまえを見張っているぞ。おまえが我を忘れ他人の人間性を認め、そいつを象徴でなく人物と認めたりしたならば、そのときはおそらく――」(八一)。スパイ任務の遂行には、人間性は忘却されねばならない。また第一次世界大戦を導く列強間の熾烈な争いは、言うまでもなく自己と他者の人間性を否定することで実行される。

後にベニー・プロフェインは、そのような歴史が到達した大量破壊と殺戮のショックを経験するが、世紀転換期のエジプトに設定された物語が描くその問題の起源には、無自覚な機械礼賛と人間性の否定が見出せる。ボンゴ＝シャフツベリーは人間性について意見を求められ、「人間性とは破壊されるべき何物か」(八一)であると答えている。破壊の理由は明らかにせず、何物かとは何であるのか、その本質も明らかにしない。しかし右に引用した一節で彼が機械に「清潔」(八一)さを見出していることから考えれば、有機性のたどる腐敗の運命への嫌悪がその人間観の一つの根拠として挙げられる。そして有機性は否定されるべき非合理的な要素である。また彼は列強間の覇権争い、しかもやがて世界大戦へと導かれてゆく争いを支えるイデオロギーにおいては、有効に機能する機械的主体である。そうした主体ならぬ主体が露わにする非合理的な人間性に対する否定は、兵器による人間の破壊を助長する。

帝国主義との関連に戻れば、地球の北部に位置する合理的、機械的、清潔な西洋に対してアフリカは汚れた南部と見做され、強国による支配を通した近代化が必要な土地とされている。小説内でそのような表象の根本にあるのは、都市および街路の埒外に置かれた他者の土地を代表する一つの象徴的な土地である。ピンチョンはそれを本質的にはどう捉えているのだろうか。その問いに答えるためには、「ヴィースー」と呼ばれる土地の検討が必要である。

有機性を支配すること――ヴィースーと絶滅の夢

歴史的章では、何人もの登場人物が文明世界の外に位置する太古的な彼方の地ヴィースーのスペクターに文字通り憑かれている。ヴィースーとはイギリスの冒険家ヒュー・ゴドルフィンが発見した、西洋文明とは切り離されたいわゆる「未開民族」の地であり、西洋人による合理的な理解を撥ね退け、位置を特定出来ない地図化不可能な場と描写される。また逆に登場人物がその肯定的な面に着目した場合には、太古的な生命力を有する大地と見做される。ゴドルフィンは、一八九九年のフィレンツェに設定された章で、ヴィクトリア・レンを名乗るレディV.を相手にこの地について説明するが、二人の会話ではヴィースーは衰退する近代の都市の対立項と理解されるる。「人々が言うところによると、想像も出来ないほどの長い年月にわたってラジウムは徐々に変化し鉛と化すのだ。古きフィレンツェからは輝きが失われ、鉛色がかった灰色に変化してしまったようだ」(二〇一)と考えるゴドルフィンに対して、ヴィクトリア・レンは自説を述べる。「おそらく残された唯一の輝きはヴィースーにあるのですね」（二〇一）。ゴドルフィンは輝きとは何かを明確にしないが、それは文明のなかで喪失された何かであり、それを彼は冒険家として自然のなかに求めてきたのだ。またヴィクトリアも輝きが意味するものを明確にしないが、それを彼女はこれから機械化、暴力、破壊、支配のなかに求めることになる。いずれにせよヴィースーは、登場人物の欲望の投影の対象として機能し、喪失されたが人々に憑いているスペクター的な何かとして現れている。

同時にヴィースーは西洋人により過剰にコード化され、多様な意味を付与される受動的な対象と化す。たとえば、陰謀を企む野蛮な集団の住む地と表象されることもある。ある人物によると、「神のみぞその正体を知る輩によって遣わされた野蛮で未知の人種が、今このときでさえも大西洋の氷をダイナマイトで爆破していて、地下の自然界のトンネルのネットワークに入り込もうとしているのよ。そのネットワークの存在を知っているのはヴィースーの住民、ロンドンの王立地理学会、ゴドルフィン氏、そしてフィレンツェのスパイだけよ」（一九七）。こう述べるのは、フィレンツェに住む高齢の女性であり、実は彼女は陰謀により引き起こされるヴィスヴィオス火山の噴火を恐れている。ヴィースーの住民は有機的な大地の働きに精通し、働きかけることが出来る集団と考えられている。登場人物は、近代の鉛色の都市が失った輝きそして活力をヴィースーに見るのだが、近代性の他者と位置づけられるものに対する非合理的な恐れのため、その地を野蛮で幻影的な場へと変貌させるのである。先述したように、同様の論理が現代に設定された章でも見られる。ベニー・プロフェインはニューヨークの地下水路内の、ショットガンを使ったワニ狩りが伴う攻撃的で暴力的な行為により、その世界を野蛮な地へと変貌させてしまう。またエジプトを舞台とした物語でレプシアスも、軽蔑と恐れの念からアフリカのジャングルに、「野生の獣の法則」（七五）が支配する地という否定的なイメージを押しつけている。

この捻じ曲げられた論理は、登場人物のヴィースーへの反応に大きな影響を及ぼしている。ヒュー・ゴドルフィンを含め人々はヴィースーの正体を見極めようと試みるのだが、ヴィースーはその試みを拒み続ける。ゴドルフィンの報告によると、ヴィースーの特徴は多色彩の風景であり、小説中のほかの土地と明らかに一線を画す。彼はこう回顧する。「呪術師長の家の外に茂る樹木には虹色の蜘蛛猿が生息する。そいつらは日光のなかで色を変化させる。すべてが変化するのだ。……どの色と色とのつながりも日々同じではあり得ない。まるで自分が狂人の万華鏡にいるかのようだ」（一七〇）。ヴィースーはゴドルフィンの五感を攪乱し、幾何学的形式を押しつけようとする合理的理解と地図作成の試みを受けつけない。ヴィースーは「けばけばしい、ぞっとするような形式と色彩の迸り」（一七二）であり、それが持つ「色彩、音楽、香り」（二〇四）といった有機性のスペクターは後々まで彼の意識を支配し続けることとなる。実は街路と地図の観点から、ウィリアム・プレイターはゴドルフィンの体験とベニー・プロフェインの体験を結びつけている。「街路と敷設網の座標がベニー・プロフェインを完全に支配している。彼は地図に基づいた街路、すなわち一つの抽象化された街路を超えた領域には現実を持たない。世界地図を作成しすべての空白地域を埋めるという欲望がヒュー・ゴドルフィンをヴィースーへと向かわせるのだ」。[29]この洞察に修正を加え発展させると、プロフェインは確かに街路の世界に支配されているが、彼が地下の世界へ下降するとき街路を超えた現実を模索していると言え、読者は彼が模索したものを、ゴドルフィンの地図作成を打ち砕くヴィースーの内に見る、と言い換えることが出来る。ヴィースーを、ゴドルフィンは有機的な比喩を用いて「頭のてっぺんから爪先まで刺青を入れた褐色の女性」（一七一）にたとえるが、その土地が示す変幻自在な様に圧倒され、破壊的な衝動に突き動かされる。彼が望むのは「その刺青の皮を剥ぎ、赤、紫、そして緑の残骸の重なりとし、血管と靭帯は生々しく震えさせ、ついには人が目で見て触れるという行為に対してそれを開かせる」（一七二）ことである。幻覚的想像のなかで他者を切りつけるとき、彼は変幻自在な表層の動きを止めようとしていると言える。殺害の幻覚はヴィースーの無秩序に歯止めをかけ生命ある土地を生命なき対象へと変化させるが、そうした試みは合理的な分析、地図化、そして支配への準備である。対象から分離した客観的な視点からの合理的観測と分析は、対象上に幾何学的なパターンを重ね、人工的な知のカテゴリーの下に置く行為である。ヴィースーの制御不可能な動きと予測不可能なパターンの氾濫は、人工的知の影響を受けつけない自然のあり方を表す。それに苛立ち、性急で破壊的衝動に支配されたゴドルフィンは、ヴィースーを強引に傷つけ、人工的パターンを刻みつけようとするのである。それは原初的な有機性への暴力を表す行為であり、象徴的なレベルでは、小説内で行われる有機性に対する人工性の支配を目的としたさまざまな暴力の、根源的な形であると言っても過言ではない。

しかしながら、支配への衝動に対するヴィースーの抵抗は止むことはない。ゴドルフィンが後に南極での探検を試みた際に、彼はかつてヴィースーで目にした虹色の蜘蛛猿を発見する。彼は凍りついた蜘蛛猿がヴィースーの及ぼす力によってその地に意図的に残されていたと判断し、背後に陰謀を読み取る。

彼らは私のためにそれをそこに残したのだと思う。なぜかって？　おそらく私には理解不可能なある種の異質で人間的とは言えない理由によってだろう。おそらく私がどう反応するのか確かめるだけの理由で。愚弄なんだ。わかるだろう。生命の愚弄であり、ヒュー・ゴドルフィン以外はすべてが生命なきものである場所に置かれていたのだ。……もしエデンの園が神の創造物ならば、如何なる悪がヴィースーを創造したのか神のみがご存じだ。私が繰り返し見る悪夢のなかの皺くちゃの皮膚が、存在するすべてだったのだ。ヴィースーそのものがけばけばしい夢なのだ。この世では南極こそが最も近い、絶滅の夢だ。(二〇六)

ゴドルフィンは、邪悪なヴィースーを肥沃なエデンの対概念とし、前者を生命なき死の王国と捉える。だがゴドルフィンはその正体、意図、そして意図の存在の有無自体を理解不能であり、彼が想像する悪意に満ち、陰謀を企てる、生命なきヴィースー像は疑問視すべきである。「色彩、音楽、香り」(二〇四)があふれ、姿を刻々と変化させるヴィースーは、その地が生命にあふれるものであることを物語っている。そこを切り裂き、動きを止め、西洋的な意味を刻印しようとする暴力はゴドルフィンの裡に由来するのであり、彼はヴィースーの持つ欲望を彼自身の絶滅への欲望で置き換えている。彼はヴィースーを人間的ではないと判断するが、人間的ではない生命なきものの世界を殺戮と絶滅の幻想を通して作り上げるのは、彼自身である。このことは、既に検討したエジプトの砂漠化のエピソードと類似性を持つ。そこでは西洋人の語り手であるステンシルが、そしておそらく作者自身が、自らの黙示的ヴィジョンをあたかも現地人が望むものとして提示するが、同様にゴドルフィンはヴィースーそのものが絶滅を望むと決定づけている。

ゴドルフィンにより語り伝えられたヴィースーは、レディV.の想像のなかで形を変化させてゆく。第一次世界大戦後、一九二二年の旧ドイツ領南西アフリカを舞台とした章で、再びヒュー・ゴドルフィンとレディV.（同章ではヴェラ・メロヴィングと名乗る）がヴィースーについて語り合う。そこでは奴隷所有者フォプルの屋敷で、かつてドイツが植民地時代に行ったヘレロ族虐殺の記憶がもたらす支配への郷愁に駆り立てられた人々が、退廃的でサドマゾヒスティックな行為を伴う饗宴を繰り返すことで倒錯した快楽を求める。一九二二年には現地ボンデル族による反乱が勃発するが、それがフォプルという人物の屋敷に集う人々の意識のなかで、一九〇四年のヘレロ族の反乱と反乱の鎮圧に乗り出したフォン・トロータ将軍に率いられたドイツ軍による圧倒的な軍事的暴力の記憶と重なり、人々は陶酔感を味わう。ボンデル族の反乱とその鎮圧をゴドルフィンとレディV.は目撃するが、後者はその暴力をヴィースーの実現であると発言する。だが彼女に応えてゴドルフィンが指摘する。「戦争があったのですぞ、お嬢さん。ヴィースーは贅沢であったのだ。道楽であったのだ。我々はもはやヴィースーのようなものを持つ余裕はない」（二四八）。重ねて彼は警告する。「我々のヴィースーはもはや我々のものではない。あるいは友人たちの集団が所有するものに限られてさえいない。ヴィースーは公共の所有物となったのです」（二四八）。ここで彼はヴィースーという名の「絶滅の夢」（二〇六）が第一次世界大戦という形で公共の所有物となったことを意味していると考えられる。そう考えるとその夢とは西洋の夢であり、世界的規模の破壊であると言える。ゴドルフィンの注意を受け入れられないレディV.はフォプルの屋敷でサドマゾヒスティックな暴力に興じ、過去の戦闘の記憶と現在の戦闘を、現在の自らの暴力行為に重ね合わせて得られる快楽を追求する。彼女は屋敷でゲームを行うが、やがてゴドルフィンを精神的に衰弱させそのなかに引き込むことに成功し、彼に奴隷の死体への鞭打ち行為を行わせる。彼女は暴力の満ちた場であるヴィースーの実現を推し進める力として表象され、彼女の身体の機械化と暴力への傾倒は、機械による大量破壊をもたらす第二次世界大戦へと進む歴史の行程自体を暗示している。

植民地マルタにおける再生の試み、機械の解体

小説内で帝国による支配と第二次世界大戦の破壊の両者を経験するのが、マルタ島の人々である。またマルタ島の物語は、一九五〇年代半ばのニューヨークの物語と強い関連性を持つ。まず読者の目を引くのが、フェアリング神父が二〇世紀初頭にマルタ島で布教しており、ベニー・プロフェインもスエズ危機の際にアメリカ海軍の中東戦略の一環として、マルタに配属されていたことである。そしてマルタ人のパオラ・メイストラルがアメリカ軍人パピー・ホッドと結ばれ、アメリカへ移住するのだが、プロフェインは暴力的夫から逃れる彼女の保護者となる。そうした国家および人々の結びつきについてピーター・イングロットは、次のように考察している。「パオラがアメリカ海軍によりアメリカへ運ばれてゆくことと明白に関連しているのは……ピンチョンがマルタのような場所に対して抱く興味が、アメリカ国家の優先事とグローバルな役割に結びついているという事実である」。[30] 地政学的な結びつきとともに、ジェニファー・バックマンが述べるように、ニューヨークとマルタは暴力行為と死によってつながれる。「我々がニューヨークの地下下水路とマルタ島の戦争でずたずたにされた街路に聞き取るハーデースの残響音はまた、批判的な役割を果たす。それを通してピンチョンは二〇世紀に横溢する暴力的で帝国主義的な文化を強く非難するのである」。[31] それらのみならず、ニューヨークとマルタを強く結びつ

けるのは、機械と人工物が支配力を振るう街路、都市と有機性の関係、人工的人体の解体、機械文明が可能とする戦争による大量破壊、地下の世界への下降、民族の母系的連続性、そして共同体といった主題である。

「ファウスト・メイストラルの告白」と題されたマルタの物語は、大国による支配の負の遺産と第二次世界大戦中のショックを描いている。ファウストが娘パオラに宛てた告白のなかで重点を置くのは、大戦中の都市ヴァレッタの破壊である。ヴァレッタは常にマルタ的な要素とイギリス的な要素を持つ混血の都市として表象される。破壊されるヴァレッタで、彼は機械化と近代化による破壊力が一つの頂点に達する様を目撃し、自らの内に引きこもり、自動人形に比される生命なき状態へと堕ちてゆく。その過程で、彼は自らをファウスト一世からファウスト五世まで変貌させる。ファウスト二世は詩、宗教といった抽象性と生命なきものの世界との同一性を感じ、ファウスト三世は、「無人間性（non-humanity）」（三〇七）へ最も近づいた存在である。この変貌の主な目的は、イギリスによる支配の影響と第二次世界大戦でのイギリス、イタリア、ドイツなどの列強によるマルタを舞台とした戦闘がもたらすショックから、自らの意識を守るためである。特に三世の誕生は爆撃による妻エレナの死が契機となる。変貌の過程で、後述するように自国の大地への帰属性とその強固さを基盤に、自己の再生を試みるのである。

「無人間性」は、マルタの大地との関係において「岩であること（rockhood）」（三二五）に立脚する。「岩であること」は小説においてマルタ神話内に起源を持ち、西洋の機械文明から自らを解放し自国の国民性、民族性へと向かうファウストの想像力の源となる。たとえば、戦争初期のイタリア軍による爆撃の後で、爆撃はマルタ人の魂に影響を与えることは出来ないと彼は主張するが、その理由についてこう説明する。「ノアにとっての箱舟と同じように、マルタの子供たちにとって我々マルタの岩という侵すことの出来ない子宮が存在する」（三一八）。列強の国々の暴力から人々を守る岩が、同時に生命の源の役割を付与され、耐え抜き生き延びることと新たな生命の誕生による民族の繁栄を担っている。ファウストをはじめマルタの人々は街路を逃れ、強き岩で守られた地下の世界へと避難する。ファウストは、戦争初期の爆撃で妻の母を失い自らの母の死も想像した後で、自分も含めた若者が抱く「不滅の幻想」（三一九）に皮肉めいて触れながら、思考を飛躍させる。「しかしおそらくそれ以上のものがこの島には存在するのだ。なぜなら我々は、結局のところ、お互いへとなったのだから。統一体の部分へと。ある者は死に、ほかの者は生き延びる。髪の毛が一本抜け落ち爪が一つ剥ぎ取られたとしても、私の生命が減少し決意が弱まることがあるだろうか」（三一九）。岩が誘発するこの有機体論的ヴィジョンでは、個体は統一された全体と調和的関係にあり、自らの有限性を超越し、戦争による破壊を超えた民族の存続を想像することが出来る。

だがこうした植民地解放の過程での有機性または同一性への回帰については、エドワード・サイードであれば、本質主義へ陥る可能性があるとして警鐘を鳴らすかもしれない。その主な理由はこうである。「歴史的世界から離れ、ネグリチュード、アイルランド性、イスラム性、あるいはカトリック性のような本質の形而上学を求めることは、歴史を放棄し人間同士を敵対させる力を持つ本質化を求めることである」。[32] 実際にファウストは、マルタ人の歴史を紐解きながら本質への回帰を試みるのだが、しかしそれは単一の本質とは異なる。彼はマルタ人とは「純粋であると同時に複数の人種により混成される」（三一〇）と認識し、彼個人もイギリスによる支配と彼が傾倒した英文学を通して得た知が原因となり、「二重の人間」（三一四）であると認めている。故に、有機的共同体への回帰を契機として本質へ回帰することは困難であり、その意味で有機性は幻影的なスペクターに留まっている。

本質への回帰を困難とする要素はほかにもあり、そのなかに再び機械と人工物の問題を据えたい。近代的な生産や通信の技術を有する植民地についてフェン・チャーが主張するように、「脱植民地化を実行する国家とは太古的で伝統的共同体ではなく、合理的な文化形成の産物である。近代的な技術は国家が繰り返し試みる文化形成の実現において決定的な役割を果たす。国家は異質な技術を吸収しそれを自らの有機的な統一体の延長へと変化させる」。[33] しかし、そうした近代的技術が有機的共同体と相容れない怪異なものとしても捉えられる。その主な原因は、近代的技術が機械、テクノロジー、道具的合理性、抽象的政治体制、軍事力などの技術を通した支配と共犯関係にあったからだ。チャーの言葉を借りると、それは「悪しき」スペクターとして現れる。「悪しきスペクター性とは生命へと変換し戻すことが出来ない技術の一形態である。それは人間の理性のミイラ化であり、人工的な歯と同様に偽りのものなのだ」とチャーは指摘し、そのようなスペクターへの一つの対抗手段として、「近代的な知識によって現地的な要素を組織的にまとめ、それが人々の具体的な体験を通して、生命と歩調を合わせ、大地へと根を張ること」の重要性を強調する。[34] チャーの議論を踏まえて作品『V.』に戻ると、「悪しきスペクター」はマルタ島で「悪徳神父」と呼ばれる神父になりすましたレディV.によって象徴される。レディV.は一八九八年に設定されたエジプトでのエピソードに出現以来、歴史的章で身体の人工化と、戦争や帝国支配における破壊を目的とした機械の進化を、体現してきた人物である。

まずは、レディV.がマルタの大地とマルタ人の身体の有機性を否定する企みから検討したい。レディV.はそれらを不毛な物質へと貶めるため、女性と子供にこう教えを説く。「娘たちに対して彼は、修道女になることを勧め、性交の快楽や出産の苦痛といった官能的な極端さを避けるよう助言した。少年たちに対して彼は、彼らの島の岩に強さを見出し、岩のようになるよう告げた。彼は……しばしば岩の話題へと戻り、男性の存在の目的とは鉱石のようになることだと説いた。美しく魂を持たぬ鉱石に」(三四〇)。その上、悪徳神父はファウストの妻を含む女性たちに堕胎を勧め、また結婚は、男性が女性の罪を負いきれないため、忌避すべきであると説く。マルタ人にとっての岩は堅強であると同時に、これまでに論じたように豊饒な子宮でもあるが、レディV.はそのような現地文化の価値体系を崩し、岩を大地の不毛さを表象する物質へと変化させようとする。また大地と女性性との結びつきを切り離し、女性の罪と不毛さを強調し、彼らを民族の消滅へと導く教えを説く。また転じて、大地を男性性と結びつけ、現地の母系社会的価値体系を転倒させようとする。このような死と滅亡を目的とした企みにファウストは抗わなければならない。

ファウストの告白では、岩に守られた地下の世界に、戦時中のマルタ人共同体が構成される様子が描かれる。「空襲の間はすべての市民と魂ある者は地下へ潜った」(三二二)とファウストが伝えるように、そこは安全な「地下の家」(三二四)を形成する。「もしサトゥルノ・アティナと彼の妻が古き下水路に移り住み今ではずっとそこにいるのならば、君が仕事で外出する際には、パオラの世話をしてくれる。ほかにもどれだけ多くの家族が彼女の世話を受け持ってくれただろうか。すべての子供たちは戦争という唯一の父を持ち、マルタの女性たちという唯一の母を持つ」(三二四―二五)。戦時中に再形成された共同体に考察を加えながら、抗戦と脱植民地化の闘争を通しマルタ性を取り戻そうと試みる。「マルタとその住人は、運命の女神の河のただなかに置かれた不動の岩のように立っており、今戦争の洪水のただなかにいた。夢の街路に我々を群がらせる動機と同じ動機が、我々をして岩に人間的な特質を付与させる。『無敵』、『頑強』、『忍耐』といった特性だ。それは隠喩以上のもので、幻想なのだ。しかしながらこの幻想の持つ強さのおかげでマルタは生き延びたのである」（三二五）。そのような有機的大地は「幻想」とされるが、植民地化と列強による支配からの解放に向けた生命の継続に力を与える。

近代化の産物である機械が戦争でその破壊力を解き放つのを目撃し、ファウストは近代化のプロジェクトが誤った方向へ進んでいると認識する。なぜならそのような方向性は、ベニー・プロフェインのエピソードで語られたように、人間を解体可能な機械と捉える極端な道具的合理性をより進めてしまうからだ。プロフェインの解体を思い起こさせるような象徴的な人体解体の描写が、このマルタを舞台とした章でも繰り返される。激しい空襲の最中に、ファウストはレディV.扮する「悪徳神父の解体」（三四三）を目撃する。レディV.は異なる歴史的章においてVの頭文字を持つさまざまな名を持ち登場し、彼女の名は「聖母マリア」（the Virgin）の頭文字を連想させるのだが、実はレディV.は聖母マリアが有する統一力を奪おうとする機械の力を象徴する。[35]彼女の解体の前に、まず爆撃が彼女の身体を破壊し、機械が機械を破壊するという自己破壊がある。それに続いてヴァレッタの子供たちが彼女の身体を文字通り解体するが、彼らはレディV.の身体から生命なき部位を一つ一つ取り除いてゆく。義足、臍に埋め込まれたサファイア、義歯、時計の形をした瞳を持つガラスの目、といった具合に。ガラスの時計を彼女から切り離す行為は、レディV.の歩んだ時間と歴史を否定する行為である。加えて、少年が「銃剣の先を刺し、しばらくまさぐるとサファイアを取り出すことが出来た。血がその場所に湧き出し始めた」（三四三）とある。小説の終わり近く、第二次世界大戦によるマルタの破壊のなかでレディV.を解体することとは、機械文明を原動力とする進歩が二〇世紀の二つの大戦へとなだれ込んだ歴史、そして近代的軍事力を背景とした帝国による支配へと抗う、象徴的な行為である。また暴力的な解体は有機性の再認識を目的とした行為でもあり、子供たちは彼女に残された有機性の幻のような残滓を確かめる。実は、これ以前にもマルタ島による軍事支配への抵抗は描かれている。一九一九年に設定された小説のエピローグでは、地域の神話に由来する豊饒の女神マラが、自然の豊饒さと暴力性を表す存在として現れ、おそらく彼女が自然へ働きかけ海難事故を起こし、マルタをイギリスの軍事的影響下に置こうと試みるシドニー・ステンシル（ハーバートの父）を殺害している。だが、第二次世界大戦中の帝国が持つ圧倒的軍事力、合理的文明が及ぼす支配力の下で、マラは影響力を失っている。そこで象徴的行為としての反乱を試みるのが、マルタの子供たちなのである。

＊

本章で議論したように、小説『V.』は語りの現在の物語にて、第二次世界大戦の余波が消えぬなか、冷戦の危機が迫る一九五〇年代のニューヨークに焦点を当て、レディV.が望んだ大規模破壊後の時代の人々を描く。また歴史的章の後半では、レディV.は第二次世界大戦による爆撃と子供たちによる解体で死を迎えるが、身体を機械化した彼女の発展形は、一九五〇年代のニューヨークに現れる人体の大部分を人工物で置き換えたシュラウドであろう。それは科学が手に入れた絶大な破壊の手段である核爆弾が発する放射能に耐えられる、人間ではない人間のモデルである。こうして分裂した歴史物語と現代の物語は終局的な意味で結びつく。

登場人物は破壊の歴史と同時に、機械化、人工物の氾濫、都市化による疎外、有機的共同体の喪失に由来するショックを抱えながら現代の街路を彷徨するが、そうした環境からの抜け道は、プロフェインにとっては未開の土地の模造である地下下水路であり、歴史的章に現れる幾人もの西洋人の登場人物にとっては、植民地である。それら有機的大地と有機的共同体が保持されていると想像される土地も、帝国の拡大や世界大戦により暴力の支配する場へと変えられてしまった。ゴドルフィンとレディV.がヴィーズーに絶滅の衝動を読み込み、またファショダというアフリカ奥地の文明の埒外に位置する土地は、未開人の野蛮な暴力により支配されると決めつけられたように。だがそれらの土地で、大規模な暴力行為を行うのは、啓蒙化されたはずの大国とそのイデオロギーに突き動かされた人々である。帝国主義と二つの世界大戦によって大規模に実現された、機械とテクノロジーによる暴力的支配への批判として提示されるのが、ヴィーズーという根本的に異質な象徴的場が示す過剰な生命の力や、マルタにおける共同体が生き延びる術である。それらは、「生命なきもの」へと人間と世界を変貌させる力へ対抗する。ピンチョンの想像力は、近現代の西洋とアメリカを中心的に扱いながらも、そこには相容れない歴史的、文化的価値体系を持つ集団とその共同体へと踏み込んでゆく。それは本書でこれから続く章において扱う物語にも共通する要素であり、革新的なまでの他者性が、暴力と破壊をもたらすシステムと如何なる関係を持つのか追究してゆく。続く第2章で扱う『競売ナンバー49の叫び』(一九六六)では、ヴィーズーの他者性を引き継ぐものとして、「トリステロ」が現れる。

註

1　Edward Mendelson, Introduction. *Pynchon: A Collection of Critical Essays*, ed. Edward Mendelson (Englewood Cliffs, NJ: Prentice-Hall, 1978) 6.

2　Pheng Cheah, *Spectral Nationality: Passages of Freedom from Kant to Postcolonial Literatures of Liberation* (New York: Columbia UP, 2003) 6.

3　Thomas Pynchon, *V.* (London: Picador, 1975) 10. 以下、『V.』(V.)からの引用は同書による。

4　人間の自律性および自己決定力の喪失と有機性との関係を、フェン・チャーは *Spectral Nationality* において紐解こうと試みる。たとえば、有機体の自律性は自由と外側から自由に影響を与える自然との間に橋掛けする目的論的な判断に求められるとの立場から、イマヌエル・カントの『判断力批判』に依拠し、有機体の「合目的な行動はそれ自身の内側から生じ、それが持つ部分と全体、そして内容と形式の完全な相互性から生じる」(八八)と記すが、チャー独自の立場はそのような有機性はスペクター的性質を帯びることだ。その原因を『V.』との関連で述べれば、近現代において道具的合理性に基づく機械化が支配力を及ぼし、合目的な行動の基盤を崩すからである。プロフェインも、機械文明の力に身を任せ、テクノロジーが外部からもたらす力に突き動かされ、自律性、自己決定力、創始力、自由意志を喪失することの危機を感じている。彼にとって、外部の世界の有する意図と自らの存在意義を結びつけることが困難であることが、大きな問題として描かれる。

5　ヴァルター・ベンヤミン、「ボードレールにおけるいくつかのモティーフについて」『ベンヤミン・コレクションI　近代の意味』(浅井健次郎編訳、久保哲司訳、筑摩書房、一九九五年)四五一。またルイス・サイモン・ジュニアは、既に『V.』における都市居住者をベンヤミンが描く都市居住者と関連づけ、プロフェインを「都市化された環境に住むアメリカ版のパリ・フラヌール[都市遊歩者]」(一七三)と位置づける。本章での議論はその位置づけに立脚する。サイモン・ジュニアからの引用は、以下による。Louis P. Simon Jr., "Profane Illuminations: Benny Profane, Herbert Stencil and Walter Benjamin's *Flâneur*," *Pynchon Notes* 30-31 (1992) 172-78.

6　ベンヤミン　四五二。

7　Shawn Smith, *Pynchon and History: Metahistorical Rhetoric and Postmodern Narrative Form in the Novels of Thomas Pynchon* (London: Routledge, 2005) 56.

8 Kathleen Fitzpatrick, "The Clockwork Eye: Technology, Woman, and the Decay of the Modern in Thomas Pynchon's *V.*," *Thomas Pynchon: Reading from the Margins*, ed Niran Abbas (Cranbury, NJ: Associated UP, 2003) 101.

9 Donald E. Pease, *The New American Exceptionalism* (Minneapolis: U of Minnesota P, 2009) 51

10 Pease 51.

11 ジャック・デリダ、『マルクスの亡霊たち　負債状況＝国家、喪の作業、新しいインターナショナル』（増田一夫訳、藤原書店、二〇〇七年）一三一四。

12 デリダ　六〇。

13 Sharon Zukin, "Postmodern Urban Landscapes: Mapping Culture and Power," *Modernity and Identity,* ed. Scott Lash and Jonathan Friedman (Oxford: Blackwell, 1992) 222.

14 Fredric Jameson, *Postmodernism, or, the Cultural Logic of Late Capitalism* (Durham, NC: Duke UP, 1991) 366.

15 Walt Whitman, "Song of the Open Road," *Complete Poetry and Selected Prose. 1891-92,* ed. James E. Miller, Jr. (Boston: Houghton, 1959) 108-15.

16 大文字で始まる「街路」（Street）については、既に本章で言及した小説冒頭では、「一つの抽象化された街路（Street）」（一〇）と記述されている。

17 Thomas Pynchon, Introduction. *Slow Learner: Early Stories* (London: Picador, 1985) 21.

18 John Dugdale, *Thomas Pynchon: Allusive Parables of Power* (New York: St. Martin's P, 1990) 79.

19 Dugdale 79.

20 ベデカー・ランドとしての都市エジプトについて歴史的背景を示したい。エジプトにおける集中的な近代化は一八六〇年代あたりに開始されたが、エドワード・サイードによると、その当時には、「綿花販売のブームがあり、それはアメリカの南北戦争によりアメリカからヨーロッパの工場への供給が停止された際に起こったものであった」（一一六）。それ以降「エジプトはあらゆる種類の事業計画に対して門戸を開き、それらのいくつかは狂気の沙汰であり、ほかには恩恵をもたらすものもあったが（鉄道や道路の建設のように）、すべてが、特に運河が巨額の資金を必要とした」（一一六）。西洋の資本と技術の導入とともに、当時の統治者イスマイル・パシャによるエジプトの近代化が進められ、カイロやアレクサンドリアなどの都市で西洋的な地区の建設が進められた。（一一七）サイードからの引用は、以下による。Edward W. Said, *Culture and Imperialism* (New York: Random House, 1993).

21 Zukin 224.

22 Eric Bulson, *Novels, Maps, Modernity: The Spatial Imagination 1850-2000* (New York: Routledge. 2006) 91. この背景としてブルスンが指摘するのは、ピンチョンが「秘密裏に」を『V.』の第三章へと発展させる際に、ベデカーのガイドブックに含まれる現地の記述が、西洋人の植民地主義的態度を助長することを批判的に意識したことだ。「彼［ピンチョン］」は、ベデカーが『西洋』の植民地主義的邂逅とつながりを持つことに、益々疑念を抱くようになる。そして現実の地理を彼がフィクションで扱う際に、空間の表象が、文化が示す自らへの態度とほかの文化への態度を反映すると意識し、その意識をフィクションに反映させるようになる」（九〇）。ピンチョンは、大国の立場から被支配者の国の空間を描く方法が力や支配の強化に結びつく様を、作品内で主題とする。

23 Luc Herman, "Early Pynchon," *The Cambridge Companion to Thomas Pynchon*, ed. Inger H. Dalsgaard, Luc Herman and Brian McHale (Cambridge: Cambridge UP, 2012) 24.

24 Tony Tanner, *City of Words: American Fiction 1950-1970* (London: Jonathan Cape, 1971) 169.

25 ジャック・ラカン、『精神分析の四基本概念』（ジャック＝アラン・ミレール編、小出浩之、新宮一成、鈴木國文、小川豊昭訳、岩波書店、二〇〇〇年）一二七。

26 ピンチョンの先行研究におけるラカンの「現実界」の扱いについて補足すると、ハンジョー・ベレッセムが著書 *Pynchon's Poetics* のなかでポスト構造主義の視点から行った分析が有用である。ベレッセムは言う、「ピンチョンの散文は常に現実界（the real）の謎を前景化するため、それは、特に空想的側面において、確実に『幻覚的』である」（二一六）。象徴界の外に位置する心的外傷の核を形成する現実界（レアル）は理性的象徴システム内での表象を拒むが故に、空想的かつ幻想的な語りを出現させる。ベレッセムからの引用は以下による。Hanjo Berressem, *Pynchon's Poetics: Interfacing Theory and Text* (Urbana: U of Illinois P, 1993).

27 Homi K. Bhabha, *The Location of Culture* (London: Routledge, 1994) 96.

28 Pease 51.

29 William M. Plater, *The Grim Phoenix: Reconstructing Thomas Pynchon* (Bloomington: Indiana UP, 1978) 59.

30 Peter Serracino Inglott, "The Faustus of Malta: An Interface of Fact and Fiction in Pynchon's V.," *Pynchon Malta and Wittgenstein*, ed. Petra Bianchi, Arnold Cassola and Peter Serracino Inglott (Malta: Malta UP, 1994) 52.

31　Jennifer Backman, “Katabasis, Orpheus, and Alligators: V.’s Various Underworlds,” *Dream Tonight of Peacock Tails: Essays on the Fiftieth Anniversary of Thomas Pynchon’s* V., ed. Paolo Simonetti and Umberto Rossi (Newcastle: Cambridge Scholars Publishing, 2015) 132. また引用中のハーデースとは、ギリシャ神話の冥界の神、聖書などでの黄泉の国である。

32　Said 228-29.

33　Cheah 221.

34　Cheah 299. ここでは、チャーはインドネシア脱植民地化の具体的な文脈のなかで、プラムディア・アナンタ・トゥールの『人間の大地』（一九八〇）を扱っているが、本論では広義の近代的技術と有機性の問題に有用であると考え援用した。

35　この議論との関連で、ピンチョンがV.というコンセプトを作り上げるにあたり、影響を受けたヘンリー・アダムズ著『ヘンリー・アダムズの教育』（一九一八）に言及しておきたい。同書においてアダムズは、一九〇〇年開催のパリ万国博覧会に赴き発電機を目にした際の印象を記述しているが、そこで中世からキリスト教社会を統一してきた聖母マリアの力が、近代技術が生み出した発電機のそれに取って代わられるのではないかと危惧している。彼にとってこの現象は歴史の分岐点をなし、道徳的力、生命を生み出す力が、それとは性質を異にする力によって取って代わられることを意味する。同書一五章「ダイナモと聖母マリア」を参照。また彼が聖母マリアを「生命ある発電機」（三八四）と呼んでいることにも注目されたい。アダムズからの引用は、以下による。Henry Adams, *The Education of Henry Adams* (New York: Random House, 1931).

＊本章のエピグラフは、以下による。ヴァルター・ベンヤミン、「複製技術時代の芸術作品」『ベンヤミン・コレクションI　近代の意味』（浅井健次郎編訳、久保哲司訳、筑摩書房、一九九五年）六二八。

第2章　国家像を揺さぶる「望まれざる外国人」——『競売ナンバー49の叫び』が示す脅威

『競売ナンバー49の叫び』（一九六六）の主人公エディパ・マースは、一九六四年の南カリフォルニアで、今は亡きかつての恋人ピアス・インヴェラリティーから遺言執行人に任命されたことを契機に、地元の不動産王であり軍需産業誘致に貢献した彼の莫大なる財産の調査を始める。その過程で、彼女は公式の郵便システムと通信ネットワークに対抗する非合法の集団「トリステロ」の存在の可能性に気づき、彼らの調査にのめり込むが、そこで彼らが有する過剰なまでの他者性と脅威に晒されることとなる。彼女とトリステロとの関係は、特に一九六〇年代前半の対抗文化の出現とともにイデオロギー的、文化的闘争を開始したアメリカが、国家内の周辺的領域から現れ出る異質な価値観に如何にして対応すべきなのかという問題に向けて、重要な示唆を含む。エディパにとってそのような価値観を代表するのが、謎の集団トリステロであり、その全体像は作品内で明らかにされることはないが、彼らの組織の中核は社会の主流派から弾き出された人々、あるいは意図的にそこから距離を置く人々のための、郵便システムと通信ネットワークである。そうした周辺的、異質な価値観を持つ者たちとトリステロとの結託を想像するエディパについて、デイヴィッド・カウアートが述べているのだが、「エディパはこの他者［トリステロ］が拡散した化身のようなものを、現状に不満を持つ集団そして個人のなかに見出すのだが、それは彼女の周りで際限なく複製されるように見える」。[1] 彼女はトリステロがアメリカ社会の反主流派、反体制派集団を構成すると考え始め、やがて彼らのなかに冷戦下の息苦しいイデオロギーからの解放の可能性を探るようになる。しかしながら既述したように、彼女はトリステロに強い脅威も感じる。なぜならその集団はおそらく国家転覆的陰謀に加担しているからだ。トリステロは肯定的社会変革と暴力的社会騒乱を生み出す大きな潜在力を示すため、「魔術的他者」[2]と同時に「野蛮な他者」（一〇八）であると見做される。本章では、そのような反応は、異なる国家的ならびに文化的背景を持つ外国人や移民に対してアメリカという国家が取る矛盾する態度に立脚していると捉えたい。矛盾する態度とはここでは、アリ・ベダドが彼のアメリカ研究において指摘するような態度に由来する。ベダドが想起するように、移民国家アメリカは歴史的に外国人に対する好意的な態度と否定的な態度の間を揺れ動いてきたが、彼が注目するのは国民的自己同一性が持つ「両義性」である。彼は「両義性という概念を用いて、国民的自己同一性についての拮抗する認識間に存在する生産的かつ調和不能な差異を理論化する。そうした認識は、互いを破滅させたり、弱体化させたりするのではなく、歴史的忘却を通して共存し、互いを強める」[3]。しかしながら忘却とは外国人という他者に対する抑圧の忘却であり、ベダドはそれを前景化し呼び起こすのである。そして彼は、「望ましき外国人」と「望まれざる外国人」という両義的概念の重要性を指摘している。ピンチョンの小説内では、トリステロが「望まれざる外国人」と捉えられることに注目し、同時にそれに反発し体制を切り崩さんとするトリステロの、脅威に満ちた変革の力が持つ意味を検討する。

エディパは急激な変化を遂げる国家において、調査の過程で街路を彷徨いながら、彼女自身の国家像を心に描き、「望まれざる外国人」の代表的集団であるトリステロをその国家像に組み込もうと試みる。エディパの国家像の持つ可能性を探究するために、まずは移民法を根拠とした「望まれざる外国人」と「望ましき外国人」という概念を基に、エディパが暮らす二〇世紀半ばのアメリカの外国人に対する意識に目を向けながら、議論を行いたい。そして、エディパが思い描く空想的国家像に焦点を当て、彼女が公的な国家機関と「野蛮な他者」であるトリステロの陰謀との関係をどう捉えるのかを分析する。その際に特に注目したいのは、彼女が既存の社会象徴ネットワークを如何にして再編成するのか、そしてそのネットワークに生じる虚空に如何にして対処するのかである。小説内で重要なイメージである虚空の出現によるネットワークの中断が、彼女の想像力を広げ、人種的、文化的他者が居住する都市の人口密集地域での社会的矛盾や、革新的政治思想や活動と結びつく倫理的な問題へと、我々を誘ってゆく。

トリステロ――移民法、望まれざる外国人、崩される国家像

エディパ・マースがトリステロの謎に満ちた脅威に晒され始めるのは、物語開始から間もなく、彼女がサンナルシッソと名づけられたカリフォルニア郊外の町の工場を訪れた際である。工場は宇宙工学企業ヨーヨーダインの生産施設であり、地域社会と国家にて拡大する軍産複合体の牽引力となっている。工場のトイレの壁に、エディパは秘密の郵便システムの使用を促す猥褻なメッセージを発見し、それとともに謎めいた「W.A.S.T.E.」の文字と奇妙な落書きを見出す。「W.A.S.T.E」とはトリステロのモットー「我々は沈黙するトリステロ帝国の到来を待ち受ける」(We Await the Silent Tristero's Empire)であり、落書きはその集団の象徴である消音機つきの郵便ラッパであることが判明する。物語のはじめから、トイレという汚れた場、メッセージの猥褻さ、そして廃棄物を

も指す言葉「W.A.S.T.E.」により、トリステロには非正統性がつきまとう。だがまさにそのような非正統性に、エディパは脅威を見出すと同時に、一枚岩的な冷戦体制下の社会的規範と価値観からの解放を導く何かを求め、魅了されることとなる。小説が後に明らかにするように、彼女が欲するのは、「あなたが知るアメリカ人皆の頭を悩ませる、行き場のなさ、驚きの欠如に対する本物の選択肢」（一一八）であり、また彼女の物語が生み出すのは「順応、人種偏見、そして軍国主義を拒絶する一九六〇年代アメリカの寓話である」。[4]

脅威と魅了が織りなす現象の背景を探るために、その矛盾と、世紀半ばの移民法によって規定された国家による外国人に対する公的な見解、との関連性について確認したい。移民法の歴史では、エディパの生きるアメリカは二つの主要な法の間の移行期に位置している。すなわち一九五二年制定の移民国籍法から一九六五年制定の同法への移行期である。前者は、アリ・ベダドが論じるように、「組織的に、そして綿密に『望まれざる外国人』の範疇を定義し、はじめて外国人登録システムを制定した」。[5] 彼は一九五二年制定移民国籍法第２１２条（a）が、公式に外国人の「望まれざる性質」をリスト化していると指摘している。リストが含むのは、精神的な障害や問題、伝染病、身体障害、性的志向の逸脱、犯罪歴、政治的信条（無政府主義や共産主義）であり、それを受けてベダドは強調する。「その法律はあらゆる要素を利用し、すべての存在しうる『望まれざる性質』の範疇を名づけようと試みるのである」。[6] 一三年後の公民権運動隆盛期に、より人種差別改善に配慮した一九六五年移民国籍法が制定されたが、同法は人種よりも階級に焦点を当てた排除の原理を導入する。具体的には、ベダドの皮肉を含んだ言葉を借りると、「一九六五年の移民法が、たとえば、一八八二年制定の中国人排斥法を破棄することにより、最終的にアジア人に対する差別に終止符を打つのだが、専門職従事者か熟練労働者のみを移民として許可することにより、彼らの地位を模範的移民として回復した」が、その結果、同法は「移民というものを国家に対する脅威(たとえばアジア人が表していた『黄禍論』)から、国家の理想を表現する比喩へと変化させた」。[7]これは移民に対するイデオロギー的な排除と包含、そして彼らのなかに脅威と理想を見出すという、相反する態度を形成することを助長し、それがエディパの態度の根底にもあると考えられる。一九六四年に設定された物語内のアメリカは、一九五二年の移民国籍法により構築された貶められた外国人のイメージの影響下に置かれ、より自由主義的な六五年の法を待ち望んでいる段階にある。

小説の冒頭近くでは、望まれざる外国人の姿が国家権力の公式な象徴を脅かす。具体的には、そのような脅威はエディパの「アンクル・サム幻想」内で描かれる。エディパが幻想に襲われるのは、精神科医のヒラリアス博士と電話での会話中のことだ。ヒラリアスが薬物使用を伴う治療の実験に彼女を引き込もうと、「我々はあなたが必要だ」(一〇)と呼びかけると、その言葉が彼女の裡に、「私はあなたが必要だ」(一〇)と募兵用ポスターで国民に向けて威圧的に呼びかけるアンクル・サムのイメージを呼び起こすのである。これはルイ・アルチュセール的な意味での「呼びかけ」であり、イデオロギーが「諸個人のあいだから主体を『徴募し』」[8]、主体形成する過程の一例である。権力による呼びかけとそれへの個人の応答により、軍に従属する主体が形成される過程である。しかし驚くべきことに、幻想のなかでエディパはアンクル・サムの姿を東洋人の悪漢の姿で置き換え、そのような主体形成に抗うかのようである。「そして実際、エディパのアンクル・サム幻想が消えるにつれ、それに取って代わろうと溶け入るように現れたのは、フー・マンチューの顔であった」(一一)。フー・マンチューとは、イギリス生まれの作家サックス・ローマー(第二次世界大戦後にアメリカに移住)が、探偵小説の登場人物として創造した中国人であり、後に映画やテレビドラマといった大衆的なメディアでも使用された。ローマー自身の言葉によると、フー・マンチューは「黄禍を体現するもの」であった。[9] ピンチョンの小説内でも、彼は望まれざる外国人の要素である犯罪性と結びつけられ、同時におそらく中国のみならず北朝鮮やヴェトナムといったアジアの国々で勃興する共産主義とも結びつけられている。望まれざる外国人であるフー・マンチューがアンクル・サムの占める国家像の中心部を乗っ取るとき、彼は象徴的なレベルにおいてではあるが国家の権威と権力を揺るがすのである。彼女の幻想には、アンクル・サムはグロテスクな様で出現する。たとえば、彼の眼は「不健康な輝きを放ち」、彼の「落ち窪んだ黄ばんだ頬には強烈な紅が塗られていた」(一〇)。この不健康で不吉なイメージは、抑圧的冷戦体制を反映したものであろう。体制は共産主義、社会主義を掲げる政治的小数派そして人種的少数派を国内で抑圧し、他国ではその暴力を戦争や共産主義政権転覆のため行使する。

またアンクル・サムとフー・マンチューの対立は国内における自由の問題とも絡んでいる。特にティモシー・メリーが指摘する「国家保安と個人の自由との適切なバランス」の問題と結びつくと言える。[10] メリーは、冷戦下の共産主義者そして9・11同時多発テロ事件以降のイスラム原理主義的テロリストの脅威を扱う物語、特にスパイ映画を分析し、特徴の一つとして、「外部からの脅威を、民主主義の転覆、市民的自由の停止、法による支配の国家主権による置き換え、といった悪夢へと転換する」ことを指摘する。[11] 個人が、外部からもたらされる脅威の除去を目的とした国家機関の活動を支持するとき、国家機関は国内の脅威に対しても活動の対象を広げ、その結果として国内の自由の剥奪を招くのである。エディパの幻想内の不吉なアンクル・サムが代表する政府も、共産主義という外部の脅威と争いながら、国内の脅威に対する抑圧も赤狩りを中心とし徹底的に行ってきた。しかし、小説において重要なのは、エディパが脅威をもたらす外国人フー・マンチューにより、アンクル・サムを置き換えてしまうことである。以下に検討するが、彼女は外部から脅威をもたらす集団に次第に深く魅了され、アンクル・サムがもたらす「行き場のなさ」（一一八）からの解放、そして脅かされる国内の自由を救い出す術について考えるのである。

トリステロ――相続権の喪失、非合法集団、望ましき移民との区別

エディパ・マースがトリステロの謎に引き込まれるにつれ、国家の主流派と望まれざる外国人との対立が明らかになる。そこに巣食う矛盾に分け入ってゆくために、まずトリステロの歴史的起源に目を向け、同集団の原理とアメリカ国家の移民への態度の関係を探りたい。エディパが調査で得た結果によると、ヘルナンド・ホアキン・デ・トリステロ・イ・カラヴェラというスペイン人が一六世紀後半の政治的混乱の最中、その集団を創始した。彼は自らが、中世よりヨーロッパの広範囲にわたり郵便、通信事業を独占してきたトゥルン・ウント・タクシス一族の「スペイン側の正統な一族の出身」（一一〇）であり、同システム内の郵便局長の座の「正統な後継者」（一一〇）であると主張した。だがそこで権力の座を占める人々によって拒絶されたため、反感を募らせ、トリステロと呼ばれる独自の郵便システムと通信ネットワークを形成する。それが立脚するのは「相続権剥奪という不変の主題」（一一〇）である。このようにして、トリステロは「トゥルン・ウント・タクシスの郵便区域で、妨害、恐喝、そして略奪の密かな組織的活動を開始した」（一一一）。その後トリステロの構成員は、ヨーロ

ッパ各地で起こった民主的、社会主義的理想を求める一八四八年革命に対する国家による締めつけが始まると、その抑圧を逃れるためアメリカへと渡るが、その時点から同集団とアメリカとの関わりが生じる。

アメリカにてトリステロは望まれざる外国人と化す。トリステロのアメリカ移住の歴史について、エディパとイギリス演劇（ジャコビアン悲劇）研究家エモリー・ボルツが交わす議論のなかで、ボルツはトリステロの構成員は「高潔な望みにあふれ」（一一九）アメリカへと移住したと指摘する。しかし彼らの望みはアメリカ政府に打ち砕かれそうになる。その理由は、ボルツによると、当時政府が取り組んでいた「大規模な郵便改革であり、料金を切り下げ、ほとんどの独立した郵便区域でのビジネスを廃業に追い込むこと」（一一九）であった。だが政府との戦闘態勢を整え、トリステロはほかの郵便配達人への妨害活動を開始し、やがて非合法で望まれざる集団として存続することとなる。トリステロが持つこのような側面をボルツは批判するのだが、彼は恣意的な固定観念に自らの考えが影響されていることを露わにしてしまう。

ほかの移民は専制政治からの自由、こちらの文化による受け入れ、文化と人種の坩堝への同化を求めてアメリカへやって来た。南北戦争が勃発し、彼らのほとんどが、自由主義者だったため、北部諸州を存続させるための戦いに志願した。しかしトリステロは明らかに違った。彼らが行ったのは自分たちが敵対する相手を取り替えたことのみだ。（一二〇）

ボルツの言う「ほかの移民」は、アリ・ベダドが論ずる理想化され歓待される移民に比すことが出来る。これは国家と支配者層が特定の移民集団に対して付与するイメージであり、そうした移民に対して期待されるのは、「我々の民主主義体制、我々の弱まった経済、そして我々の市民的価値観を再生する」ことである。[12]より正確には、国家が時代の必要性に応じて望ましく理想化された移民を作り出し、国の比類なき偉業を礼賛するアメリカ例外論をより強固にするため活用するのである。

ボルツの問題点は、支配的な国民文化、すなわち彼自身のような者が代表する文化へと吸収されることを望む移民のみを理想的と見做し、期待にそぐわぬ移民を貶めることである。たとえば、ボルツが「ほかの移民」について述べるとき、そのような移民のあるべき姿として、国家の主流派によって狭義に定められた自由を享受し、文化的同化を受け入れ、戦時中に政府（北部）への忠誠を誓う従順な主体を念頭に置く。望ましき移民をトリステロと対比し、彼は後者が同化を目的とした人種の坩堝としての国家像を脅かす、望まれざる存在であることを強調する。この恣意的な対比は、イデオロギー的計略であり、その目的について、再びアリ・ベダドを拠り所とし述べると、「外国人の他者化と犯罪者化を通して、一枚岩的で規範的な国民の自己同一性概念を永続化すること」と言える。[13]まさにボルツも同化を美徳とする国家像の支持、そして社会的統合や資本主義体制下の戦争国家の無批判な支持を強化しようとする。

エモリー・ボルツによるトリステロの扱いは、ほかの複雑な問題をも孕む。第一に、トリステロが経験した「相続権剥奪」（一一〇）、抑圧、そして流浪の歴史が示すように、トリステロの構成員と、ボルツが理想化する「専制政治からの自由」（一二〇）を求めてアメリカへ逃れて来た「ほかの移民」（一二〇）との間には、実は類似点がある。トリステロは、ヨーロッパで強力な国家機関の後ろ盾を得て郵便事業を独占するシステムに立ち向かった。たとえば、トリステロの創始者は、トゥルン・ウント・タクシスの郵便局長の座に就く「彼の従兄に対するゲリラ戦争に似た争いを継続し」、その結果として「ほぼ常に……彼の生命は脅かされていた」（一一〇）。専制的な独占に、トリステロ創始者と彼の意志を継ぐ者たちは対抗してきたのであり、後に独占体制からの自由をアメリカに求めたのである。トリステロ本人に関して、小説内の歴史書は「おそらくは狂人、またおそらくは誠実な反逆者、ほかの人々によればただの詐欺師」（一一〇）であると示唆する。彼のイメージは、見る者がトリステロの主張に賛同するか否かにより異なる。ボルツのような人物は自らが信ずる大義に駆られ、トリステロの構成員を望まれざる移民へと性急に分類しようとする。なぜならトリステロは、ボルツ自身が属す主流派の文化に同化せず、その文化を維持するための情報コントロールに欠かせない郵便と通信制度に反逆を試みるからである。けれどもトリステロの立場から考えれば、まさにそのようなシステムこそ抑圧的な政府機関の一翼を担い、それ故、挑まなければならない相手である。

トリステロの脅威は、郵便および通信機関としてのみならず軍事的野心を抱く集団であることを物語が明らかにするとき、一段と増幅される。実際にトリステロの歴史では郵便や通信と軍事的問題は密接に絡み合っている。ヨーロッパにおける三〇年戦争により神聖ローマ帝国が崩壊し、「帝国の崩壊」と「これから到来する自主独立主義への転落」（一一三）の狭間で、トリステロの指導者コンラッドは今後の方向性についてこう発言している。「誰も我々なしでは軍隊、農産物、いや何物も動かすことが出来なくなるだろう。君主でさえも、独自の運搬システムを開始しようとしたならば、我々はそれを抑え込むのだ。長年にわたって相続権を奪われてきた我々が、ヨーロッパの相続者となるのだ」（一一三）。彼の帝国設立の野心は実現されることはないが、トリステロはフランス革命のような歴史的革新をもたらすさまざまな動乱に背後で関わっていたと噂されている。彼らはアメリカ移住後にも、歴史の裏舞台で暗躍する。一九世紀半ばにアメリカ中部と西部を結ぶフロンティア郵便事業であるポニー・エクスプレスと輸送区域を巡って対立するが、その際武装したトリステロは準軍事的な組織の様相さえ帯びる。

トリステロは武装し脅威であると見做されるが、しかし彼らは憲法が保障する武装の権利を行使し、独自の理想の実現を目指しているとも言える。彼らは検閲を逃れる通信手段を求め、自由競争の原理に基づき固有の事業を確立する民主的理想を求めており、その過程で、自らが求める自由な起業と事業の運営を阻もうとする政府と対立する。こうした観点から見れば、トリステロは政治的かつ経済的活動において民主的な理想を追求するという正統性を持った集団であると言える。重要なのは、トリステロは望まれざる移民の集団であるにもかかわらず、移住の目的と活動において民主主義的理想の真実を伝えていることである。キャサリン・スティンプスンは、ピンチョンが作品『V.』で国家の少数派を真の賢者として扱うこと、すなわち「国民的部外者を宇宙的内部者として扱うこと」を指摘したが、[14]『V.』と同様に『競売ナンバー49の叫び』でも、同じ傾向が見て取れる。トリステロの脅威の背後に隠された理想がエディパを魅了し、彼女は変わりゆくアメリカにて、自分が構築する国家像にトリステロを取り込もうと試みる。

望まれざる外国人に関する空想――虚空を生み出すこと

望まれざる外国人に対する態度が、登場人物の空想に大きな影響を及ぼす。たとえば、エディパ・マースの精神科医であるヒラリアス博士は、かつてのナチス・ドイツでの体験が原因となり、ある種の空想に憑かれている。彼はアメリカへ移住前に、ブッヘンヴァルト強制収容所にて勤務し、そこでユダヤ人を被験者として「実験的に誘発される狂気」(九五)に取り組んでいた。「緊張病性のユダヤ人とは」、と彼は自己弁護しながら説明するのだが、「死んだユダヤ人と同等だった。自由主義的なヒットラー親衛隊はそのほう[狂気に陥らせること]がより人道的だろうと感じたのだ」(九五)。彼は過去にナチスの暴力へ加担していたことが原因となり、語りの現在に至っても「誰かが彼を追っている」(九二)という空想に不安を掻き立てられる。彼は、アドルフ・アイヒマンのような戦犯と同様に法廷で裁きを受けることを、強く恐れている。最終的には、「私のあらゆる努力にもかかわらず、彼らが死の天使のように私を捕まえにやって来たのだ」(九五)と信じ、偏執症的(paranoid)ではあるが、これから論じるようにある種の理に適った認識に達し、そのために精神が崩壊するのである。それを彼とエディパとの関係において明確にしたい。

望まれざる外国人に自分の意識を支配され、ヒラリアスはエディパのように苦境に立つ。二人の類似性について、ケリー・グラントはこう論じている。「エディパはヒラリアスが置かれている状況に、彼女自身との類似性を感じ取っているようである。もし現実にトリステロの機関員が存在しなかったなら、エディパは自分の精神が異常をきたしていると結論づけざるを得ない」。[15] それに加えて重要な点は、両者とも望まれざる者によって与えられた苦難に向き合おうとすることである。エディパと同様に、ヒラリアスは望まれざる外国人に脅威の念を抱くだけではなく、彼らに惹きつけられている。実のところ、エディパがトリステロを巡る自分自身の空想に圧倒され、それを捨て去ろうかと悩んだ折に、思い留まるよう助言するのはヒラリアスである。

「それを大事にするのだ！」とヒラリアスは獰猛なまでに叫んだ。「君たちの誰がそれ以外のものを持ち合わせているというのだ。そいつの小さな触角をしっかり掴み、フロイト主義者に説得されて手放したり、薬剤師に解毒されて失ったりしてはいけない。それが何であろうと、大事に掴んでいるんだ。なぜなら、それを失うと、その分、他人の側へと行ってしまう。君たちの存在の停止が始まるというわけだ。」（九五–九六）

空想というものが、砕かれた自己の残滓を保持するために必要だと、彼は考えている。それ故、彼自身もユダヤ人による追跡と迫害の空想に固執し、エディパにも同じように空想が強いる精神的な負担と格闘し続けるよう告げる。逆説的に言えば、自分たちの精神を侵し正気を奪いかねない、望まれざる他者に関わる恐ろしき空想を維持することにより、二人は自己を保持出来るのである。

このような困難について、スラヴォイ・ジジェクの空想論がヒントを与えてくれる。ジジェクが論じるには、「精神分析的空想の概念は、起こり得ることを予想するような筋書に基づく概念に、還元することは不可能である。そうした筋書きはある状況の真の恐怖［心的外傷］を見えにくくしてしまう」。[16] 固定観念的な筋書に従うことなく、人は以下のことを確かめなければならない。「空想はこの恐怖を覆い隠すのだが、しかし同時に空想はそれが覆い隠そうと意図するものを創造する。それが持つ『抑圧された』指示点をだ」。[17] 空想による表象が含むこの二重の作業は、『競売ナンバー49の叫び』でも取り組まれる。ヒラリアスによる空想と、エディパによる空想はともに、ジャック・ラカンに倣いジジェクが「私の裡にある私自身より過剰な何か」[18]――すなわち私自身の裡で抑圧された心的外傷が形成する核――と見做すものを含んでいる。ヒラリアスが彼を追い詰めるユダヤ人について空想を働かせるとき、彼はナチスに加担した記憶を意識に浮かび上がらせねばならない。同様に、エディパがトリステロについて空想するとき、彼女は心的外傷に根差した「現実界」に積極的に近づく。心的外傷とは、彼女の属す白人中産階級が構成する自己充足的な共同体の外側に位置づけられた、相続権を奪われた者に対する、彼女自身のおそらく半ば意識的な無関心と無知である。最終的にヒラリアスは精神に異常をきたし、自分自身の空想のなかへと退き社会的現実との接点を失うが、エディパは自らの空想を発展させ、個人的な心的外傷を、社会的矛盾という大きな問題へと関連づける。

エディパはこうした課題に取り組む精神的な準備を、以前から行ってきたように見受けられる。たとえば、語りの現在に先立つ時期に設定されたエピソードで、彼女がスペイン人の超現実主義的画家レメディオス・ヴァロ作の絵画――『大地のマントを刺繡する』――に対する、芸術的空想を抱くとき、そのような印象を受ける。当時恋人であったピアス・インヴェラリティーと訪れたメキシコ・シティーで目にしたこの絵画は、織物を紡ぐ女性たちを描いているのだが、その女性たちとは「円形の塔の最上階に位置する部屋で囚われの身となっており、細長い窓から虚空へとこぼれ出るつづれ織りの一種を紡いでおり、虚空を埋めようと望み薄ではあるが努めていた」（一三）。ヴァロ作品の力強いイメージに心を打たれ、彼女は自らが囚われの身であることを意識する。彼女を閉じ込め、自己実現に向けた可能性に限界を設ける塔とは、たとえば、彼女を取り囲む古き価値観や制度である。また絵画で描かれる女性たちが、この世の風景を描いたつづれ織りを紡ぎ出し、塔の外に広がる「虚空を埋めようと望み薄ではあるが努め」（一三）るとき、つづれ織りは虚空を覆い隠す「世界」そのものを表している。そうしたつづれ織りは、再びジジェクの考えを援用すると、「それが覆い隠そうと意図するものを創造する」。[19]彼女たちの行為は、虚空を覆い隠そうと意図するのだが、それを覆い隠すことの不可能性をも露わにし、不可避である虚空を創造もする。また虚空には、つづれ織りが表象する「世界」という恣意的な意味体系を空洞化する力がある。

実はその点において、彼女の虚空を題材とした芸術的空想は倫理的な側面を併せ持つ。スラヴォイ・ジジェクは虚空にまつわる問題を、ジャック・ラカンが「現実界」に立脚させた倫理の概念に結びつける。「ラカンにとっては、そのように一時的に『大文字の他者［ラカンの言葉では Grand Autre］を中断すること』や、主体の自己同一性を保証する社会象徴ネットワークを一時的に中断することが伴う危険を冒すことなしに、厳密な意味での倫理的行為は存在しない」。[20]ここで彼が指摘しているのは、既存の社会象徴ネットワークを、自らが傷つく危険があっても批判的に疑問視し、果敢に介入することの倫理性である。そのような倫理性をエディパに結びつけると、彼女の生きるアメリカの社会象徴ネットワークは、国家の主流派が紡ぎ出す言説やイデオロギーによって構成されるが、ヴァロの絵画が示す虚空は、社会象徴ネットワークが恣意的に作られた表層であり、根を下ろす基盤がないことを露わにしてしまう。同時にそのネットワーク内で意味を持つエディパの自己同一性も、正当な根拠を持たないことも露わにする。すなわち、政治的保守派で、過ぎ去りしマッカーシーの赤狩りの時代にノスタルジアを抱き、中産階級的で快適な生を送る「望ましき国民」としての自己同一性である。

また既に触れたように、エディパの空想は、つづれ織りの創造に女性たちが従事する姿も描いていた。彼女たちは虚空に浮かぶ社会象徴システムの恣意性を示唆するが、恣意性からは既存のシステムのみならず、自らが紡ぎ出す新たな社会象徴システムも逃れられないことも伝えている。このことは、既存の社会象徴システムを空洞化し、虚空のただなかで自己批判的な意識を持ち、新たな象徴的秩序を構築することの重要性を気づかせてくれる。女性たちの姿に触発されて、エディパもトリステロの空想を紡ぎ出す。彼女がメモ帳にトリステロの象徴を書きとめ、その真下に「世界を投影しようかしら」（五六）と書き記すとき、独自のアメリカ像を思い描こうという野心が表明されている。その行為のなかで、既存の国家像とともに自らの国家像の限界を示すため、過剰な他者性を持つトリステロが重要な役割を果たすのである。

国家像におけるトリステロ的なもの——街路での彷徨、社会的矛盾

新たなアメリカ国家像を思い描くため、エディパがトリステロの真実を見出そうとする過程で、トリステロは社会的矛盾に結びついてゆく。トリステロの探究を通じて、彼女はサンフランシスコの貧しい人口密集地域へと赴く。小説『V.』のなかで、人間から自律性を奪い、心身ともにショックを与える世界のなかで異質な場を求め、街路を彷徨したベニー・プロフェインのように、彼女も彷徨するのである。エディパが到達する地域は、多様な人種的、文化的背景を持つ人々が居住する場であり、彼女が見知ったカリフォルニアの郊外とは別世界である。

そこで周辺的存在と見做される人々が、固有の言説、態度、信条、価値観が持つ意義を、力強く主張する。そうした地域の街路を彷徨い、エディパは多くのトリステロの象徴である消音機をつけた郵便ラッパの図に出くわす。またトリステロの象徴が繰り返し現れることについて、エディパは思う、「宝石のような『手掛かり』はある種の埋め合わせに過ぎないのでは」(八一)と。郵便ラッパの拡散は「彼女が直接的かつ痙攣的な言葉、夜を滅ぼしてくれるかもしれない叫び、を失ったことを補うため」(八一)のものではないかと。夜の闇を滅ぼすのは理性的光の言葉と読み取れるが、理性的言葉の喪失は、社会象徴システムが中断されることを意味し、その空白へトリステロのメッセージが介入してくる。いわば意味のネットワークの混乱状態のなかで、エディパは都市の人口密集地域の街路を彷徨する。彼女は郵便ラッパの図が、住人の間で重要性を持つことを理解する。なぜなら彼女が街路で出会う人々は、トリステロのように支配的な社会象徴ネットワークの外に追いやられた相続権を奪われた者であるからだ。彼らの住む世界に繰り返し現れるトリステロの象徴は、社会的疎外の印である。「一つ一つの疎外、一つ一つのひきこもりを飾るためか……どういうわけか常に郵便ラッパがある」(八五)。疎外の印が、エディパが新たに構築しつつある社会象徴ネットワーク内で重要な構成要素となる。

彼女の裡では、トリステロの象徴は移民の異なる価値体系に組み込まれているようだ。「中華街で、漢方薬店の暗い窓の内側に、彼女は表意文字に混ざった印の上にそれを見たと思った」(八〇)。そこにあるトリステロの郵便ラッパは彼女の意識を攪乱する。なぜならそれが、表意文字が形成する異なる象徴的意味体系に転移されたことにより、解読を一層困難とし謎を深めるからである。次に彼女はその象徴を歩道の上に目にする。「それが六メートル離れて二つチョークで描かれている。両者の間には、いくつもの四角が複雑に並んでいて、いくつかのものには文字が書き込まれ、別のものには数字が書かれていた。子供のお遊び？　地図上の場所か影の歴史に由来する日付かしら？」（八〇―八一）。象徴と図形の形作るパターンは彼女を混乱させ、子供の無邪気な遊戯と見える表層の背後に陰謀の可能性が生じる。「地図上の場所」はトリステロが関わる陰謀活動が遂行される場所を示しているのかもしれず、他方で「影の歴史」はそのような活動の歴史を示すのかもしれない。望まれざる他者に対するエディパの空想は、公式な地図と公式な歴史の限界点の外側を意識させる。同じエピソードでは、もう一人の望まれざる外国人が彼女を混乱させる。彼女がメモ帳に歩道に描かれた四角形の図を書き写していると き、「一人の男が、おそらく男が、黒いスーツを身にまとい、半ブロック離れた所に位置する戸口に立って彼女を見ていた」（八一）。この人種的他者はジェンダーの混乱のみならず、黒装束に身を包むとされるトリステロの一員が彼女を見張っているのではないかという疑念を生じさせる。

エディパは彼らの理解不可能性と脅威に圧倒されるが、探究を中止するわけにはゆかない。なぜなら、彼女が自らに言い聞かせているように、「私は記憶しなければならない」（八一）からだ。自ら課した責任に駆られて、彼女は次にアフリカ系そしてヒスパニック系アメリカ人の居住区に赴き、そこで目撃する社会的矛盾を記憶するのだ。「バスいっぱいの疲弊した黒人たちが都市のあちこちの夜間勤務に散って行く、そのバスに同乗し、彼女はシートの裏に……郵便ラッパと伝説の死神が引っ掻かれ描かれているのを見た。しかしWASTEとは異なり、誰かがわざわざ、決してラッパを敵に回すべからずと鉛筆で書き込んでいた」（八四）。彼らの厳しい労働という現実とともに、トリステロの象徴と死の脅迫を含む暴力的なメッセージがある。強い反社会的メッセージに困惑し、エディパは自問する。「それは黒人居住地区だった。それほどラッパは献身しているのか？　尋ねることでラッパを敵に回してしまうだろうか？　彼女は誰に尋ねることが出来るのか？」（八四）。仮にトリステロがアフリカ系アメリカ人に献身しているのであれば、トリステロがアフリカ系の人々を抑圧する者に対して暴力的報復を行うという脅威が存在するのか。彼女は自分自身が抱いた疑問について誰にも尋ねることが出来ない状況に陥っている。というのも、彼女自身がその地域の望まれざる他者と容易に関係を築けないからである。しかし脅威と孤独に負かされることなく、彼女は彼らを観察し続け、アフリカ系アメリカ人女性に遭遇する。その人物は「赤ん坊のようなぽっちゃりした頬の片方に複雑に刻まれた傷を持つ黒人女性であり、何度も流産の儀式を、その度ごとに異なる理由で経験してきた。ほかの人々が生の儀式を経験するであろうように意図的に。そして連続性ではなくある種の空白に献身していた」（八五）。頬に刻まれた傷という暴力行為の痕跡を含むこの描写は、彼女の厳しい生活を表し、同時に流産に至る隠れた問題を想像させる。そして問題を孕むことであるのだが、この描写はアフリカ系アメリカ人の女性が、欲動に憑かれていることを示唆する。メッセージが暗に含むことは、この黒人女性が「意図的に」自分の子供を殺しており、それとは対照的に「ほかの人々」は生命の維持のために努力し、「連続性」すなわち彼らの種の存続に貢献している、ということである。この捉え方は彼女を破滅的な状況に追い込む人種差別などの社会的矛盾を見づらくし、エディパが女性の生について想像を働かせることを困難にする。エディパは望まれざる他者から隔絶したまま、彼らから「見えない状態でいると感じている」（八四）。

彼女の街路での彷徨は、年老いた元船乗りの男性との出会いで一種のクライマックスに達する。その男性はアルコール中毒による譫妄症を患っており、死の訪れが近いのではないかと疑われる。彼の絶望的状況に反応し、エディパは、外部の脅威から自分を守る「見えない状態」から抜け出し、彼と意思疎通を図ろうと試みる。そして突然、彼女は彼を抱きしめるが、その唐突な身体的接触は彼女の比喩と空想を拡大する。そこで生み出されるのは一つの比喩――「譫妄」(delirium)という言葉の持つラテン語の原義、すなわち鋤でつけたあぜ溝から離れること――に基づく比喩であり、そこから元船乗りと虚空との思いがけない結びつきを空想する。

彼女には彼が譫妄症(DTs)だとわかった。なぜなら彼を抱きしめたから。そのイニシャルの背後には比喩が存在し、譫妄症(delirium tremens)とは心の鋤の刃がつけるあぜ溝から震えながら外れてしまうことでもあった。比喩行為とは真実と嘘へ向けて突きかかる行為で、あなたが何処に位置しているかによって結果が異なるが、内側にいるならば安全で、外側であったなら道に迷ってしまう。エディパは自分が何処に位置していたのか判断出来なかった。彼女は震えながらあぜ溝から外れ、横へと滑って行った。(八八―八九)

鋤によるあぜ溝は耕作の第一歩であり、文明の起源の一つである定住文化、共同体構築をも比喩的に指し示す。同時にあぜ溝は既存の道であり、それが描く境界線の内側に留まることは(ここでは「心の鋤の刃」が示すように精神的な意味で)既存の価値体系の内側に留まることを指し示す。

実は、この一節を中心とする異質な者との出会いは多くの批評家の関心を引き、多様な解釈がなされている。一例を挙げれば、スティーヴン・ワイゼンバーガーはエディパの「倫理的麻痺」を指摘するのだが、その原因とは「換喩的には、自分の目の前に置かれたより巨大で組織的な不正を、見分けることが出来ないという彼女の道徳的落ち度」であり、人々の貧困の内に「おそらく彼らが自ら招いた運命のようなもの」を見出してしまうからだと考えている。[21] 確かに彼女は元船乗りや困窮する人々を充分に援助することは出来ないが、彼女は既存の社会象徴ネットワークを中断し、新たな社会的および共同体的意味を有するネットワークを打ち立てる術を探っており、迷いのただなかにいるとも言える。また比喩の持つ力を利用し、彼女は空想を拡大し、あぜ溝の外に位置する船乗りを何とか理解しようと試みるが、その術が見出せずに上手く対応出来ないことも考慮すべきである。

彼女は一段と自らの空想を拡大し、船乗りの過去の厳しい体験について思いを巡らせることになるが、それは譫妄症（DTs）によって連想されるもう一つの意味、すなわち微分時間（Time Differential）に彼女が気づくからである。その比喩が指し示すのは計算表上の、「今にも消えそうな小さな瞬間であり、そこでは変化が持つ本来の姿に最終的に直面しなくてはならず……そこでは速度が投射物に内在するが投射物は飛行のただなかで凍結され、死がセル［直接的には計算上の升目で細胞も指す］に内在するがセルはその動きの最速時に観測される」（八九）。数学的比喩が引き金となった空想内で表現される死は、投射物すなわち生の持つ速度と運動が中断され、生が凍結された瞬間として視覚化される。この比喩は、譫妄症を患う船乗りが死の訪れを待ち受けている、とエディパが意識していることを示唆する。彼女はまた空想を飛躍させ彼の裡の精神的風景をより深く理解しようと試みる。「彼女にはわかった。船乗りはほかの男たちが目にしたことのない世界を見てきたのだと。次の理由だけでそうわかる。卑俗なごろ合わせにはあの高貴なる魔術があり、譫妄症（DTs）は見慣れた太陽を超えた所にスペクトルが構成する微分時間（dts）への接近手段となり、純粋な南極の孤独と恐ろしさのみが構成する音楽への接近手段ともなるのだ」（八九）。上記の一節は、ドゥワイト・エディンズの見解では、「エディパが投影する死にゆく船乗りの幻想」の一部をなしており、その幻想は「譫妄症という極地の荒野で、年老いた船乗りは究極的な疎外のヴィジョン、静的で非人間的な死の王国のヴィジョンを有していた」。[22] 南極で見る死の虚空は、あぜ溝が表す文明的領域からは遠く隔たった場であり、そこでは船乗りが「孤独と恐ろしさ」を抱えているのだが、船乗りとの空想の共有を通して、彼女は船乗りの心的外傷の核へと接近し、彼の苦悩について想像を働かせる。

これまでに論じてきたように、エディパは街路での彷徨を通して望まれざる他者との相互理解を試み、彼らがつながりを持つと考えられるトリステロの謎の啓示を求めている。しかしながらトリステロの啓示と彼女の間にはほかの問題も立ちはだかる。次に論じるように、トリステロと革新的政治との関連がその一つであり、そしてトリステロが、体制側に協力し暗躍する人々に対して疑念を持つことも挙げられる。トリステロの構成員はエディパをそのような人物と解釈することが充分にあり得るのである。

革命の脅威、監視、そして疑念

カリフォルニアの街路での彷徨の過程で、エディパ・マースはトリステロと無政府主義とのつながりに気づくのだが、その発見の契機は彼女とアメリカに亡命中のメキシコ人革命家ヘスス・アラバルとの出会いである。アラバルはまさに望まれざる外国人であり、カリフォルニア郊外在住のエディパの中産階級的価値観を揺るがす人物である。一九五四年に施行された反メキシコ移民政策であるオペレーション・ウェットバックの影響下にあるアメリカで、サンフランシスコの人種的、文化的小数派が住む人口密集地域に移住し、現在ではメキシコ料理店を共同経営する彼は、実はＣＩＡに属し任務に当たっている。だがそのＣＩＡとは「『無政府主義反乱者の魔術』(*Conjuración de los Insurgentes Anarquistas*)として知られるメキシコ人の秘密組織であり、それはかつてフローレス・マゴン兄弟そして後にサパタと一時期ではあるが同盟関係にあった」(八二)。ここでは正統的？なＣＩＡ(Central Intelligence Agency)、すなわち「中央情報局」という国家安全保障の中核が、同じ省略名の望まれざる外国人が構成する反政府組織によるいわば象徴的な一撃を受けているが、それは重要な歴史的意味も含んでいる。なぜならアラバルのＣＩＡは、フローレス・マゴン兄弟、すなわちエンリケ、ヘスス、リカルド・フローレス・マゴン、そしてエミリアノ・サパタといった二〇世紀転換期から世紀前半のメキシコにおける革命家と関わっているからである。彼らを一括りには出来ないが、大まかに言うことが許されるなら、一九一〇年より一〇年以上続いた「メキシコ革命」を中心に、鉱山労働者や農民の大規模農園での搾取や抑圧からの解放を目的に闘争した革命家たちである。

ヘスス・アラバルとマゴン兄弟とのほかの結びつきについて検討したい。実はアラバルはリカルド・フローレス・マゴンと共通点を持っている。まずはじめにリカルドもアメリカに亡命していたからだ。そこで彼は故国の独裁者ポルフィリオ・ディアスを相手取り、社会主義的そしてやがて無政府主義的傾向を強める闘争を指揮し、同時に大規模農園や鉱山の利権維持を目的にメキシコの内政に干渉するアメリカ合衆国との闘争も指揮した。兄弟がメキシコを後にした大きな理由は、無政府主義の理想実現のため一九〇〇年に設立された新聞「レヘネラシオン」を中心とする彼らの政治的文書が、メキシコの裁判所により発禁処分を受けたことにある。アラバルのように、アメリカで望まれざる外国人としてありながら、リカルドはメキシコ自由党(Partido Liberal Mexicano)の指導者として闘争を継続し、無政府主義新聞に力強いマニフェストや革命的な運動に関する文章を発表し続けた。リカルドは社会主義的傾向からやがて攻撃的な無政府主義を訴えるようになり、特に彼の「マニフェスト」においてブルジョア階級支配者が構成する政府と同時に、私有財産制の維持を支持するすべての制度を廃止するよう求めた。[23] アラバルとマゴンとのつながりは、トリステロの象徴が描かれた「レヘネラシオン」が、彼の共同経営するメキシコ料理店に置かれていることがわかるとき、さらに濃厚になる。「日付は一九〇四年で、消印の隣に切手は貼られていなかった。唯一郵便ラッパのゴム印があるのみだった」（八二）。奇妙なことに、新聞は継続して届けられるのだが、その理由がわからないと主張するアラバルはこう述べるに留める。「上層部には彼らなりの理由があるのだ」（八二）と。このように、アラバル、メキシコ自由党、そしてトリステロの結びつきを示唆し、小説は無政府主義の古き伝統を継続させる。

アラバルはかつてメキシコで、アメリカが及ぼす帝国主義的かつ資本主義的影響力に抗い、無政府主義の理想実現のため活動した。そのため、彼はメキシコのマサトランで出会った、エディパのかつての恋人で大資本家ピアス・インヴェラリティーのような人物を、最大の脅威と見做している。マサトランで、反政府的集会を組織する試みが失敗に終わったアラバルは、「インヴェラリティーと会話を始めた。彼が自分の信条に誠実であるためには知っておかなければならない敵であった」（八二）。アラバルたち、無政府主義者の視点から見れば、「彼は紛うことなく、完全に、我々が戦うべき相手である」（八三）。権力者との闘争の彼方に見定められた目標は、「奇跡」すなわち「別世界のこの世界への侵入」（八三）であり、そこでは「革命が自発的かつ指導者もなく実現し、同意へと向かう魂の力により、労せずして身体そのもののように大衆を自動的に協働させるのである」（八三）。アラバルは「別世界のこの世界への侵入」（八三）を想像し、新たなヴィジョンを創出する「魔術的他者」（一二五）となり得る人物であるが、まさにそのために主流派にとって脅威である。明らかに、アラバルは主流の文化に吸収可能な「望ましき移民」ではない。彼は国家の主流派に抵抗しようと覚悟を決めている望まれざる移民であるが故に、政府機関により追跡され投獄される可能性が高い。ここで、主流派にとって望まれざる外国人が脅威であるように、後者にとって前者が脅威である。政治的、人種的、文化的小数派にとっては、インヴェラリティーのみならずエディパのような体制側の人物も脅威となり得る。

望まれざる外国人へのエディパの脅威、そして自ら異質な者（alien）になること

ヘスス・アラバルやトリステロ構成員といった小数派にとって、エディパ・マースが脅威であっても不思議ではない。この点について、読者はエディパがコーネル大学の卒業者で不動産王インヴェラリティーのかつての恋人であり、特権的社会集団の構成員であることを想起されたい。ジェフリー・デッカーも指摘しているように、特権が彼女の能力に限界を設け、自身が所属する共同体の外に位置する人々と関係を築くことを困難にしている。「インヴェラリティーの遺言や彼の残した国家的遺産と彼女が法的関係を持っていることにより、経済的に不利な条件に置かれた人々とのコミュニケーションで彼女は難儀するのだが、それは彼女が享受する階級的な特権の代価である」。[24] インヴェラリティーの遺言執行人であるという法的関係に基づき、彼女は弁護士のメッツガーの助けを得て、インヴェラリティーの財産の調査を行っている。調査で得られたトリステロの情報を含む発見につ

いて、彼女はメッツガーに報告し相談するため、トリステロに属す人々そしてその集団を支持する人々の利益に反する行為もなし得る。小説の前半でエディパは、サンナルシッソの軍需産業の中核をなすヨーヨーダインの技術者でありながら、トリステロの郵便システムと通信ネットワークの利用者でもあるスタンリー・コーテックスに近づくが、トリステロのモットーを誤って発音してしまう。それに対して、「彼の表情が強張った。不信感を表す仮面だ。『それはW.A.S.T.E.ですよ、奥さん』と彼は彼女に告げた。『頭文字であって「waste」ではないのです。これ以上話をしないほうがよいでしょう』」（六〇）。コーテックスのような人物の立場からすれば、エディパはヨーヨーダインや軍産複合体の利益に反する情報を送受するシステムの監視を試みているとも疑われる。

そのような監視活動は冷戦期には活発に行われていた。たとえば、ドナルド・ピーズはこう記している。「アメリカ国民は自分たちを、保安国家の監視機関による活動の対象と見做すよりは、国家統治へと積極的に関与していると解釈し、移民、人種的少数派、小数派住民に対する国家による監視を日々実践していた」。[25] 小数派の監視への積極的な関与において、「アメリカ国民は国家の目と化した」のであった。[26] エディパは自ら意識することなく、結果的にそのような役割を果たしているかもしれない。たとえそうであっても、彼女のトリステロに関する調査結果は、当局ならびに国家機関にとって有益である。彼女はトリステロとの結託が疑われる望まれざる他者にとって脅威である。エディパ自身は彼らに脅威を感じるが、彼らは彼女からより多くの脅威を感じているとも言える。なぜなら彼らは社会的に不利な状況に置かれた者であるのだから。

アラバルのような無政府主義者は監視の対象であり、実際にエディパは都市の人口密集地域で活動を行う際に、自らを探偵にたとえている。[27] 彼女はトリステロ調査の開始時を回想し、「あの楽天的な小娘は、かつてのラジオドラマの探偵のようだった」（八五）と述べている。けれども、もはや楽天主義は通用しない。なぜならその地域に見られる社会的矛盾に衝撃を受け、益々深まるトリステロの謎に圧倒されているからである。彼女は、トリステロと結託している人々からの暴力的な報復の可能性について恐れを抱き、自分が無力であるとも感じている。「けれども探偵は遅かれ早かれ襲撃される。今夜の郵便ラッパの拡散、この悪意に満ち意図的なラッパの複製は、彼らなりの襲撃法よ」（八五）。ここで語られているのは比喩的レベルでの暴力、すなわち拡散する郵便ラッパの象徴により、トリステロの謎が深まり彼女を混乱させることであるが、注目すべきは、エディパが自分に向けられた悪意と自分を傷つけようとする意図を、トリステロの側に読み取っていることである。彼女はトリステロが自らを襲撃するのではないかと疑うとき、この集団と構成員を潜在的な犯罪者と見做している。そして彼女が彼らからの報復を恐れる理由には、自分は体制と法に与し、似非探偵として彼らを内密に調査していることが絡んでいる。トリステロと同盟する人々から見れば、彼女は自分たちの計画を妨害し安全を脅かしかねない。

このようにエディパとトリステロとの関係を見直してみると、トリステロがその謎を明らかにせずに物語が終了するという問題は、異なった意味合いを帯びてくる。この問題について、複数の研究者が分析を行っており、謎に関する啓示が訪れないことについて以下のような主題を関連させている。たとえば、精霊降臨祭における超越的な言葉の到来との類似や、認識論的限界による謎の理解の不可能性、そして崇高美としての謎のあり方などである。[28]それらに加えて、先述したように、彼女が資本主義システム、軍需産業、法的権威の庇護の下にあることと自体が、トリステロが秘密を明かさない原因の一つである。小説の最後まで、国家の敵であるトリステロと関わる望まれざる他者が、エディパを信頼に足る人物と見做しているかどうかはわからない。彼女は彼らの一員ではなく、また彼女自身はそうなりたいと望んでもいない。結局のところ、彼女の主な目的とは、彼女自身の解放、またアメリカ社会の活性化であり、トリステロのためにトリステロの社会的地位を向上させることではない。

最終的には、アメリカの主流派をなす集団とトリステロのどちらに与するべきかという二者択一について熟考し、彼女はもう一つの選択肢を意識する。小説終盤で、彼女は次のような結論に至る。

エディパが本物の偏執症（paranoia）の描く軌道に乗り恍惚状態にあるのか、あるいは現実にトリステロが存在するのかどちらかであった。なぜなら、アメリカの遺産という現象の背後には何らかのトリステロが存在するか、あるいはただアメリカが存在するかのいずれかだったからだ。ただアメリカが存在するのみであれば、彼女が生き続けそれに対してとにかく重要性を持つためには、異質な者（alien）としてあり、あぜ溝の外に位置し、偏執症の内部で軌道を一周しなければならなかった。（一二六）

この段階では、彼女はトリステロが実在しない「ただのアメリカ」が真実だったとしても、受け入れる準備が出来ていると思われる。彼女はトリステロを巡る空想を捨てることが出来る精神状態に達したが、しかしそこから学んだ本質的な教訓を実践したいと望んでいる。教訓とはすなわち、アメリカにおいて外国人であるかのごとく異質な者として生きることである。トリステロは国家の主流派およびその文化へと統合されることを拒んでいるが、同様に彼女も既存の文化とそれが持つイデオロギーが構成するあぜ溝によって囲われたシステムの外で、生きてゆこうと決心していると読み取れる。このような自己変革なしには、トリステロの秘密が仮に明らかにされたとしても、彼女には理解出来ないであろう。彼女が自らに課した疎外状態は、物語内で彼女が到達する心理的変化の最終段階であり、この状態において彼女はトリステロの顕現を、その集団が偽造したと疑われる切手のオークションで待ち望み、物語は幕を閉じる。

＊

エディパ・マースが最終的に到達した地点では、彼女はトリステロを以前ほどは必要としていないと見受けられる。なぜなら彼女は既にアメリカ国家の主流派からそしてトリステロからも独立していられるほどの強さを身につけているからである。彼女はこれからも社会的矛盾を追究しそれに関わる偏執症的な空想を創造し続け、さらには国家のなかであたかも外国人であるかのように生きることが予期される（保守的で隔絶された郊外にて、昼間からパーティーを催し、反共マッカーシー主義を懐かしむような元の生活には戻れない）。小説は彼女が具体的に何について偏執症的であるべきなのか明らかにしないが、望まれざる人々への認識を広げ、彼らとの共存を探る空想に執着し続けるであろうと予期される。彼らは社会的、経済的に不利な立場に置かれた者、すなわち移民、人種的少数派、政治的信条における小数派などであり、アメリカにおいて自由と平等を得ようと望んでいる人々である。彼女はこれまでの調査とそれに立脚した空想を通して、自らの裡で国家像を描き変えたと言え、規範的な言説、態度、信条、そして価値観に疑問を投げかけ、望まれざる他者の姿をそこに刻み込んできた。そこでは、反逆的内容を伝える言説、無力で絶望的な人々の姿、革命的なヴィジョンへ寄せる信条、異なる知のシステムに内在する価値観が描かれた。それらが明らかにしたのは、彼らがもたらす脅威よりも、むしろ「望ましき国民」の彼らへの無知とそうした国民が構成する社会の限界である。

エディパが追究した国家像の問題は次作の『重力の虹』でも引き継がれ、そこでも国家における主人公と異質な他者の位置づけ、彼らの関係の再構築が重要となる。ただ小説が設定される主な時と場所は、第二次世界大戦終了近くおよび終了後のヨーロッパであり、大戦中の異国の地で、登場人物たちは彼らの国家の記憶を呼び起こすのである。アメリカ人主人公に加え、多様な国籍、文化的背景を持つ者たちが、国家間の熾烈な闘争の最中で、一族の歴史の記憶、国家の創設神話、多様な民族の物語などを通して、それぞれの国家のヴィジョンを小説内の開かれた空間にて、競い合わせる。国家や民族と個人との関係を系譜の問題として捉え、彼らが系譜の再構成を行う様を見てゆきたい。そこで植民地出身者の民族の物語が、大国の歴史物語に強く介入する様も検討する。

また『競売ナンバー49の叫び』では、個人を押し潰そうとする体制の力の強大さが示唆されており、主流派と少数派を経済的、文化的に分断する資本主義、拡大する軍産複合体の問題が深刻さを増している。小説『V.』の段階から、人間に破壊をもたらす力の源として、ヴィースーのような異質な他者とともに、破壊兵器の開発と増強を行う西洋近代文明が問題となってきたが、『重力の虹』では、後に軍産複合体の中核をなす「システム」と呼ばれるものの起源を主に第二次世界大戦中に求め、それが冷戦秩序形成の原動力となる様を描き出す。国民や民族意識、そして記憶により作られる国家像と、巨大組織の集合体であるシステムの構成する世界を背景として、そこに生きる選ばれし者と選びに与れぬ者の関係の再構築を扱いたい。

註

1 David Cowart, *Thomas Pynchon and the Dark Passages of History* (Athens: U of Georgia P, 2005) 61.

2 Thomas Pynchon, *The Crying of Lot 49* (London: Picador, 1979) 125. 以下、『競売ナンバー49の叫び』（*Lot 49*）からの引用は同書による。

3 Ali Behdad, *A Forgetful Nation: On Immigration and Cultural Identity in the United States* (Durham, NC: Duke UP, 2005) 17.

4 Cowart 120.

5 Behdad 153.

6 Behdad 154. 一九五二年移民国籍法は中心的な制定者の名から別名「マッカラン＝ウォルター法」と呼ばれており、第二一二条は「査証取得資格不適格および入国不許可該当外国人の一般的分類」（著者訳）という副題を持っている。本論で挙げられた「望まれざる外国人」の性質については、以下の項目を参照されたい。精神障害および精神的問題については二一二条（a）1から4、伝染病については同条（a）6、身体障害は（a）7、性的逸脱は（a）11および13、犯罪性は（a）9および10、無政府主義については（a）28−（A）、共産主義は（a）28−（C）。

7 Behdad 110.

8 ルイ・アルチュセール、「イデオロギーと国家のイデオロギー諸装置——探究のためのノート」『再生産について　イデオロギーと国家のイデオロギー諸装置　下』（西川長夫、伊吹浩一、大中一彌、今野晃、山家歩訳、平凡社　二〇〇五年）二三二。

9 Kerry J. Grant, *A Companion to* The Crying of Lot 49 (Athens: U of Georgia P, 1994) 21.

10 Timothy Melley, *The Covert Sphere: Secrecy, Fiction, and the National Security State* (Ithaca, NY: Cornell UP, 2012) 202.

11 Melley 204.

12 Behdad 14.

13 Behdad 162.

14 Catharine R. Stimpson, "Pre-Apocalyptic Atavism: Thomas Pynchon's Early Fiction," *Mindful Pleasures: Essays on Thomas Pynchon*, ed. George Levine and David Leverenz (Boston: Little, Brown, 1976) 42.

15 Grant 119.

16 Slavoj Žižek, *The Plague of Fantasies* (London: Verso, 1997) 7.

17 Žižek, *Plague* 7.

18 Žižek, *Plague* 8.

19　Žižek, *Plague* 7.

20　Slavoj Žižek, *The Ticklish Subject: The Absent Center of Political Ontology* (London: Verso, 1999) 263-64. 引用文の元の文脈について付記すると、ジジェクは彼の議論の礎として、ラカンの『精神分析の倫理』、特に同書内のソフォクレス作『アンティゴネ』に関する議論を援用している。ジジェクとラカンにとって、象徴界は現実界によって中断されるべきものである。ジジェクは言う。「アンティゴネは印象的なまでに彼女の社会的存在すべてを危険に晒し、指導者（クレオン）が体現する都市の社会象徴的権力に挑みかかる。それによって、『ある種の死に陥る』（言い換えれば、象徴的な死の状態を維持することであり、社会象徴的な空間から排除されることである）」（二六三）。そうした社会象徴ネットワークの一時的な中断が、倫理的行為と捉えられる。

21　Steven Weisenburger, "Reading Race: *The Crying of Lot 49* and Early Pynchon," *Approaches to Teaching Thomas Pynchon's* The Crying *of Lot 49 and Other Works*, ed. Thomas H. Schaub (New York: The Modern Language Association, 2008) 55.

22　Dwight Eddins, *The Gnostic Pynchon* (Bloomington: Indiana UP, 1990) 97.

23　ここに記したマゴンの思想については、特に以下を参考とした。Ricardo Flores Magón, "Manifesto of September 23, 1911," *Dreams of Freedom: A Ricardo Flores Magón Reader*, ed. Chaz Bufe and Mitchell Cowen Verter (Oakland, CA: AK Press, 2005) 138-44.

24　Geoffrey Louis Decker, "'The Enigma His Efforts Had Created': Thomas Pynchon and the Legacy of America," *Pynchon Notes* 28–29 (1991) 36.

25　Donald E. Pease, *The New American Exceptionalism* (Minneapolis: U of Minnesota P, 2009) 32.

26　Pease 32.

27　ジョン・ダグデイルもまたエディパの探偵としての役割について論じている。ダグデイルは、彼女が探偵的調査で、国家の主流派から疎外された者や社会的犠牲者から距離を置いていることを批判し、「彼女は探偵であり、彼らの離反は『彼ら自身に関わることであり、非公開で、私的』」（一二五）な問題であると見做していると指摘する。言い換えれば、人々の疎外は、彼ら自身の問題であり、ほかの多くの国民に関わる社会的問題ではないとする捉え方である。ここではエディパから読み取れる負の側面が記されている。ダグデイルからの引用は以下による。John Dugdale, *Thomas Pynchon: Allusive Parables of Power* (New York: St. Martin's P, 1990).

28　エドワード・メンデルスンは小説の精霊降臨祭との関連性

を根拠に、トリステロの謎の降臨と神の言葉の降臨を重ね、議論している。Edward Mendelson, "The Sacred, the Profane, and *The Crying of Lot 49*," *Pynchon: A Collection of Critical Essays*, ed. Edward Mendelson (Englewood Cliffs, NJ: Prentice-Hall, 1978) 112-46. またトリステロの謎が明かされないことは、ブライアン・マックヘイルの見解では、モダニズムに固有の認識論的性質が持つ限界と関連がある。小説では、異なる世界（現実）を平行して複数示す認識論的外界把握は行われるが、トリステロの謎という「別世界のこの世界への侵入」（*Lot 49* 八三）は、実現しない。その実現が可能なのは存在論的特徴を有する『重力の虹』のようなポストモダニスト小説であるとする。Brian McHale, *Postmodernist Fiction* (London: Routledge, 1987). ゾフィア・コルブスゼウスカは、崇高美と死の欲動を関連させ、エディパが象徴的意味および価値体系を超えた領域に達しようと試みる様を分析している。Zofia Kolbuszewska, "Pynchon, Kant, Lyotard, and the Sublime," Schaub 163-68.

第3章　異国での祖国の記憶――『重力の虹』における選びに与れぬ者の系譜

『重力の虹』（一九七三）は、ドイツ軍が第二次世界大戦中に開発した大陸間弾道弾のプロトタイプであるV-2ロケットと、その開発を軸とした歴史のうねりを描くと言える。そして小説ではそれが生み出す新たな秩序の下で形成される国家の問題が浮上する。V-2ロケット開発を核に形成される巨大な集合体をピンチョンは小説内で「システム」と呼ぶが、その構成要素は広範囲にわたる組織、すなわち政治、経済、科学、科学技術、軍事、そして官僚組織であり、戦争の生み出す強い必要性によって突き動かされるそれらの組織の活動が、故国から引き離された多様な国家的、文化的背景を有する人々の生に大きな影響を及ぼす。そしてそのような世界を背景として描かれる人々の国境を越えた関係は『重力の虹』の本質的な要素であり、ピンチョン研究が焦点を当ててきたものの一つであった。初期の画期的な研究のなかで、エドワード・メンデルスンは同小説を評して、各国の国民的文化を百科全書的に内包していると主張した。「百科全書的物語とは」、と始まるメンデルスンの考察では、「ある国の文化が持つ知識および信条を総体的に表現することに挑み、同時に国民文化がどのようなイデオロギー的見地から知識を形成し解釈するのかを見極める」と定義されている。[1] ピンチョンの小説が描く世界は広範囲であり、多様な国民文化に由来する知識と信条を百科全書的に取り込むが、それらの文化は戦時中のヨーロッパの多国籍空間において、互いに衝突し合う。本章では、衝突する国民文化の間に存在する力学を検討するが、第二次世界大戦という世界的危機が誘発する登場人物の記憶、特に故国の国民的記憶を通して語られる、文化間の力学を検討する。そこではアメリカをはじめとする大国および帝国主義国家の記憶と、植民地の記憶が混在し、互いの関係の再構築が求められているのである。

小説は登場人物たち、すなわち、アメリカ人、ドイツ人、オランダ人、そしてアフリカのヘレロ族を含む者たちが、国家的、民族的記憶に憑かれている様子を描き、彼らが文化的そしてイデオロギー的目的を果たすため、如何にして自らの記憶を表現するのか明らかにする。多様な記憶のなかからまず、アメリカ人主人公のタイローン・スロスロップを中心とする者たちが、彼らの国の神話的起源を想起する様に焦点を当てたい。彼らが記憶を呼び起こす行為は、創設神話や血族の系譜に関わる問題を含む。スロスロップはアメリカの古き起源を想起し、そして自分自身をその起源と系譜に想像的に位置づけることにより、彼の国民意識と国民的自己同一性を再構成しようと試みる。彼はまたアメリカの歴史的発展の記憶をも呼び起こし、その神意に基づく計画が帝国の策略や近代化とテクノロジーを利用した抑圧へと変貌したことを示唆する。本章後半では、植民地出身の他者の国家や民族の神話的物語に見出せる系譜に注目し、特に民族の固有文化保護を重視する原初主義（nativism）について考えたい。実際に、彼らの神話的物語が帝国の国家的想像力を中断し、それに挑戦するのである。植民地出身の他者による文化の書き換え、新たな意味の刻印が意図するのは、西欧の列強が露わにする破壊的な神話とイデオロギーの批判である。

国家の起源と系譜――タイローン・スロスロップのアメリカ

第二次世界大戦中のロンドンに設定された小説の冒頭近くで、タイローン・スロスロップはドイツのV‐2ロケットから、清教徒の信じた神が差し出す手を連想する。それらはともに人間の生命を奪うために、空を渡ってやって来るのだ。スロスロップの反応が含むより深き意味を解き解そうと、マーカス・スミスとカーチグ・トロリヤンはこう考察している。「ロンドンに落下した初のV‐2ロケット攻撃と二度目の攻撃に挟まれて、スロスロップは過去へと心を彷徨わせ、ニューイングランドの彼の家族の歴史へとたどり着く」。[2] スロスロップは、迫りくる異国の地での死の可能性に直面し、突然彼の一族のそして清教徒国家の起源へと立ち戻るのである。彼の国家的想像力の内で、マサチューセッツ州ミンジェバロウにある祖先コンスタント・スロスロップの墓石に思いを馳せるが、そこには神の手が刻印されている。スロスロップはさらに、古き祖国で起こったその清教徒の祖先の死を想像する。

コンスタントは見た。といっても彼の心の目のみで見たのではない。石の手が俗界の雲の間を通って伸びてきて、直接彼を指さしているのを。手の輪郭はとても直視できない光のなかで形取られ、彼の広大なバークシャーにある彼の川や傾斜地が放つ囁きの上に、浮かんでいた。彼の息子のヴァリアブル・スロスロップと、スロスロップ家を九または一〇世代転がり戻って、家系図の枝をたどって内部へと向かい、一族の血を継ぐ者たちのほぼ全員が、見ることになるように。[3]

このような想像は、スミスとトロリヤンの言葉を使うなら、「系譜的空想」である。[4] コンスタントの死に加えほかの祖先の死を想像することにより、スロスロップは一族の系譜へのつながりを強固にする。[5] 彼は外国にありながら空想のなかで、アメリカの国土に眠るスロスロップ家の者たちに自分が帰属することを想像するのである。コンスタントが神によって直接選ばれる様を想像し、救済につながる選びへの希望の微かな光を、郷愁に駆られて探し求める。しかしながら、残酷な現実においては、彼はV-2によって選ばれるのを無力に待ち受けている。おそらく神による選びと救済はなく。

南フランスに設定された別のエピソードで、スロスロップは再びアメリカ的風景である荒野を想像する。異国の地の夕暮れを見つめながら、彼は心のなかで汚れなき荒野のイメージをそこへ重ね合わせるのだ。「これは近頃ではほとんど目にすることのない、一九世紀の荒野の夕暮れだ。そうした夕暮れのいくつかの光景が、誰も名を聞いたことのない画家たちによってキャンバスの上に捉えられ、肉薄されたことがあった。そんなアメリカの西部の風景であった。大地がまだ自由で、それを見つめる目は無垢であり、創造主の存在がもっと強く感じられた時代に」(二一四)。時間的そして空間的転置により、スロスロップはアメリカの風景のなかに存在する自分を想像する。汚れなき風景であり、それを彼は民主的かつ宗教的理想を具現化するとして賛美する。空想を通して、彼は自身の国民意識と国民的自己同一性をそうした理想に立脚させる。国土のこのような理想化については、さらに明確化する必要があるが、そのために、宗教、自己イメージ、そして国家の運命を、未墾の原生地(virgin land)における開拓者の神話の内に位置づけるアンソニー・スミスの議論を援用したい。「自らを選ばれし者と確信を持って見做す熱烈な信者であった開拓者たちは、『原生』地と辺境が彼らの自己イメージの聖なる要素を構成するとして理想化し、そしてそれらを神意に基づく国家的運命の道具そして恩恵と考えるようになった」。[6]スロスロップが、初期アメリカにおける汚れなき夕暮れ、すなわち「原生地での夕暮れ」（*GR* 二一四）を想起するとき、彼は理想化された「自己イメージ」を取り戻そうと試みている。そして神に近しい土地の持つ神聖さを想像し、神によって是認された国家の運命を呼び起こすことが出来るのだ。しかしながら、スミスが示すように、そうした土地も辺境も「道具そして恩恵」へと捉え直されてしまう。後に議論するように、そうした土地の概念は国家の運命の実現を目的にイデオロギーによって形成されている。イデオロギーはスロスロップが呼び起こすほかの国家的記憶、特に「西漸運動」と結びついた記憶に影を落とすのである。

小説内の西漸運動が含む意味を広く検討する準備として、その問題を国家の神話を巡る歴史的、イデオロギー的文脈へと位置づけたい。この運動の歴史的背景について、サックヴァン・バーコヴィッチはこう考察する。「［アメリカの］歴史家と詩人たちは、文明がギリシャ、ローマ、西ヨーロッパ、そしてそこから新世界を目指し、西へと向かう道をたどるという古典的な学問移転説の概念を捉え直している」と。[7]大陸を跨ぐ文明の西漸運動は最終的にアメリカにたどり着き、そこで土地を開墾し、手本となる都市を設立することにより、清教徒が文明化の使命を果たすのだ。バーコヴィッチによると、「ニューイングランドの清教徒たちは、アメリカに目に見える聖人という地位を付与したのだ」。[8]神聖化された国家としてのアメリカそのものが、神の定めた天命を具現化するのである。[9]その問題についてより詳細に論じるため、ドナルド・ピーズによるアメリカ研究にも注目したい。彼は「原生地」、「アメリカのアダム」、「荒野への使い」といった「創設神話」の重要性を指摘し、そうした神話的要素は神の意志を体現するものであるとしばしば解釈され、アメリカ国家の例外主義を強化してきたと論じている。[10] 神話はまた、小説が描く西漸運動と切っても切れない関係にあるが、その理由は、ピーズが述べるように、「原生地という概念に助けられ、アメリカ人はその土地には既に多くの先住民が存在したという事実をすり替え、土地は誰にも占有されてはいなかったと信じ込むことが可能になったのだ」。そして、「原生地にまつわる物語が想像的なものの効果としての現実を作り上げた」ことを論じるなかで、彼はそれが欲望に駆られた空想であると批判する。[11] ピンチョンは『重力の虹』にてアメリカの創設神話を再訪するが、国家の例外主義を強化するという目的はない。むしろ彼は、創設神話のイデオロギーが持つ暴力、特に西漸運動の暴力の問題を指摘する。

　スロスロップが記憶のなかで時間を遡り、汚れなきアメリカの国土を想像し、祖先との系譜的つながりを再構成しようと試みるとき、彼は自分自身が生み出す国家的記憶、帝国としての国家の記憶、に怯んでしまう。たとえば、彼の心を乱すのは、汚れなき大地の純粋さが「汚染を乞うている純粋さ」（*GR* 二一四）へと捉え直されてしまうことである。この比喩は人間が自然の意図を想像し、文明化という国家的運命を大地に押しつけ、遡及的にそれを自然の意志と同一化するものであることを、明るみに出す。国土の理想化されたイメージは退廃する。なぜならスロスロップが想起するように、「帝国が西へとその進路を取り」（二一四）国家の運命を実現しようとするからである。

田園地方は何マイルにもわたって都市の墓地遺跡へと変貌し、大理石の塵で灰色と化した。塵は偽物の古代ギリシャ彫像が吐き出す息、そして亡霊であり、彫像は共和国中の別の場所、そしてまた別の場所に、次々と設置されたのだった。常にどこか別の場所に。どんな家系図よりも入り組んだ有価証券総資産から、金が染み出てきた。一族の故郷であるバークシャーに残された資金は森林地へとつぎ込まれ、縮小する森林の緑の広がりは、何エーカーも一挙に紙へと形を変えられた。トイレット・ペーパー、銀行券の在庫、そして新聞用紙へと。それらは、糞、金、そして言葉の、材料あるいは拠り所となったのだ。（二一七―二一八）

丘の上の都市の建築に起源を持つ国土の変貌は、新大陸の緑の森を侵食し巨大な共同墓地を作り出す。この歴史的進歩の背後にある原動力は「糞、金、そして言葉という、三つのアメリカの真実であり、アメリカ国民の移動性を駆動するのだ」（二一八）。より広義に解釈すれば、文明化の使命は、有機的な存在の死を暗示する「糞」に対して登場人物が抱く恐れを除去するのだが、問題はその過程で、彼らは大地の有機性から自らを疎外してしまう。「金」に関して述べれば、スロスロップ家の富の追求は、神による選びの目に見える印を求めた結果だが、富の追求は自然の商品化と破壊によってもたらされる利益への飽くなき欲望へと姿を変える。さらに神の「言葉」は銀行券や新聞の世俗的な言葉によって置き換えられてしまう。

帝国建立へのピンチョンの批判が含むところをより理解するためには、その問題を、アモバルビタール塩を使用しスロスロップの潜在意識を調査する実験にまつわるエピソードと、結びつけるべきであろう。そのエピソードが描くのは、薬物に誘発されて彼が抱く、クラッチフィールド、すなわち「西へ向かう男」の幻想である。この実験を行うのはホワイト・ヴィジテーションと名づけられた、ロンドンのかつての精神病院を本部とし科学力による戦闘力強化を目論む組織だが、実験の目的は白人アメリカ人の黒人に対する潜在意識を究明することであり、その結果をイギリス人は利用し、人種的純粋さに憑かれたナチスを弱体化させようと目論んでいた。スロスロップの無意識の描写はアメリカ史の鮮烈な幻視をも含んでおり、彼は西へ向かう男がアメリカ先住民の共同体を踏みにじり破壊する様も目にする。クラッチフィールドは相棒のワッポと虐殺に向かう。「彼［ワッポ］の山高帽はこれから到来する大虐殺を映し出していた……。生々しいインディアンの匂いをもたらす風は誰にとってもうんざりだった。おお神よ、これから決戦だ。地獄のように凄惨な。風がかなり強まってきて、木々の北側には血が凍りつくだろう」（六九）。移動が、そして西漸運動が、アメリカのナショナリズムにおいて如何にして支配的な主題を構成するか検証し、アンソニー・スミスはこう述べる。「それは約束の地への移動であり、神による定めに支えられていたが、定めとは先住民や奴隷を排除していた」。[12] 西へ向かう男は選ばれし者たちの一員であり、彼らは神の定めを独占し、ほかの非正統的な神の定めを信奉する人々を破滅させる。暴力的な手段で新たな辺境を開き、領地を拡大し、西へ向かう男は、文明化という聖なる使命を残忍で帝国主義的な侵略へと変貌させる。

帝国による侵略への批判は、序章および第1章でも示した通り、作家としてのキャリア初期からピンチョンの物語における本質的な構成要素であった。彼の長編第一作『V.』は帝国支配のもたらす壊滅的な結果を、エジプト、ドイツ領南西アフリカ、マルタなどを舞台に描いてきた。しかし『V.』はイギリス、ドイツ、フランスによる帝国主義を批判的に検証するのだが、より広義な帝国の歴史のなかでアメリカが果たした役割は扱っていない。最近のアメリカ研究の成果が示しているのだが、アメリカによるヨーロッパの帝国批判は、同時にアメリカの帝国主義の否認を伴う。そうした否認行為を正当化するのは、国家の民主主義的理想や反帝国的思想であるのだが、それらは起源に向かいたどれば独立戦争時に表明されたものである。ジョン・カルロス・ロウが、国家が帝国へ反発しながらその力を利用する様に見出すのは、「アメリカの歴史の大きな逆説」である。「イギリスの支配に対する我々の革命は、国内で続くアフリカ系アメリカ人の植民地化を黙認したのみならず、……新たな合衆国による一連の行動へとつながった。すなわち植民地主義的な政治力の行使によって国家の自己同一性を強固なものとする行動へと」。[13] こうした逆説は、ピンチョンが描くスロスロップのアモバルビタール塩による幻覚のなかでも、暴かれる。ピンチョンは、国家の過去を再想像し、それを国内の帝国支配の歴史に位置づけるのである。スロスロップが抱く西へ向かう男の幻覚的、国家的記憶が物語るのは、西部辺境地帯でのアメリカ先住民の抑圧であり、それと並行して、一九三〇年代のマサチューセッツの貧民街で、アフリカ系アメリカ人に対して行われる抑圧についての、スロプロップ個人の記憶を蘇らせる。後者では、ハーヴァード大学の学生であったスロスロップと靴磨きのマルコムXを分断する階層性が、止むことなき国内での植民地化と支配を明らかにする。既に検討したように、スロスロップはまず国家の汚れなき過去を想起し、自らの国民意識と自己同一性を再構成するのだが、彼はその記憶の内にアメリカの暴力の歴史を刻み込む。歴史想像力を駆使し想起されたアメリカの国民的神話の内に、安全基地を見出すことが出来ないまま、彼は戦時下のヨーロッパで進行する暴力の歴史がエスカレートするのに直面するのである。

選びに与れぬ者の系譜と本源主義の魅惑

スロスロップはアメリカの過去を想起し、再想像しながら、選ばれし者の系譜から自らを引き離すことになる。ピンチョンは革新的なまでに異質な系譜の物語を描いてみせるのだが、それは一七世紀の清教徒社会の階層性の外へ歩み出たスロスロップ家の一員に端を発する。一員とはウィリアム・スロスロップであり、彼はマサチューセッツ湾植民地総督ジョン・ウィンスロップの主導の下で構築された政治、官僚システムである「ウィンスロップ・マシン」(五五四-五五)を拒絶した。小説が進むにつれ、ピンチョン自身の祖先であるウィリアム・ピンチョンに大まかに基づくその非規範的な人物に自らを結びつけ、タイローン・スロスロップは彼の属すべき系譜を新たに形成しようと試みる。ウィリアムは『選びに与れぬこと』(*On Preterition*)の著者であり、同書はニューイングランドの選ばれし者と選びに与れぬ者を分断する厳しい階層性を切り崩す、論争を呼んだ冊子であった。「ウィリアムは『第二の羊』の神聖さを主張したのだ。彼らが存在しなければ、選ばれし者も存在しない……。ウィリアムは、イエス・キリストが選ばれし者のために存在したように、ユダが選びに与れぬ者のために存在したのだ、と感じていた。創造におけるすべてのものが等しく対極的なものを有するのであるから、イエスがなぜ例外となり得ようか」(五五五)。ウィリアムの神学では、イスカリオテのユダの姿が代表するのは、選びに与れぬ者たちであった。彼らは選ばれし者に虐げられていたが、しかし重要なことに、選びに与れぬ者なしでは、特権を有する者も存在しない。なぜならお互いが二項対立によって定義し合うからである。そうしてピンチョンは硬直した階層性を批判し、新たな社会的関係の選択肢を提示するのである。

小説でのこの社会的分断の批判は、より大きな植民地支配の批判へと発展し、そしてまた異なった国家的記憶へと踏み込んでゆく。オランダ植民地の一七世紀モーリシャス島を舞台とした、カッチェ・ボルヘシウスの祖先フランス・ファン・デル・グルーフの物語は、選ばれし者と選びに与れぬ者との関係の再考を強く促す。カッチェはナチス占領下のオランダでV−2開発と発射現場に居合わせており、また南仏ではスロスロップを対象とした体制側の陰謀に加担するのだが、スロスロップのように彼女も、一族の歴史に存在する帝国の侵略の歴史を想起するとき、自らの系譜を再構成しようと試みる。フランス・ファン・デル・グルーフはモーリシャス島に入植したプロテスタントの一人であり、彼を含む者たちは神の計画と彼らが信ずるものを実現するため、地域に生息する鳥ドードーを組織的に絶滅させる。なぜなら、その鳥は「言説という理性の賜物」（一一一）を持たないため救済の意味を理解不能であり、「神の言葉にのみ永遠の生が見出せる」（一一一）からである。ジョセフ・スレイドが述べているように、「彼［フランス］は自分の狂気を、大量殺戮を救済と偽装することによって正当化する」。[14] しかしながら、救済は選ばれし者である殺戮者にのみ与えられている。驚愕すべきことに、自らを選ばれし者と見做す人々は、ドードーの殺戮という自らが課した義務を果たすことにより、救済に到達しようと試みる。彼らはドードーとは呪われた生物であると認識するが、その理由はドードーが、選ばれし者によって神聖視される信仰の理性的システムの外に存在するからである。だがフランスは、選ばれし者と選びに与れぬ者との間にある恣意的な分断について強い疑いを持ち、その疑念に憑かれていると言える。「しかしもし彼ら［オランダ人植民地支配者］が神の選びによってモーリシャスにやって来たのだとすれば、なぜ彼らは失敗しここを去るよう選ばれたのか。それは選びなのか、それとも選びに与れず見過ごされたということなのか。彼らは選ばれし者なのか、それともそこから漏れた者であって、ドードーのように刼罰を定められているのか」(一一〇)。問題を複雑化するのは、植民者が生き延びるためにドードーを食し、ドードーの亡骸と糞が土地に養分を与えるという事実である。言い換えれば、選びに与れぬ者が選ばれし者の生存の根本的な条件を整えるのである。故に、フランスは認識する。「我々の救済とは……切り離せないものに違いない」(一一一)。繰り返すと、フランスは自らとドードーの定めについて確信を失い、両者の恣意的な分断に疑問を抱く。けれども不幸なことに、フランスは暴力を肯定することによって、新たに開かれた可能性を捨て去ってしまう。「しかし信仰について言うなら……彼は自らが携帯する武器の、無二の鋼鉄の現実だけを信じることが出来た」(一一二)。武器を信じることとは、大量殺戮の暴力を肯定することである。暴力行為によって、選ばれし者は自身の正統性と運命に疑問を投げかけるドードーの存在を、都合よく始末するのである。選ばれし者の選びに与れぬ者に対する圧倒的な勝利は、前者が抱く優越性の幻想をより強め、故に階層性を強化してしまう。フランス・ファン・デル・グルーフの宗教的信仰は、破壊の機械への信仰へと姿を変える。加えて、これから検討するように、彼の武器への信仰は、現代に置かれた登場人物の大陸間弾道弾のロケット信仰と類似している。後者はロケットを信奉するのだが、なぜなら彼らは第二次世界大戦後の新たな世界秩序において、最先端の殺戮の手段を手に入れることにより、選ばれし者の地位を血眼になって掴もうとしているからである。

ロケットとそのテクノロジーは、大戦後の選ばれし国家としてのアメリカの形成において不可欠な要素である。ロブ・ウィルスンはアメリカの国力強化を表す崇高なる象徴に変化が見られたことを指摘し、次のように述べている。「崇高性がその高みから押しつけてきたのは、国民意識や国家の高次な力を具現化する風景、すなわちテクノロジーによって構成される風景であった。それをもって力なき個人は自己同一化を図るのだが、同一化の対象とは……国家力強化のための崇高なる光景であった。そして崇高なる光景とは列車、発電機、航空機、そして核爆弾へと実体化されていったのである」。[15] ピンチョンの小説内では、国民意識の形成、国民的自己同一性を可能とする最も崇高たる象徴とは、ロケットである。しかしながらロケットは、崇高なる次元のみならず、神的と言える次元にまで達するのである。多くのピンチョン研究者がそのことを指摘しており、たとえば、トマス・シヨーブは、「V-2ロケットの神格化」についてこう分析している。「ロケットがそのように見做されるとは、人間の作り上げた武器が神の意志の道具へと変貌したということである」。[16] さらにモーリー・ハイトは、ロケットにまつわる経済的な意味合いを探りながら、そのような神聖なる承認が、ロケット・テクノロジー開発を核として軍、経済、科学、科学技術に関連した組織が構成する作品内でシステムと呼ばれるロケット・カルテル構築の原動力であることに注目し、こう指摘する。「故にアメリカの選ばれし者は、彼らが拡大させるカルテルの背後に神を位置づけ、自分たちの巨石のような『死を偏愛する構造』を神が承認することを、当然の権利として主張したのだ」。[17]「死を偏愛する構造」(*GR* 一六七)は、既に検討したスロスロップが抱いた「都市の墓地遺跡」の幻覚を想起させるとも言える。西漸運動の過程で示される暴力的な文明化の使命は、先住民と彼らが共存してきた自然を支配下に置き、死の都市を作り上げてきた。現代では、軍需産業が戦争国家の支持を得て、それらの都市を死に憑かれたロケット都市へと変貌させる。

そのような矛盾を描くことにより、ピンチョンは帝国の破壊の物語を再構築しようとする。先述したように、ピンチョンが一族の系譜においてタイローン・スロスロップをウィリアムと結びつけようと試みるとき、彼はスロスロップを選びに与れぬ者との同盟関係に置き、選びに与れぬ者の持つ革新的な価値観の内に、分断をもたらす社会的構造とは別の選択肢を真剣に探し出すように促すのである。その過程で、ピンチョンはまず、スロスロップから身分証明、そして国籍を奪い取り、戦後ドイツの「ゾーン」で流浪の身とする。ゾーンとは、ナチス政権陥落直後に生じた権威が空白状態となった空間であり、連合国の四か国分割統治が実質化するまで存続が許される。ゾーンは硬直化した社会的分断も階層性も排した空間であり、異なる国々出身の登場人物が共存し、そこには「選ばれし者も、選びに与れぬ者もなく、事態を滅茶苦茶にしてしまう国籍さえもないのだ」(五五六)。ゾーン内での彷徨を通して、スロスロップは選びに与れぬ者たちと交流しながら、彼自身とアメリカを再定義しようと試みるが、その姿はウィリアムが一七世紀のニューイングランドを選びに与れぬ生き物である豚とともに彷徨した姿とも重なる。ゾーンでは、「さまざまな国籍を持つ者たちが移動中である。大きな国境なき流れがここにはあるのだ。オーデル川の向こうから民族ドイツ人がポーランド人に追い立てられてやって来て、……ズデーデン人と東プロシア人がメクレンブルクにある難民キャンプとベルリンの間を行き来し、チェコ人とスロヴァキア人、クロアチア人とセルビア人、トスク族とゲグ族、マケドニア人」(五四九)、そしてさらに民族のリストは続く。この記述に関して、ウィリアム・プレイターは述べている。「スロスロップが目にし、感じ取るのは、純粋なる移動だ。全住民が他者と空間を交換し合いながらも、国籍、秩序、そして歴史という幻想を個別に保持する、移動であるのだ」。[18] ここでプレイターは、登場人物を分断する国籍は幻想であると主張していると考えられるが、ピンチョンは国民意識や神話から個別性を奪うことはしない。アメリカの汚れなき荒野に焦がれるスロスロップのように、旧ドイツ領南西アフリカのヘレロ族、アルゼンチンの無政府主義者、そしてドイツ軍でV-2

開発と攻撃の指揮を執るヴァイスマン（あだ名はブリセロ）といった人物たちは、ナショナリズムと特にそこにある本源主義（primordialism）の力を利用し、国民や民族の存亡そして覇権をかけて争う。

多国籍、多文化的ゾーンにおいてさえも、本源主義がナショナリズムに根差した欲望とイデオロギーを動かしてゆく。有機的共同体の太古的な統一性を取り戻そうと試み、人々は異質なものの排除を意図した暴力へと向かうのである。たとえば、ミクロス・サナツによるブリセロの描写にもそうした傾向が表出する。

彼は一九四五年から離脱したのだ。我々が逃走し駆け渡ったキリスト教以前の大地へと、そして原始的なドイツ人の元素の内部へと、自らの神経をつなぎ直したのだ。神が創造した最も哀れで恐怖に震える生にだ。あなたや私はおそらく何世代もの間にあまりにもキリスト教に感化され、機能体組織や名高い「契約」への拘束によってあまりに弱体化させられてしまったのだ。（四六五）

ブリセロはドイツの本源的大地に戻り、彼の計画を完成させる有人ロケットの構築を目論む。彼が見せる国家の過去への危険な回帰に、同じくドイツ人であるサナツは賛同するが、なぜならサナツは近代化、そしてより具体的には物象化の力によって、人間性が衰えることを恐れているからである。サナツの発言が含む意味は、近代の抽象的主体は自らの衰弱した生のあり方を、本源主義の生命力によって再生出来るのだということだ。加えて、ブリセロの最先端のテクノロジーを搭載した武器開発計画もまた本源主義と結びついており、それは汚れなき民族と有機的共同体を保持するためのテクノロジーを称賛するという、イデオロギーであるのだ。もっとも現実には、まさに古き大地を浸食し有機的共同体を解体するのは、テクノロジーと産業の発展であるが。

　小説内のアルゼンチン出身の無政府主義者たちも本源主義的傾向を示す。彼らの抱く夢は、故国の開かれた草原（pampas）への回帰、すなわち原初的風景への回帰であるが、それは近代が迷宮のような都市の構造を大地に押しつける以前に広がっていた、彼らの想像により理想化された風景である。この本源主義と近代性との間に生じる軋轢は、以下のアルゼンチン無政府主義者と映画監督ゲルハルト・フォン・ゲルとの会話にも見て取れる。フォン・ゲルは、自分の映画が現実を変化させ、ひいては現実を創造する力を有すると信じており、彼の作るフィクションである映画内で、黒の軍団と名づけられたヘレロ族を想定した集団が、ドイツ軍の残した部品を利用して独自のV-2ロケットを開発する様子を描き、それが「本物」の黒の軍団を作り上げたと主張する。大胆な態度で、彼は無政府主義者たちに告げる。「私が黒の軍団に出来ることは、あなた方の草原と空への夢に対しても出来るさ。……あなた方の柵と迷宮の壁を取り壊し、あなた方がほとんど記憶さえしていない園へと導き、連れ戻すことが出来るのだ」（三八八　中略原文通り）。フォン・ゲルは汚れなき文化的起源へと回帰しようという人々の欲望を利用しようと、美的、経済的、イデオロギー的視点から目論むが、彼はアルゼンチンの人々に関わる固定観念的なイメージを産出、拡散してしまう恐れがある。こうした回帰の問題について、エドワード・サイードによる原初主義（nativism）の分析が、有意義な洞察を与えてくれる。原初主義は、純粋な文化的本質のなかに民族特有の価値観を再発見することを重視する脱植民地化の抵抗の一形態と捉えることが出来るが、彼はそれが頽落し、「帝国主義によって強められる固定観念、神話、敵意、そして伝統を深く配慮せずに受け入れること」へとつながると警告を発する。[19] サイードはまたそうした状況を「自らの自己同一性を礼賛する感情的な自己耽溺」と呼ぶ。[20] エデンの園のような場で育まれる純粋な自己同一性を礼賛することは、歴史の不穏な真実を拒絶してしまうことにもつながりかねない。同様に、アルゼンチンの無政府主義者たちはマルティン・フィエロのガウチョ神話を彼らの文化的、系譜的起源として礼賛するが、そのことが原因となり、自国の歴史について批判的な視点から考察することが困難になる。マイケル・ベルベが見抜いているように、「アルゼンチンの無政府主義者たちは抵抗、そして『中央政府対ガウチョ的な無政府主義』の寓話として『マルティン・フィエロ』を使い……続編である『マルティン・フィエロの帰還』を考慮しないかもしれない」。[21] 続編は、かつて反逆的で無政府主義的であり、社会的分断、階層性から自由な草原という開かれたゾーンを体現していた主人公が、先住民を抑圧する国家機関に組み込まれる様を明らかにする。

アルゼンチン出身の無政府主義者たちに加え、ゾーンには多くの選びに与れぬ者が存在し、スロスロップは彷徨の過程でそれらの人種的、社会的少数派と出会うのである。流浪の身でゾーンを彷徨うとき、スロスロップはそうした周辺に追いやられた人々の共同体と関わるのである。彼の動きは祖先であるウィリアムの動きを想起させ、小数派の暴力的征服に憑かれていた西へ向かう男のそれと対比出来る。スロスロップが出会う人々のなかに、ヘレロ族の黒の軍団がおり、彼らは民族の存続、統一のために、独自のロケットを開発している。スロスロップはといえば、実はヘレロ族に対して複雑な感情を抱いている。黒の軍団の指導者であるオバースト・エンツィアンに出会った後に、考え込む。「友人か？　よい兆しなのか？　黒いロケット軍団？」（二八八）。スロスロップは人種的他者に魅惑されると同時に怯んでしまう。けれども、彼はマーヴィー大佐のような、アフリカ人の軍備増強を恐れるあまり彼らを追い詰め破滅させようとする者たちから、黒の軍団を救おうと試みる。マーヴィーが発言しているのだが、「やつらには計画があるんだ。そいつはロケット開発だ……。それでわかってるだろうが、そいつはあまりに危険だぞ。やつらは信用ならねえ。ロケットを持っているなんて。やつらは子供みたいな人種で、脳が小さいからな」（二八八）。こうした無知と偏見に由来する人種差別的誹謗中傷は、白熱する軍備増強競争のただなかで、アフリカ人への恐怖を増幅する。しかしながらゾーンの現実を見つめれば、ヘレロ族はリュック・ハーマンとスティーヴン・ワイゼンバーガーがジョルジョ・アガンベンに倣って「ホモ・サケル」と呼ぶ存在、すなわち小説内では戦時下にて国籍も基本的人権も剥奪された人々、を代表していると言える。ハーマンとワイゼンバーガーはゾーンの概念をアガンベンが論じる「例外状態」と関連づける。ゾーンとは、「通常は戦時下でのみ発動される例外状態を、権力が人々に強要する空間であり、それに対して法が社会規範の崩壊による深刻な混乱状態であることを宣言するのである。それは法の欠如であり、欠如が道具となり果たす目的は、剥き出しの生物学的な生にまで貶められた人間、そして単なる生物あるいは客体の産出を可能とすることである」。[22] これがゾーンにおける権威の空白状態に見出せる負の面である。空白状態では、強者は特権を活かし生き延び、力のない者は保護を奪い取られ希望なき状況に置かれる。[23] ヘレロ族も国を持たず、力を失い、法的保護の下には置かれていない。しかしながら、彼らは黒人であり武装した者であるが故に、人々によって危険だと見做されている。半狂乱でドイツ軍のロケット・テクノロジーを入手しようと躍起になる連合国は、ヘレロ族と競い合っているため、後者がもたらす脅威を声高に叫ぶのである。より深刻なことに、連合国側はその脅威を増幅して示し、彼ら自身によるヘレロ族撲滅の企みを正当化するのである。

スロスロップにとって、黒の軍団は脅威でもあり謎でもある。アフリカ人の軍団は列強にとって国家保安への脅威となるが、黒の軍団がロケット・テクノロジーを開発する真の目的を知ることは出来ず、「アフリカ人初のロケット」(三二六)の打ち上げは謎に包まれている。スロスロップは、アフリカ人の軍団の謎に反応して、ある種の国家横断的想像力を働かせる。彼はアフリカ人との出会いについて、こう述べる。「まるで暗黒大陸アフリカに赴き、そこで原住民を観察するかのようだ。そしてふと気づくと彼らの古臭く風変わりな迷信が、自分を乗っ取っているかのようだ」(一八一)。スロスロップはそれに対抗し、自分と白人清教徒の祖先との絆を強めようとする。「しかし、彼は自分自身の祖先を感じるのだ。国境が消え去りゾーンが彼を包み込むにつれ、より強く。留め金をした黒い衣服をまとった祖先のワスプとの絆を感じるのだ。彼らは木の葉が揺れて回る度に、そして秋のリンゴ果樹園に逃れた牛を見る度に、神が自分たちに何かを伝えようと上げる叫び声を聞き取ったのだ」(一八二)。彼は本源的で神の是認を受けたアメリカに焦がれ、正統なニューイングランドの風景と選ばれし者の国家的系譜のなかに、自らを確かに位置づけようとする。こうした記憶が彼に外国人の祖先にまつわる神話的物語に対抗する力を与えてくれる。スロスロップはこの時点では、多国籍の人々の信仰と実践の混乱から、自らの国民的自己同一性を守らねばと強く感じるのである。

ロケット、神話、マンダラ

帝国が支配した他者が呼び起こす民族的記憶は、独自の神話的、歴史的、文化的意味にあふれ、それがゾーンという多国籍空間にて重要な役割を持ち始める。スロスロップは、ゾーンの風景のなかに国家的背景を異にする他者のイメージを発見し、彼らの文化的象徴に意識を開くようになる。「アレクサンダープラッツの空に、彼はオバースト・エンツィアンのKEZVHマンダラを目にし、偶然出くわしたマツユキ草に何度かチチェリンの顔を目にしたのだ」（四四六）。ゾーンでの多国籍的邂逅が、彼にドイツの風景の文化的混交を想像させるのである。[24]そうした変化に注意を払いながら、本章の続く議論では、国民的、文化的象徴、特にヘレロ族の象徴を、小説が如何にして描くのか検討し、彼らの示す脱植民地化への挑戦の分析に取り組みたい。

ヘレロ族の脱植民地化へ向けた挑戦は、複雑な様相を呈する。そうした様相のなかで重要なのは、ヘレロ族による00001ロケットの開発と、楽園のような過去への回帰という矛盾する衝動である。ヘレロ族の試みは、ピンチョンの研究者が作品を冷戦秩序と第二次世界大戦後の脱植民地化の抵抗のなかに位置づけて評価しようとする際に、難しい問題を提示する。たとえば、ロケット開発の背後に隠されたエンツィアンの意図を解き明かそうと、ポール・ボベが論じている。「彼［エンツィアン］は、自分が指揮する人々をロケットへと帰属させることを選択するが、ロケットに支配されるのではなく、そこから恩恵を引き出そうと願い選択するのである」。[25]実際には、エンツィアンはやがて大国と同じ過ちを繰り返すこととなり、彼は最先端のロケット・テクノロジーを利用して世俗的世界から超越し、他者の支配を目的に格闘するのである。この点について、ボベが論じるように、エンツィアンは「選ばれし者の倫理」を享受しているのである。[26]ボベはまた、ヘレロ族が汚れなき過去へと懐古的に回帰しようとする様を問題視しているが、その理由の一つは彼らが求めているのが「所与の失われた中心を埋めるため自らが創造する、強力な代用物」であるからだ。[27]そうした問題にもかかわらず、ボベはエンツィアンの取り組みを否定することはなく、むしろヘレロ族の神話が描かれる際の力強いイメージや、彼らの植民地化からの解放への闘争を評価する。

ヘレロ族の軍備増強について継続して検討するにあたり、エンツィアンは元来、彼の支配者のブリセロによってドイツへと連れられ、ロケット・テクノロジーを習得するための訓練を受けたことを想起したい。エンツィアンのみならずほかのヘレロ族の人々もドイツ軍のV-2ロケット開発のため、労働を強いられていたと想像出来る。ナチス政権陥落後のゾーンでも、西洋の帝国に対抗した脱植民地化を目指す闘争のなかで、00001ロケットの開発はヘレロ族共同体の強化と近代化のための基盤をなすが、それは軍産複合体の形成の不吉な行程でもあるのだ。ただ理解が難しい点は、ヘレロ族が00001ロケットの発射を聖なる出来事であり、崩れかけた共同体を統一するために意図した出来事であると見做していることだ。これはある程度まで、アメリカがイデオロギー的目論見の下でミサイルを神格化し、国家を統一する様と類似する。そしておそらくそうした解決困難な矛盾が原因となり、ピンチョンは00001ロケットを意図的に謎に包まれたままにし、ヘレロ族が平和的目的に向けて彼らの開発したテクノロジーを利用する道を見出すかもしれない、と示唆するに留める。既に見たヘレロ族に対する想像上の脅威は、先進国の主体が抱く偏執症的恐れと他者への不信感に由来し、この偏執症的恐れは正当化が不可能とも言える。なぜならヘレロ族が国家建設に向けて協働するとき、彼らはロケットを強力な文化的象徴と見做し、侵略や破壊の手段とは捉えていないとも考えられるからだ。加えて、ヘレロ族の神話的な民族の起源への懐古的とも言える回帰を、単に本質主義的な試みであるとして退けることは出来ない。その理由は、ヘレロ族は自らの民族的、文化的起源を帝国によって野蛮な手段で破壊されたのであり、起源を脱構築的に転置させる余裕などないからだ。研究者はヘレロ族の00001ロケット開発と神話への信頼を扱う際に、彼らが置かれている困難な立場を考慮しなければならない。
ヘレロ族のロケットの有する文化的、象徴的力とは、「KEZVH」マンダラのイメージの内にある。小説内でマンダラのイメージは元来、ナチスが使用した破壊的なロケット発射の行程を表す記号に由来するのだが、それがヘレロ族の平穏な村のイメージと重なり合う。このマンダラの模様は、ヘレロ族の一員がスロスロップに説明するところでは、村の生命の核に位置づけられたものである。

村そのものがマンダラであったのだ。クラール（Klar）は肥沃さと生命の誕生であり、エントリュフトゥング（Entlüftung）は息吹と魂、ツュンドゥング（Zündung）とフォアシュトゥーフェ（Vorstufe）は男性的記号で、行動、火、準備あるいは建造である。そしてここ中央にはハウプトシュトゥーフェ（Hauptstufe）があり、それは聖なる家畜を置いた囲いであったのだ。祖先たちの魂だ。すべてがここでは同一のものとして存在したのだ。生命の誕生、魂、火、建造。男性も女性もともにあった。（五六三）

村の構造にとって本質的な事柄は、ピンチョン自身が参照したと言われるH・G・ルッティッグによるヘレロ族に関する文化人類学的研究が示すように、それが持つ「宇宙的な意義」である。[28] 木、家畜、そして火が村の中心部に配置され、その中心部とは村人が祖先との系譜的なつながりを見出すことの出来る場である。「その木から は原初の祖先の夫婦が出現したのみならず、聖なる家畜も出現したのである」。[29] 聖なる系譜に加え、村の形態は宇宙的な統一性を暗示している。「北の女性的な半分の領域は……地下の世界と連想され、南の男性的半分は地上の世界と連想され、村全体が統一性を表現する」。[30] 村の生命に関するこうしたヴィジョンが、「KEZVH」マンダラの根幹をなす。ピンチョンの小説がヘレロ族のマンダラをロケット発射時のナチスの破壊の記号、すなわち発射準備完了（Klar）、排気（Entlüftung）、点火（Zündung）、第一段階（Vorstufe）、主段階（Hauptstufe）、へと重ねるとき、ヘレロ族のマンダラが破壊のヴィジョンに刻み込むのは、民族の生命の存続と統一の力強いヴィジョンである。小説はヘレロ族のマンダラを、死をもたらすV-2ロケットに対抗させる。このような生命を肯定する精神において物語は、戦後の国際的ロケット開発競争において新たな冷戦秩序が現れ出るただなかで、ヘレロ族がアフリカ人初のロケットを組み立てる様を描くのである。

懐古的な起源への回帰は『重力の虹』内で、必ずしも破壊的な結末に至るわけではない。ナディーン・アトウェルが示唆しているように、「それ［小説］が与えてくれるのは、地域に根差した楽園の可能性を語る物語であり、その物語は損なわれてはいるが、対立する腐敗の物語によって最終的に置き換えられることはない」。[31] アトウェルが物語の地域性、楽園への到達の可能性を強調するとき、彼女はそうした物語を大国の大きな物語に支配されることから救おうとしている。確かに、ヘレロ族の村についての地域性を重視した物語は楽園的要素を含んでいるが、けれどもそれは歴史性から断絶してはいない。むしろ、大量破壊兵器の開発に関する大きな物語に、それは果敢に介入して見せる。先述した通り、ヘレロ族のマンダラの象徴は、ドイツ軍のロケット発射にまつわる「KEZVH」の記号の連鎖に介入するが、それは文化的な意味を有す行為であり、脱植民地化に向けた抵抗をなすのである。ポストコロニアル批評の文脈で、ホミ・ババは被支配者が植民地時代の過去を批判的に想起し、それをヨーロッパの近代に刻印し直す様を分析し、そのように形成された植民地支配の過去を「投射的過去」と呼んでいる。彼は力強く主張する。「私が信じるところでは、植民地主義以後に捉えられた時差を考慮することなしに、近代性の言説を書き記すことは出来ない。投射的過去を含めたなら、それは他者性の歴史物語として記すことが可能なのだ。社会的対立と矛盾の諸形態を探究する物語として」。[32] ババに倣って言えば、ピンチョンが描くヘレロ族の、出身地に根差した楽園的な過去のヴィジョンは、破壊の近代史に対抗し、投射的過去の事例となる。

マンダラの象徴は、ピンチョンが文体に込めた意図の観点から言っても、不可欠な要素である。トマス・ムアは小説内での象徴の使い方について、次のように議論している。「この小説の持つ魔術的な仕掛けとは、象徴を常に動的に使うことによって、それらの形態が月並みなものに陥ってしまう危険から救い出すことであるが、というのも、歴史的観点から見て効果を持つ象徴の生命とは動的なものに内在し、それらが指し示す個々の対象を常に変化させることに内在するからだ」。[33] 宇宙的統一性の象徴としてのマンダラが、ほかの文化的象徴と重なり合う様は、ムアの中心的概念である「つながりの文体」の適例と言えよう。マンダラのイメージは「指し示す個々の対象を常に変化させること」により、ヘレロ族共同体内の一体化された生とナチスV-2ロケットの双方を表すのだが、ピンチョンはヘレロ族の異教的、共同体意識に立脚したヴィジョンを、ロケット開発と破壊へと向かうドイツ軍のヴィジョンに介入させる。マンダラが指し示す対象はまた、不吉な象徴であるナチスの鉤十字をも含んでいるが、ヘレロ族の文化を指示対象としていることが、ナチスの暴力の歴史が汚した象徴である鉤十字の持つ否定的な意味から、マンダラを救い出す。

しかしながらヘレロ族は、彼らの統一性のヴィジョンに巣食う矛盾に直面する。黒の軍団の構成員が過去の楽園のような村に対する部族的記憶に、懐疑的見解を明らかにしている。「どうも少しいんちき臭いのだが、オンビンディは実際には彼が伝え聞いたことしかなく、彼自身が信じることの出来ない無垢を回顧しているんだ。対立するものが統一された純粋さや、マンダラのように構築された村といったものに」(三二一)。ブリセロの太古のドイツのように、ヘレロ族の村が示すのは、「キリスト教以前の調和につながる、地球に残された最後の孤立地帯の一つ」(三二一)であるのだ。これまでに検討したように、ヘレロ族の村のヴィジョンは汚れなき過去の記憶を積極的に活かすのだが、その理由は植民地支配によって損なわれた民族としての自己同一性を取り戻すためである。しかし小説はまた、オンビンディの例が示すように、そうした無垢への懐疑を露わにし、汚れなき無垢な過去のヴィジョンに過度に依存し歴史的文脈から切り離された原初主義を、批判するのである。それ故、ピンチョンは読者の注意をヘレロ族共同体が抱える大きな矛盾にも向け、「オヴァトジンバと呼ばれる、家畜も村も持たない最も貧しいヘレロ」(三一五)、すなわち過去のヘレロ族が作り出した最下層の社会階級の存在を知らしめる。ヘレロ族が語りの現在にて、自分たちの真正なる文化的起源を立脚させようとしているまさにその村が、選びに与れぬ者を下位の存在として除外していた。エンツィアンを含むヘレロ族で、共同体の生の本源的記憶を取り戻そうと試みている人々のなかには、元々は財産もなく彷徨う見捨てられた人々であった者が存在しても不思議ではない。エンツィアンの過去の物語は、まさに彼自身が選びに与れぬヘレロに救済されたことを示している(三二三)。エンツィアンがゾーンにおける共同体の指導者として、ヘレロ族のロケット開発で中心的な役割を果たす様をピンチョンは描きながらも、同時にエンツィアンが自分自身を選びに与れぬ者に帰属し直し、自身の系譜を再構成すべきことを示唆する。そうすることにより、ヘレロ族の村の楽園的で汚れなきイメージを分裂させる。国民的、民族的系譜の神話が暴力を正当化し、ひいては暴力を覆い隠すとき、ヘレロ族のみならずほかの物語でも、それはピンチョンの批判の対象となる。彼は選ばれし者の国家であるアメリカの創設神話の暴力的な側面を、容赦なく明るみに出す一方で、マンダラ的構造と統一の力を持つヘレロ族の村の記憶をも非神話化する。ピンチョンが、登場人物が繰り返し彼らの国家の起源に回帰しようと試みる様を描きながら、我々に認識するよう強く訴えることとは、国民的記憶が常に選びに与れぬ者たちの歴史を内包しており、選びとは暴力的な支配を正当化するイデオロギーに支えられた神話だということだ。

*

本章で分析したように、『重力の虹』が描く第二次世界大戦中のヨーロッパで、登場人物は各々の故国、民族的共同体にまつわる記憶を強める。その主な理由は、自らの国家的、文化的ルーツから遠く離れた異国での争いに巻き込まれていることであり、さらに迫りくる破壊と死に直面して、理想化された創設神話に起源を持つ系譜に自らを組み込んでゆく。だがそうした系譜をたどり、想像上の過去を遡った先で出会うのは、国家の主流を形成する人々の物語のみではない。ピンチョンの描くエリート一族の系譜、国民の系譜は内部分裂を起こしている。スロスロップが想像する清教徒の選ばれし者の系譜には、体制と袂を分かったウィリアム・スロスロップという人物が、異質でありながらも独自の倫理性に貫かれた価値観とそれに立脚した生き方を力強く示してくれる。そしてその選びに与れぬ者の新たな系譜に自らを位置づけることにより、スロスロップの意識はヘレロ族を含む選びに与れぬ、剥き出しの生を送る者に開かれてゆく。物語自体も、ゾーンと名づけられた多国籍の、権威が空白状態となった空間で、かつての選ばれし者と選びに与れぬ者が、関係性を作り上げながら、自らの国民意識、国民的自己統一性を新たに作り上げようと試みるのである。

しかしながら、ゾーンという空間で起こるのはそればかりではなく、階層性を取り払った開かれた空間では、連合国によるドイツ軍のロケット・テクノロジーの争奪戦が熾烈さを増し、大国が対立を強めてゆくなかで、小説内でシステムと呼ばれ、大戦後にその発展形が軍産複合体と名づけられる、軍事、科学、科学技術、経済などの広大なネットワークを持つ組織の集合体が形成される様子が描かれるのである。そのなかで、ロケットが選ばれし者の国家の新たな神話の中核に据えられるのである。冷戦秩序の形成と同時に脱植民地化の動きが活発になり、それを象徴するヘレロ族の動きは、黒人の武装化と軍備増強という問題と連結され、大国側による異質な少数派への抑圧を加速させてしまう。異質な者たちへ開かれた空間と意識を作り上げながらも、同時進行でそれを閉じ、抑圧を強化するという力が振るわれるのである。後者の支配構造が大きな影響力を及ぼし、人々を分断し、互いへの無知、不信感、敵対心を生じさせ、利用し支配する。物語は、そうした仕組みを見つめ、選びに与れぬ者に向けられた偏見と抑圧を認識することを求めている。そして人種的他者への暴力も、近代性そしてその根拠の一つである進歩が乗り越えられなかった大きな問題の一つである。また相手の脅威に対する偏執症的想像力と信頼の欠如を実際には糧として、選ばれし者の構成する支配者層は栄え、肥大化する。

上記の『重力の虹』の登場人物が乗り越えられなかった問題について、続く第4章における『メイスン&ディクスン』に関する議論でも追究したい。同小説が主な舞台とする一八世紀イギリス、アフリカのケープ植民地、独立前のアメリカで明らかにされるのは、近代資本主義黎明期の奴隷制、幾何学に立脚した地図作製という近代都市と街路の起源、人種や階層間の分断を乗り越えようとする人々のあり方である。特に焦点を当てるのは、異人種間の分断を乗り越えるための試みであり、その際スロスロップとヘレロ族との関係で垣間見られたような関係の発展の可能性を探りたい。ただ次章では、新たな視点から異人種間の「欲望」を中心的な概念として、その可能性を追求する。

註

1 Edward Mendelson, "Gravity's Encyclopedia," *Mindful Pleasures: Essays on Thomas Pynchon*, ed.George Levine and David Leverenz (Boston: Little, Brown, 1976) 162.

2 Marcus Smith and Khachig Tölölyan, "The New Jeremiad: *Gravity's Rainbow*," *Critical Essays on Thomas Pynchon*, ed. Richard Pearce (Boston: G. K. Hall, 1981) 169-70.

3 Thomas Pynchon, *Gravity's Rainbow* (London: Picador, 1975) 27. 以下、『重力の虹』(*GR*) からの引用は同書による。

4 Smith and Tölölyan 170.

5 スロスロップによる一族の歴史の再構築は、国家の歴史の再考へと及ぶ。彼の一族は清教徒国家アメリカの起源においてその形成へ大きく貢献した人々にまで遡ることが出来る。このことが含む問題を明確にするため、エルネスト・ルナンを援用するが、彼はナショナリズムに関する講演でこう述べている。「祖先崇拝はあらゆる崇拝のうちでもっとも正当なものです。祖先は私たちを現在の姿に作りました。……過去においては共通の栄光を、現在においては共通の意志を持つこと。ともに偉大なことをなし、さらに偉大なことをなそうと欲すること。これこそ民族となるための本質的な要件です」(六一)。しかし彼の議論から明らかになるように、近代国家の基礎を築く共通の栄光や意志は、国家の主流をなす一部の構成員によって創造され共有されるのである。本章でも続く議論で問題とするのはその点である。ルナンからの引用は、以下による。エルネスト・ルナン、「国民とは何か」『国民とは何か』(鵜飼哲、細見和之、上野成利、大西雅一郎訳、インスクリプト、一九九七年)。

6 Anthony D. Smith, *Myths and Memories of the Nation* (Oxford: Oxford UP, 1999) 153.

7 Sacvan Bercovitch, *The Puritan Origins of the American Self* (New Haven: Yale UP, 1975) 145.

8 Bercovitch 108.

9 こうした天命について、ミラ・ジェレンの「アメリカの具現化」という概念も参照されたい。同概念は、物理的な国土が国家にまつわる思想を具体化することを指す。彼女が「明白な天命」や「約束の地」といった概念の分析で強調するのは、「ある種のエンテレケイア(実現に向かって完全かつ全体的にそれ自身から動きだす潜在性)」(二五)である。ジェレンがそこに見出す国家の創造とは、「新しく個性的で、生命を持ったものとしての『アメリカ』の投影であり、それは……国家創生以来伝わる既製品そして完成品としてではなく、完全に新たなものに作り変えられる準備が整ったもの、としてのアメリカである」（二五）。彼女は価値中立的な土地にイデオロギー的計略が読み込まれ、それが国家の掲げる目的を果たすよう作り変えられる様を露わにする。ジェレンからの引用は、以下による。Myra Jehlen, *American Incarnation: The Individual, the Nation, and the Continent* (Cambridge: Harvard UP, 1986).

10　Donald E. Pease, *The New American Exceptionalism* (Minneapolis: U of Minnesota P, 2009) 79.

11　Pease 160.

12　Smith 138.

13　John Carlos Rowe, *Literary Culture and U.S. Imperialism: From the Revolution to World War II* (Oxford: Oxford UP, 2000) 78.

14　Joseph Slade, "Religion, Psychology, Sex, and Love in *Gravity's Rainbow*," *Approaches to* Gravity's Rainbow, ed. Charles Clerc (Columbus: Ohio State UP, 1983) 156.

15　Rob Wilson, "Techno-euphoria and the Discourse of the American Sublime," *National Identities and Post-Americanist Narratives*, ed. Donald E. Pease (Durham: Duke UP, 1994) 208.

16　Thomas H. Schaub, *Pynchon: The Voice of Ambiguity* (Urbana: U of Illinois P, 1981) 65.

17　Molly Hite, *Ideas of Order in the Novels of Thomas Pynchon* (Columbus: Ohio State UP, 1983) 105.

18　William M. Plater, *The Grim Phoenix: Reconstructing Thomas Pynchon* (Bloomington: Indiana UP, 1978) 93.

19　Edward W. Said, *Culture and Imperialism* (New York: Random House, 1993) 229.

20　Said 229. 原初主義は異なる歴史的文脈においては意義を持つ。たとえば後に論じるように、『重力の虹』では、帝国の暴力によって断絶された民族の文化との絆を取り戻そうとするヘレロ族にとって、不可欠な文化的力となる。

21　Michael Bérubé, *Marginal Forces/Cultural Centers: Tolson, Pynchon, and the Politics of the Canon* (Ithaca: Cornell UP, 1992) 230.

22　Luc Herman and Steven Weisenburger, Gravity's Rainbow, *Domination, and Freedom* (Athens: U of Georgia P, 2013) 144.

23　ハーマンとワイゼンバーガーは、ゾーンにて人権を剥奪された民族的、社会的少数派が直面する深刻な危機に警告を発するが、彼らはまたゾーンという多国籍空間における権威の空白に解放の可能性があることも、充分意識している。後者のゾーンを彼らは「ロマンティック・ゾーン」（一四五）と名づけている。

24　スロスロップの自己変貌は、国民的神話の主題とも関わりがある。キャスリン・ヒュームはA・J・グレマスとロラン・バルトを援用し、スロスロップの自己同一性の形成を分析している。グレマスに倣い彼女が言うように、自ら「統一され、統一をもたらす一人の登場人物が……無数の断片的な行為へと分岐してゆき、それらの行為はすべて一人の人物によって為されるのではなくなる」（一四一）。さらに、「スロスロップは、個性的人物としての要素をほとんど持ち合わせず、彼の個性と捉えられるものの大部分は、実際には、さまざまな種類の英雄的人物への暗示的言及からなる体系を通して、構築される」（一四一–四二）。スロスロップがゾーンで自己同一性を変化させるにつれ、ファウスト、タンホイザー、ドロシー、ロケットマン、プレチャズンガ、ジョン・ディリンジャー、そしてオルフェウスが、彼の主観性の構成要素となる。そうした流動性は、彼の国民意識、国民的自己同一性の再構成の背景をなすと考えられる。ヒュームからの引用は、以下による。Kathryn Hume, *Pynchon's Mythography: An Approach to* Gravity's Rainbow (Carbondale: Southern Illinois UP, 1987).

25　Paul A. Bové, "History and Fiction: The Narrative Voices of Pynchon's *Gravity's Rainbow*," *Modern Fiction Studies* 50.3 (2004) 671.

26　Bové 671.

27　Bové 672.

28　Hendrik Gerhardus Luttig, *The Religious System and Social Organization of the Herero: A Study in Bantu Culture* (Utrecht: Kemink en Zoon, 1933) 26.

29　Luttig 26.

30　Luttig 34.

31　Nadine Attewell, "'Bouncy Little Tunes': Nostalgia, Sentimentality, and Narrative in *Gravity's Rainbow*," *Contemporary Literature* 45.1 (2004) 46.

32　Homi K. Bhabha, *The Location of Culture* (London: Routledge, 1994) 252.

33　Thomas Moore, *The Style of Connectedness:* Gravity's Rainbow *and Thomas Pynchon* (Columbia: U of Missouri P, 1987) 260.

＊本章の基となったのは、拙論 "Remembering Home in Foreign Lands: Thomas Pynchon's *Gravity's Rainbow*," *Critique: Studies in Contemporary Fiction* 58.1 (2017) 53-63 である。また同論文は以下のＵＲＬからオンライン上で入手可能である。http://www.tandfonline.com/10.1080/00111619.2016.1149797

　本章に改める際に、同論文を日本語訳し、加筆、修正を施した。

第4章　異人種間の魅惑と反発——『メイスン&ディクスン』に見る植民地的欲望

『メイスン&ディクスン』（一九九七）は一八世紀半ばから後半にわたる時代のオランダおよびイギリス帝国の広大な領域を射程に収めている。物語が地球を半周するほどの距離を移動し展開するなかで、登場人物は帝国内に位置する街路、都市、そして荒野を彷徨する。小説が扱う中心的題材は、イギリスの測地学者かつ天文学者のチャールズ・メイスンとジェレマイア・ディクスンによる、科学的探究と地図作製を目的とした冒険であるが、同時に彼らが精通し実践する啓蒙期の科学が、帝国の維持、拡大の計画と絡み合っていることが、小説内の主題の一つをなす。メアリー・ルイーズ・プラットが指摘するように、一八世紀のヨーロッパの国々による世界各国の探検は、植物学、人類学、航海術、そして地図作成を含む科学的目的で実施されたが、それらはヨーロッパの商業的そして植民地主義的企てと切り離せないものであった。プラットは言う。「地球の表面の組織的地図化と相関関係にあるのは、商業的に搾取可能な資源と市場そして植民地化可能な土地の探求を拡大することである。航海を目的とした地図作成が貿易路の探求と結びついているように」[1]。ピンチョンが描くメイスンとディクスンによる科学的調査も、野菜、樹木、鉄鉱山などの搾取可能な資源についての観察を含んでおり、加えて科学の背後にある巨大な商業的、政治的企てを露わにする。たとえば、小説の結末部では、複数の大陸での天体観測、測量業務を終了し、イギリスに帰国したディクスンが、かつて暮らしたアメリカに戻ることを夢見るが、彼がここで抱くのは科学的調査を通して得られた資源への知識から生じる、富への欲望である。「彼は石炭が何処に埋蔵されているか承知済みだ。鉄、鉛もだ。そしてもし金が眠っているならば、そちらも魔法で大地から掘り出してみせよう」。[2] アメリカはそのような「豊かさ」（*M&D* 七五四）を誇る土地なのである。ジョセフ・デューイーは、作品で描かれるヨーロッパの近代化を目的とした天然資源の搾取へと読者の注意を向け、「新世界が私有財産を示す境界線で切り刻まれ、新世界が保有する資源は奪われ、私的な事業へと向けられる」と指摘する。[3] メイスンとディクスンの探検は、科学のみならず植民地主義の発展に貢献する。

ヨーロッパの国々とそれらが保有する植民地は、拡大する商業と貿易の恵みとして、登場人物にさまざまな商品をもたらす。発展する商業地区が物語のなかで支配的な風景の一つをなし、登場人物が一八世紀オランダ領ケープ植民地やアメリカの町を彷徨すると、コーヒーハウス、酒場、そして多種多様な店舗を見出すのだ。彼らが闊歩する空間には、帝国が仕入れた異国情緒あふれる物品が豊かに揃い、そこには非常に深刻な問題として、商品として扱われる人間、すなわち奴隷と売春婦もあふれている。そのような空間で描かれるのは、登場人物が示す異国的な食物や飲料に対する強い欲求、異国の女性と男性に向けた官能的欲望、そして富への強欲さである。また常に人々の欲望を産出することが、帝国の維持と拡大にとって不可欠であると捉えられている。

本章の主な目的は、『メイスン&ディクスン』における欲望について、植民地的欲望という概念を援用して議論することである。イギリスのような帝国は、軍事的支配を基に、経済的、文化的混合を植民地との間で繰り返してきたが、その過程で異人種間の混交も進んだ。ロバート・ヤングは著書 *Colonial Desire* のなかで過去のイギリス小説の多くは「他者の文化に出会い取り込むことに関わりを持っていた。それが階級、民族、あるいは性的な他者であっても」と考察している。[4] 植民地主義の内に隠れているのは、褐色そして黒い肌を持つ人種への禁じられた欲望である。そのような欲望にも駆り立てられて拡大した支配は、結果的には経済、文化、人種の混交に対して、矛盾に満ちた感情を人々の裡に生じさせる。ヨーロッパ人の感情のなかにヤングが見出すのは、「魅惑の構造であり、そこでは人々と文化が互いに混ざり合い融合し、結果的に彼ら自身を変化させる。そして反発の構造であり、そこでは異なる要素が差別化されたまま残存し、対話的な関係において対立する」。[5] 白人植民地支配者と奴隷との性的関係について、マイケル・ハリスは「ピンチョンは繰り返し、植民地主義の企てに潜むこの禁じられた性の問題に戻ってくる」と指摘しながらヤングの概念がピンチョン研究にとって有益であることを示唆してくれる。[6] ハリスは特に、『メイスン&ディクスン』内の奴隷である女性オーストラの扱いに植民地的欲望の例を見ている。ハリスは植民地的欲望について詳述はしないが、彼の研究を受けて、本章では植民地的欲望が魅惑と反発、肉欲と人種混交への恐れ、人間の解放と商品化の間を揺れ動く様を分析する。そのためにまず植民地的欲望と、土地や人間の間に境界線を引くという行為との関係、そして人種的に純粋な共同体の強化との関係を紐解いてゆく。ひいては混交がもたらす解放への可能性と物語の構造との関連について論ずる。

ケープタウンにおける植民地的欲望の矛盾

地球規模で展開される貿易とそれを支える植民地主義は、人々と商品の移動を促進し、その結果として人も物も数々のプランテーション、市場、港を巡り行く。植民地拡大を目論む大きな歴史的うねりに取り込まれ、測地学者かつ天文学者としてチャールズ・メイスンは地球を横断するが、彼が英国領アフリカ沖の火山島セント・ヘレナ（アフリカ南西の沖）の砦で出会う人物ダイエターは、イギリス東インド会社が広めた見知らぬ世界の魅惑と、それへの欲望に屈した者である。ダイエターは自らの過去を振り返り、述懐する。「会社は約束したのだった。旅、冒険、褐色の乙女たち、そしていつの日か、富豪になれると。……絹製の幕が人生そのものに開かれるのだ。誰が説得されないであろうか」（一六一　中略原文通り）。植民地世界での生に対する紋切型の言説は、危険に満ちた刺激的冒険、キリスト教的性道徳からの解放を約束するが、それらは、植民地拡大を目論む商業資本主義が作り出す誘惑であり、心を奪われた者が軍事的支配に加担するという構図が描かれる。実際に、ダイエターが配置されたのは、イギリスが自らの軍事力をフランスやオランダに誇示するために設置した、孤立し強風に晒される駐屯地であり、彼は利用されていることの空虚さを理解するようになる。「こんな所に駐屯地を置くとは、酷いプライドだ。一体どんな輩がこの死の海岸を渡り攻め入って来ようぞ」（一六一）。空虚な生のためか、ダイエターは実体のない亡霊のようにも表象される。彼の例が示すように、東インド会社と帝国が構成する巨大な経済、政治、軍事的システムは、領土内のさまざまな地域へ人々の動員および配置を行うために、植民地的欲望を巧みに産出し制御する。そうしたシステムのなかで人々は人生そのものを喪失することがあるのだ。

小説が描くオランダ統治下のケープ植民地、特にケープタウンは、多様な快楽を人々にもたらす魅惑の地である。登場人物は、地球規模の勢力範囲を誇る商業資本主義が作り上げる刺激あふれる環境に置かれている。そのような環境を理解するために、英文学の文脈のなかに現れる一八世紀ロンドンを例として示したい。当時のロンドン取引所を描写しながら、文人ジョセフ・アディスンはそこへ流入する商品を礼賛する。彼の考えでは、「地球上の別々の場所に住む人々が、ある種の依存関係にあり、共通の利益によって一体化している。……ポルトガルのフルーツは、バルバドス［西インド諸島にある当時のイギリス植民地］の生産物によって補われ、西インド諸島の砂糖キビの髄によって甘さを増した中国の作物が流入する。フィリピンの島々は我々ヨーロッパ人の腹に風味を加えてくれる」。[7] アディスンによる喜びに満ちた商品礼賛と消費の描写は、国々に「共通の利益」があるとするが、商品の背後に存在するバルバドスやフィリピンでの労働、そして支配者側の大きな利益の取得を覆い隠す。さらに異国情緒漂う豊富な作物へのアディスンの反応は、以下に示すように、ピンチョンの小説が描く登場人物の反応と類似しているのだ。またそうした描写のなかに、奴隷制と奴隷労働の問題をピンチョンは組み込んでゆく。

アディスンのように、ジェレマイア・ディクスンもまた多様な商品があふれる環境に身を置き、陶酔感を得る。ケープタウンを彷徨し、異国の食物、スパイス、家畜の匂いを吸い込みながら、彼が経験するのは「無法者の状態への移行」であり、自分が「捕食性の動物」（七八）であるかのように感じ始める。だが同時に彼は町に住む奴隷の存在を強く意識し、「彼らの体温を容易に感じ取る。彼が市民の妻たちの香りを、椅子籠についたカーテン、セントヘレナ・コーヒー、イギリス製の石鹸、フランス的湿り気の背後から感じ取るのと同じように」（七八）。彼はあふれる物質に魅了されながらも、その背後にヨーロッパからの入植者の存在を感じ、そのまた背後に奴隷の存在をも感じ取る。実はディクスンは物理的のみならず、精神的にも奴隷たちに接近しようと意図しており、そのような衝動が彼の行動を支配しているのだ。彼がケープタウンに現れるとすぐに、オランダ人入植者が気づくのは、「彼がマレー人や黒人奴隷にあからさまに惹かれている様子であり、彼らの食物、彼らの外見、彼らの音楽に魅了され、故に抑圧からの解放という彼らの欲望にも明らかに惹かれていたことである」(六一)。

ディクスンは町を彷徨しながら、階層制度や人種間の分断を越えようと試みる。これは先行する章で論じたように、小説『V.』(一九六三)のベニー・プロフェインも『競売ナンバー49の叫び』(一九六六)のエディパ・マースも実践した試みであり、また『重力の虹』(一九七三)では、タイローン・スロスロップが作品内で「ゾーン」と呼ばれる権威、境界線、階層性が不在の多国籍、多文化的空間において実践している。だがディクスンが目撃するケープタウンでの人種間の分断という主題は、後に彼がメイスンとともにアメリカで目撃する人種間の分断として繰り返される。のみならず、彼らはメイスン=ディクスン線と呼ばれる、後に自由州が構成する北部と奴隷州が構成する南部との間の境界線となる線を引くことにより、分断をより決定的にすることに加担してしまう。メイスン=ディクスン線に関して、チャールズ・クラークはこう分析する。「線そのものは、道徳的または精神的根拠を持たない。それはただの線、傷、跡であるが、しかし象徴的にほかの多くの結果へとつながった。その線が作り上げたのは、破断、分断、断片化、無作為性であり、奴隷制のようにそれらを作り上げたのだ」。[8] だが線が未だ硬直化せず流動的であるのが、『メイスン&ディクスン』が描くケープタウンとアメリカであると言える。線を強化、硬直化させるのは、さらなる長い歴史を通した「象徴的」な意味づけや支配の実践である。ではケープタウンで人種間の境界線は如何にして表象され、それを越えようとする試みと、抑え込もうとする試みは如何なる問題を提示するのか。またケープタウンの物語にて特徴的である「欲望」は、境界線を巡る双方の試みにどう影響するのか。

ケープタウンでは、オランダ人入植者はディクスンを脅威と見做すが、その理由はディクスンが主人たる人種と被支配者である黒い肌の人種との境界線を無視し、なおかつ人種的、文化的混交を招く可能性があるからである。だがケープタウンには植民地的欲望が既に横溢する。あるオランダ系住民は、人種混交の脅威に強い反応を示す。「コーネリアス・ブルームは一家のほかの者たちと等しく、婚期という話題とその見えざる苦悩を思い不安に駆られ、娘たちに現地の料理を食することを禁じたのだ。特にマレー人の料理については、彼の信ずるところでは、香辛料が若者を罪へと誘い込むのだ。彼の意味する『罪』とは、人種間の壁を越える肉欲である」（六二–六三）。性的に奔放とされる東洋人の産物である香辛料が、禁じられた性的結合への欲望を増大させ、主人の人種的に純粋な共同体を脅かすのである。コリン・クラークが指摘するように、「『メイスン&ディクスン』では、食物が言説の実践と類似する。植民地支配者が、入植先に居住する他者や海外から運び込まれた他者の声と文化を制御しようとする試みに対して、食物はしばしば表現上の枠組みを提供してくれるのである」[9]。また先述したジョセフ・アディスンは、ロンドンへ流入する異国の作物を賛美したが、彼とは異なり、ブルームは異国の食物を排除し、欲望による他者とのつながりの可能性を絶ち切り、人種間の境界線を監視することに躍起になる。

ブルームが嫌悪したとしても、香辛料の貿易はオランダ帝国の中核をなしている。またヨーロッパ大都市に住む消費者が香辛料を求める食欲が原動力となり、ヨーロッパ人を世界の遠隔地へと動員し、ケープタウンのような植民地都市を形成するのである。だがロバート・ヤングの説に言及した際に指摘したように、ヨーロッパ人と植民地の被支配者との間には、「魅惑」と「反発」の力が存在する。前者は領土の拡大へと向けてヨーロッパ人を突き動かし、後者は差別制度を確立し、その産物として貶められた人種を作り上げる。その上、植民地に由来する生産物に対するブルームの嫌悪は、奴隷の労働が持つ価値を蔑ろにする。

ここで欲望と奴隷労働に関する小説の倫理的立場を確認するため、西インド諸島支配の記述を検討したい。その地は奴隷制に基づいた「冷酷な砂糖キビ諸島」（三二九）と呼ばれる。「『不道徳と腐敗の甘味だ』とフィラデルフィア在住のクエーカー教徒の紳士が述べる。『それはアフリカ人奴隷の生命とともに買われたのだ。バルバドスという強欲な発動機の上に崩れ落ちた、帳簿にも載らない黒人たちの生命とともに』」（三二九）。ここでは喜びに満ちた商品礼賛は、奴隷労働の記憶のため不可能である。砂糖入りのコーヒーを楽しむ洗練された習慣は、ヨーロッパ人の自己を蝕み、それには遠く離れた植民地での蛮行の記憶が憑いている。人々は自らの身体に奴隷労働の産物を取り込むが、それは「我々の歯とともに魂を腐食する卑しむべき水晶」（三三〇）であることが指摘される。他者への暴力の結晶が彼ら自身の内に吸収され、彼らの魂を内側から蝕むのである。

そうしたクエーカー教徒の示す倫理は小説内で重要な役割を果たす。ブライアン・シルの分析では、物語は奴隷所有者の暴力行為を止めるため、クエーカー教徒であるディクスンが立ち向かう姿を力強く描くと同時に、奴隷制を動かす資本主義の仕組みの解明に踏み込み、そして消費者自身がそのような搾取の構造構築、維持へ加担していることを強く批判する。シルは一八世紀のクエーカー教徒の奴隷廃止論を再訪し、廃止論者ベンジャミン・レイについて次のように述べる、「奴隷の捕獲や売買に関わる人々に、非難の矛先を完全にまたは主に向けてしまうのではなく、レイは罪悪感の重荷を無知または無感覚な消費者に負わせようとした」。[10] 実際にそのような思想的背景が、『メイスン&ディクスン』の、特にディクスンのようなクエーカー教徒が持つ倫理的な姿勢を支える。しかし多くの登場人物の欲望は拡大し、倫理的内省の可能性を押し潰し、植民地における支配構造を強化してしまう。

議論をケープタウンに戻すと、オランダ人と異人種間の境界線を如何に厳しく取り締まろうとも、異国の食物そして人々に対する欲望を抑え込むことは出来ず、そのため性差を利用した抑圧の手段が講じられる。そうしたケープタウンの問題が含む矛盾にデイヴィッド・シードは注目する。「ある程度までこれは性的な地理学であるのだ。一方では、売春宿を所有する東インド会社の世界があり、他方では『人種間の壁を越える肉欲』への不変の恐れがある」。[11] 売春宿において、小説中の男性は、女性が行った場合は罪と見做される異人種間の性的関係を、罪なき快楽へと変える。ブルーム自身は、会社のロッジと呼ばれる場に設けられた売春宿に足繁く通い、人種間の壁を繰り返し越えている。「女性奴隷は南半球のあらゆる場所からここへと連れ込まれ、夢見る順応的な影の役割を果たす。オランダ人より黒い肌をした肉体の浴場だ。交流を求める白人の兄弟たちが抑制不能なものすべてが、危険なほど美しく噴出するのだ」(一五一)。[12] 会社の企てにより産出される欲望に駆られて、オランダ人男性は人種間の壁を越えるのだが、先述したように、同時にブルームは人種混交の脅威を誇張する。なぜなら黒い肌をした人々との欲望が混交を進めれば、人種間の境界線に依存するオランダ人の覇権が脅かされるからだ。混交は主人の人種的純粋性と自己同一性を侵食するのである。だが問題は、白人男性ではなく白人の娘たちを対象に罪の危険性について警告を発することである。ブルームは黒い肌をした異人種の男性への「反発」を強化し、白人女性の欲望を罪と位置づけ、それらを人種隔離の強力な道具とする。言い換えれば、白人女性の身体を制御し、人種的に純粋な生殖を確実にしようとする。しかし他方で、白人男性側による行為は許容され、混交は益々進む。混交の忌避と促進を同時に進めながら、奴隷の異人種の女性のみならず白人女性の身体に対して支配権を維持しようと試みる(また後述するように、価値の高い肌の白い奴隷の生産という意味でも、白人男性と肌の黒い女性との混交は推進される）。

それでは人種間の境界線と女性の身体とは如何なる関係にあるのか。その問題を、アメリカ文学の捕囚物語の文脈において、レベッカ・フェアリーは以下のように捉えている。白人女性の身体は「境界域であり、衝突関係のなかに現れ出る複数の人種と文化を仲介する空間であり、その領域のためにそしてその領域において、二つの文化間のイデオロギー的闘争が発生するのである」。[13] 境界域としての身体は、純粋さが保たれるべきでありながらその純粋さが他人種の血と文化によって脅かされている身体である。コーネリアス・ブルームは、白人女性の身体が侵されることの恐怖と「反発の構造」を利用し、境界領域を維持する。加えて、女性の植民地的欲望を抑止するために、ブルームはより大きな脅威を想像し、それに対し警告を発する。それは「到来する異人種間のハルマゲドン」（六二）、すなわち黙示的な異人種間の大決戦のヴィジョンである。彼の偏執症的想像力は、覇権を維持しようと主人たる人種が日々行う暴力と、それへの復讐への恐れに立脚しているように思われる。しかし、この意図的に誇張された暴力のヴィジョンは、異人種によってオランダ人が支配されるという脅威を増幅させ、それがオランダ人による境界線のさらなる厳格化へと向かう。

ブルームの混交への反応は、主人たる人種としての優位性を強固にするために常に役立つとは言えない。ホミ・ババは「混成性」（hybridity）が生じさせる心理的な側面に光を当て、混成性が誘発するのは両義性や不安であり、それらが主人の信ずる優位性に立脚する誤った主体性を崩し、交渉や闘争の可能性を開くことを指摘している。ババは述べる。「混成性に起因する偏執症（paranoid）的な脅威は、最終的には抑え込むことが出来ない。なぜならそれは自己と他者、内側と外側の対称性と二重性を打ち砕くからだ」。[14]『メイスン＆ディクスン』では、先述したように、ブルームは混交によってもたらされる不安や恐怖を原動力とし、それをより厳格な制御へと結びつけ、主人たる人種および男性としての権力を振るおうとする。しかしながら、作品はブルームの被害妄想的不安と恐怖を限界まで推し進め、「到来する異人種間のハルマゲドン」（六三）の空想に憑かれる様子を描く。それは彼の統一された主体性が失われる狂乱の瞬間であり、主人としての権威が切り崩される瞬間でもある。しかしやはり、混交が支配者と被支配者との関係においてもたらす効果とは、常に矛盾を孕んだものである。ババの強調する権力者への挑戦の可能性を批判して、アマー・アチェライオが繰り返し指摘するのは、古代から現代へと通じる多様な植民地での歴史において、支配者が混交を「戦略的」に利用してきたことである。「概して、そうした異人種間の性的関係を通して植民地の政治によって投影される混交とは、完全に戦略的な混成主義の一例であり、そこには特定の政治、イデオロギー、文化、そして人種に関わる意図が伴っているのだ」。[15] ブルームの例が示す通り、混交は権力者への挑戦と解放への可能性を示すとともに、同じ権力者による被支配者の管理、支配、搾取に常に利用される。

女性奴隷への欲望、ロマンスと人間の商品化

小説では植民地的欲望が恋愛へと発展することは非常に困難である。ケープタウンに滞在中、メイスンとディクスンはオーストラという名の女性と出会うが、彼女は日中はブルーム家の家内奴隷として、夜間は売春婦として労働を強いられる、徹底的な搾取の犠牲者である。そしてメイスンとディクスンの旅の最終目的地アメリカで

も、彼らは再びオーストラと思しき人物と出会う。ある鉄鉱山で、奴隷労働から搾取し蓄積した富によりレプトン卿が築いた城内で、彼らはアメリカに運ばれていた彼女と思しき者に再会するのである。彼女が言うには、自分は方々へ売り飛ばされるという大きな困難に耐え続けなければならないのだが、その原因とは「永遠に自分には説明されることのない負債の返済」（四二七）である。彼女は地球規模の奴隷売買の犠牲者であり、理性的言語によっては彼女の負債を説明することは難しい。なぜなら黒人であることが、彼女が永遠に返済し続けなければならない負債であるからだ。地球規模の貿易は特定の人々にとって「魅力にあふれた国際的人生」（四二七）を可能とするのだが、同時に、語り手が強烈な皮肉を込めて指摘するように、「それは彼女自身のものともなっている」（四二七）のである。二人の科学者の国際的な人生と奴隷の人生とが、アメリカで交差する。だがそこでメイスンは、奴隷である彼女に対して主人としての態度で接する。彼女は、メイスンが彼女を奴隷の生活から救ってくれることはないと理解し、彼に尋ねる。「また私を置いてゆくのね、チャールズ？」。彼らが交わす会話の最後にメイスンは彼女に「ふしだらな者め」（四二七）と言い放ち、冷酷にも彼女を切り捨てる。彼女は売春を強要されているにもかかわらず。

科学者メイスンと奴隷オーストラの間には元々愛は存在しない。ケープタウンにおける支配者と被支配者の階層性が、既に彼らの関係を規定しているのだが、特筆すべきは、そこへ人種的観点による人間の商品化が介入していることである。ケープタウンでオーストラが主人によって強要されるのは、白人男性の子供を孕み、肌の色がより明るい子供を出産することである。なぜならそのような子供は、奴隷市場での価値が高いからだ。人種的に価値の高い奴隷の生産につながる売春は、売春そのもの以外の商業的価値をも生み出す。実はコーネリアアス・

ブルームの妻であるジョアンナ・ブルームが、肌の色の明るい奴隷の生殖、出産、売買に深く関与しており、彼女はメイスンにもオーストラと関係を持つよう陰謀を巡らせる。そこでメイスンは考える。「領域は快楽へと向かう動機から生殖と商業へと向かう動機へと推移した。彼らにとって既知の事実なのは、ロマンティックなことは何も起こり得ず、実際に何も起こらないことである」(六六八)。メイスンはロマンティックな愛の可能性が喪失したことを嘆くが、その理由は合理的な利益の計算が、男女間の愛を不純なものに変えてしまうからである。同時に彼は「奴隷に対して日々行われている不正」(六八)にも気づき、その理由からもオーストラと関係を結ぶことは拒絶する。しかし、既に見たように、彼の不正への意識は、女性奴隷へ彼自身が見せる支配者としての態度を改めることにはつながってゆかない。

ジョアンナの女性奴隷への関与は、人種、性、ジェンダーの問題を複雑化する。ジョアンナの女性奴隷との関係についてジュリー・シアーズが洞察しているのだが、ジョアンナは「彼女たちから性的な充足を得ることを求めている。同性愛的と符号化される充足を得ることをである。ジョアンナが彼女の取り巻きの美しき奴隷の少女たちを見せびらかすとき、彼女たちを従属的な立場に置いていることから性的な刺激を得ているのだ」。[16] 彼女の夫と同じく、ジョアンナも異人種間の階層制度を維持、強化する。オランダ家父長制社会で従属的な立場に置かれた女性が、肌の黒い同性との関係で優位性を確保する。また夫は異人種間の壁を越え、性的な充足を得て、奴隷を性的に支配することが可能であるが、妻や娘たちにはそれは許容されない。そのような矛盾も一つの原因となり、サディスティックな同性愛的関係から、性的充足と権力欲の充足を得ると考えられる。それは、奴隷制に基づいた異人種間の支配と被支配という社会的矛盾に拍車をかける。

異人種間の性愛と奴隷制とは、メアリー・ルイーズ・プラットによると、一八世紀ヨーロッパの旅行記や物語が持つ主要なテーマであった。当時このジャンルで絶大な影響力を持った登場人物はインクルとヤリコであり、彼らはプラットによると、一八世紀後半には「神話的な地位」を確立した。[17] そのイギリスの船乗りとアメリカ先住民の女性の悲劇的な恋物語は、イギリスで人気を博した。バルバドスの住民によって傷つけられた船乗りインクルを現地の女性ヤリコが介抱し、やがて二人は恋に堕ちる。しかしながら、インクルは一旦怪我から回復すると、ヤリコを奴隷として売るのである。なおかつ彼女が妊娠している事実がわかると、インクルはヤリコの値段を釣り上げ、彼の所有物としてのヤリコの価値を上げようとする。プラットが分析しているように、「インクルとヤリコの物語は、資本主義の強欲さによって相互関係性が崩壊する様を主題として捉え、ロマンティックな愛というイデオロギーが含む矛盾に光を当てている」。[18] プラットによるインクルとヤリコの物語に関する見解は、この物語が含む異人種間の愛を困難とする階層性や、支配と被支配、人間の商品化、人間の価値の資本化とその操作などの主題をより明らかにし、ロマンティックな愛が多くの社会的矛盾を含むことを示してくれる。そして矛盾を覆い隠す愛のイデオロギーを、批判的に検討するよう我々を誘う。

上記の議論を受けてピンチョンの小説に戻りたい。ヤリコとオーストラの物語の双方で、女性の身体そして生殖能力の商品化が見られるが、オーストラの物語では主人たる白人の身体および生殖能力の商品化も行われている。身体を商品化する論理は、家父長制における女性のみならず、メイスンのような人物にも影響を及ぼす。オーストラはメイスンに思い起こさせるのだが、「ご主人様［ジョアンナ］があなたに見出す重要な価値とはすべて、あなたの肌の白さなのです。……母親よりも白い肌をした赤ん坊は市場でより高い価値がつくのです」（六五)。白人が奴隷市場を利用し肌の色の明るい奴隷から利益を上げようとするなかで、彼らも同じ商品化の論理に支配され、白さという付加価値を与えられた商品へと還元されてしまう。その結果として、奴隷も主人もお互いを商品として認識し、物象化を超えた地点での人間のあり方から遠ざかる。

小説内の植民地的欲望は多くの場合、資本主義的、人種偏見的、そして家父長制的なイデオロギーによって規定されており、その例として黒い肌をした女性の商品化、オランダ人女性のリビドーの抑圧と制御を検討したが、どれほど抑圧と制御の試みがなされようと、その欲望は自らを解放しようと働く。そしてその力は登場人物を、境界線の内側に抑え込まれた共同体から解放することへとつながる。ケープタウンのオランダ人の娘たちとアメリカに設定された章に登場するイライザ・フィールズなどは、彼女たちが置かれた社会の性道徳の規範を切り崩そうとする。ケープタウンでは、ブルームのような者が人々の性的欲望と営みを制御しようと力を振るい、植民地支配者と奴隷との間の境界線も管理する。一方では欲望を刺激しかつ生産しながら他者への勢力範囲の拡大を行い、他方では欲望を制御し人種的優位に基づいた階層性を保とうとする。「だが、独立者たちが存在するのだ。会社に対抗することの危険を楽しむだけの若さを享受する、勇敢な少女と少年たちだ。彼らは混血の男女が構成する風の精であり、山裾へと消えてしまえる術を心得ており、さらにはそこを超え、ホッテントットの土地で安全を確保することさえ出来るのだ」(八一)。東インド会社が規定する人種間の分断そして制御する欲望に対して、果敢に挑戦する植民地的欲望が存在する。物語は、このような混血の人々による共同体のヴィジョンを、ケープタウンに設定した語りでは発展させることはなく、ただ自由を求める不適応者が構成する共同体の存在を示唆するに留める。

それは公式な大きな歴史物語からは通常排除される逸脱的で反体制的物語であろうが、ピンチョンはそうした類の物語を彼の歴史物語に巧みに組み込む。それについて、次に検討したい。

アメリカの荒野と植民地的欲望、同性愛、捕囚物語の変容

異人種間の性愛の主題は、物語の後半でアメリカの荒野を舞台とした異なる関係性のなかに移される。ここで注目するイライザ・フィールズを中心とするエピソードは、捕囚物語の一種であり、アメリカ先住民が彼女をさらい捕らわれの身とする。同エピソードは異人種間そして性的な規範への挑戦をも主題とする。彼女の家族が町へと赴いて留守中に、アメリカ先住民が彼女の元へとやって来る。「イライザは窓際にいた……そのとき彼らが彼女を求めてやって来た。彼女のためだけにやって来たように思われた。想像した褐色の男たちだ。褐色で野生の男たちの裸体だ」（五一一－一二）。彼女は荒野に属す男たちのことを恐れると同時に、彼らに魅了されてもいる。魅了される理由は、彼らによって捕らえられることで、見知らぬ世界、すなわち「ある奇跡的な土地」（五一三）へと導き入れられるからである。見知らぬ世界の魅力とそこでの自己再生の可能性は、彼女にとって、家庭という慣れ親しんだ現実に勝るようだ。実際に彼らに捕らえられ、文明と荒野との境界線を形成する河を渡ると、彼女は古き自己を捨て去り解放されたように感じる。「彼女が西側の岸辺に歩み寄ると、ついに自分が裸になったように感じた。彼ら全員のために。しかし秘密裡には彼女自身のために」（五一三）。彼女が作り上げる植民地的欲望の背後にあるものは、比喩的には、彼女の属す文化を支配する宗教的、倫理的価値観を含む社会象徴

ネットワークの拒絶であり、恐ろしくはあるが可能性に満ちた異質な価値観が支配する世界で、新たな人間として生きたいと望む決意である。また彼女は実際に自分の共同体を捨てるのだが、それはケープタウンに存在するような、人種差別と階層性を維持する境界線が人間を分断する世界であることが推測される。

アメリカ文学の捕囚物語のなかには、スーザン・ハウの見解では、アメリカ先住民に対する固定観念に加えて白人女性に対する固定観念に根差した表象が存在する。それは、「受動的で取るに足らない存在として捉えられた白人女性であり、彼女は進歩という制御され流布された観念の内に存在し、進歩の頂点には英雄としての猟師（アメリカ先住民または白人）が馬に乗り、彼女を常に救い出してくれる」。[19] ピンチョンの小説は、伝統的な捕囚物語とは異なり、イライザ・フィールズの物語を解放と独立の物語へと変化させる。このような展開を、レベッカ・フェアリーであれば、メアリー・ローランドスンの捕囚物語に起源を持つ物語の伝統へ、対抗する手段だと捉えるであろう。フェアリーによると、ローランドスンの物語は、アメリカ先住民と白人女性との間の境界線を監視するためにイデオロギー的に利用されてきた。[20]『メイスン&ディクスン』内のケープタウンでは、他者の食物の禁止やハルマゲドン到来への警告などが人種差別、階層性の維持、強化といったイデオロギー的な機能を果たしていたが、伝統的な捕囚物語では、捕囚への恐れや、異人種の内にあってもキリスト教信仰を保持することが、境界線を死守することにつながるのである。だがイライザは、境界線の外に位置する多様な人々へ開かれている。彼らは人種的、宗教的、そして性的指向の上で、彼女が元来属していた社会象徴ネットワークの外側に位置する他者である。後にイライザを捕らわれの身とする女性たちと彼女が行うレズビアン的試みに関して、チャールズ・クラークは記している。「それは女性同士の稀に見る密接な関係であり、家父長制度に対抗する機会を与えてくれる」。[21] 先住民男性に魅了され、彼女を捕らえていた白人女性と同性愛的な関係を結び、またそれらの女性から、中国人男性ジャンとともに荒野に逃れ、彼を誘惑する。彼女は荒野で独立する女性であり、彼女自身の身体と欲望の主人となろうと試みている。

イライザ・フィールズの生き方に対して、メイスンとディクスンは異なった反応を示す。ディクスンは、「彼女の鹿皮のコスチュームに対して、中国人［ジャン］と同じように完全に魅了されているように、彼女には思われる」（五三六）。生きる術として、路上でのショーを演じる彼女であるが、彼女のコスチュームは、アメリカ先住民との暮らしから生じた文化変容の証拠と捉えられ、ディクスンは彼女の自己表現を肯定的に捉える。メイスンはと言えば、イライザに魅了されると同時に反発も感じる。彼が魅了される理由は、イライザが彼の亡き妻レベッカを思い出させるような側面を持つからだ。けれども、イライザとの出会いの後に、彼は悪夢に襲われるのである。その悪夢のなかで、レベッカはかつてのイライザのようにほかの文化圏に属する男たちによって城に捕囚されている。男たちとは、具体的にはフランス人であり、「彼らは彼に許されたよりずっと親密な形で、彼女を所有していた」（五三九）。レベッカと男たちは、「絶え間なく互いに囁きあっていた。彼らは知っているが彼は知らない言語で」（五三九）。それは科学と勤勉さに縛られたメイスンが理解出来ない愛の言語であったかもしれない。イライザとレベッカのリビドーのエネルギーが文化的かつ人種的他者に向けられていることが、メイスンを心理的に攪乱するようである。またイライザとレベッカは、「敵」の陣地に捕囚された女性をも表象している。イライザはアメリカ先住民そして後にカトリック教徒の下で囚われの身となり、レベッカは悪夢のなかでフランス人の囚人となる。捕囚のイメージは、イギリスとアメリカ先住民そしてフランスとの対立関係も原因となって、生み出されたものである。だがイライザは伝統的な捕囚物語の規範を破り、自らの文化的制約を超えて新たな関係を築き上げることにより、捕囚が実は解放へとつながる様を示してくれる。

イライザが褐色の肌の男たちそして女性同性愛者へ魅了される物語は、小説の主たる物語から逸脱している。主要な物語は、ウィックス・チェリーコークがフィラデルフィアのルスパーク家に滞在し、主に彼の甥と姪である子供たちを楽しませる目的で語るメイスンとディクスンの冒険記である。だが同時にエセルマーとテナブライと名づけられた子供たちが、イライザの物語を内緒で読んでいることがわかる。チェリーコークが語る物語には、イライザと同様に欲情するオランダ人女性のケープタウンでの様子が含まれているが、しかしイライザの物語との違いは、前者ではオランダ人女性は男性によって糾弾され貶められるため、物語が家父長制的、人種偏見的社会秩序を維持することに役立っている点である。またオランダ人女性は、物語内のメイスンによって、劣った道徳観と非文明的な振舞いのため、批判的に捉えられている。それ故、チェリーコークの物語を聞く人々は、欲望に対する否定的な見解を共有する可能性が高い。しかしながら、イライザの物語は女性の自立、そして異人種間および同性間の欲望を肯定している。物語の構造の観点から、主要な物語の外側に位置していることにより、同時代の規範と価値観の限界を超える語りが可能になっていると言えよう。

イライザ・フィールズを主人公とする物語は、『青ざめた伊達男』(*Ghastly Fop*)と題された一連の物語だと判明するが、『青ざめた伊達男』にはもう一つの手法上の工夫が加えられている。エセルマーとテナブライが一七八六年に読む同物語には、一七八六年にチェリーコークが物語る一七六〇年代のメイスンとディクスンの物語が含まれていることがわかる。このような語りの構造について、エリザベス・ハインズは以下のように分析している。伊達男の物語は「メイスンとディクスンの物語の発展に直接的に折り重なることによって、それを不安定にさせる。一つの存在論的レベルから別のレベルへと飛び移るなかで、レベルの変わり目を示さずに語られるイライザ／ジャンに関する物語の発展は、時代錯誤性が時間を設計し直す様を再現するのである」。[22]ハインズはピンチョンの時代錯誤性は複数の目的を有すると論じている。「まずはじめにそれは方向性を撹乱し、その試みのなかで、科学的理論を立て、物事を配列し、記録を取るという啓蒙主義に特徴的な衝動を、根元から切り崩すのである。次に、時代錯誤性を通して、ピンチョンは我々自身の同時代の文化価値を、啓蒙主義による組織化を目論む計画に差し挟むのである」。[23]彼女は、二〇世紀後半の事象や概念が一八世紀に設定されたこの物語に侵入する様を分析し、それらが合理的啓蒙主義を批判する役割を果たしていると考える。

小説の時代錯誤性については、研究者からほかの見解も示されている。ジェフ・ベイカーの考察によると、「小説の時代錯誤的な物語介入の多くのものが、一九六〇年代のアメリカ文化に由来することは間違いない」。[24]イライザ・フィールズが示す人種的、性的指向は、二〇世紀後半の自由主義的な感性を反映したものであり、その現代的力が物語に介入し、批判的な視点を導入するのである。イライザを描く物語は、逸脱した語りと位置づけられており、そのことも一八世紀の登場人物である彼女に巧みに一九六〇年代以降の感性を付与することに役立つ。よって彼女の身体と精神は二つの時代の間に存在する境界域を形成するのである。同時に、既に検討したように、異人種間、異なる宗教間、異なる性的指向の間の境界域も形成している。

また語りの存在論に関わる議論は、ポストモダニズムにおける語りの手法と密接に結びついている。ブライアン・マックヘイルは、存在論的問題がポストモダニスト小説を特徴づける要素であるとしている。彼は『重力の虹』内に「存在論的壁の崩壊」を読み取り、それこそがポストモダニスト的テクスト性を表していると議論する。[25] 存在論的壁の崩壊により、「我々の世界と『別世界』が親密性を持って交わることになる」。[26] マックヘイルは語りのレベルとしての存在論、すなわちある特定の現実に基づいた語りのレベルと、別の現実に基づいた語りのレベルにおける登場人物の存在が交わることを理論化している。そこで異なる感性や価値観の交わりも当然発生する。その点をイライザの物語に関連させると、物語は、慣れ親しんだ世界に別世界が侵入する空間を開くのである。またそのような語りは、他者に対する禁じられた欲望を肯定的に捉えることを可能としてくれる。この物語はメイスンとディクスンに関する主要な物語を中断し、彼らがアメリカに引く境界線が自由と従属の間の区別を明確にすることへ対抗する。後に北部と南部を分断することになる彼らの境界線は、彼ら自身も気づいているように、純粋な科学の問題には収まりきらず、奴隷制を合法とする地域の確立のみならず、自由州のなかに確実に存在する奴隷制を覆い隠す自由という名のイデオロギーをも支えてしまう。イライザの人種およびジェンダー規範からの逸脱と新たな関係性の確立は、メイスンとディクスンの引く境界線が代表する数々の境界線で分断された人々へ解放の可能性を示すのである。

＊

本章では、主に『メイスン＆ディクスン』が描く西洋の帝国に属す人物と彼らから見た人種的そして文化的他者との関係を、「植民地的欲望」という概念の下で検討した。支配者と被支配者間で生じる食欲、性欲、そしてそれらの欲望を産出、制御するために使われる言説や概念についても理解を深め、アメリカにおいて人種間の分断と階層性の起源の一つをなすメイスン＝ディクスン線の設定を背景に、人種間の境界線の侵犯、その強化の問題を扱った。植民地的欲望に突き動かされた混交という、身体において人種間の境界を無効にする現象は、解放の可能性とともに新たな抑圧と管理の術も生み出している。それ故、イライザ・フィールズが示す欲望と連帯関係の形成、そしてその潜在力を活かす実験的語りの仕組みが、解放の可能性を示すのである。加えて本章では、植民地的欲望の産出と制御のメカニズムの背後にある世界規模の貿易と、その経済活動を支える政治および軍事システムを含む帝国の力についても、欲望の見地から分析した。

またこれまでにも幾度となく触れてきたように、ピンチョン作品が主な焦点の一つとするのは、近代から現代にわたり世界の各地に抑圧と搾取をもたらした帝国の拡大、帝国に属す者と被抑圧者との関係、またその暴力が近代化、進歩によって大量破壊をもたらす世界大戦へとつながってゆくことである。『メイスン＆ディクスン』以降の作品で、アメリカ国内のみならず世界のほかの地域へと目を向け、少数派への抑圧と大戦の暴力の問題を徹底的に探究するのは、次章で扱う『逆光』であると言える。同作品にて少数派を構成するのは無政府主義者であり、彼らと対立するのは巨大資本とそれに支えられた国家である。無政府主義者はまた、第一次世界大戦へと向かうなかでナショナリズムを強め中央集権化を進める国家ともイデオロギー的に対立する。次章では、体制のシステムと少数派との関係、そして世界大戦の暴力の問題を、無政府主義者の生を中核に据え検討するが、その際、体制側に位置する人々と、少数派あるいは敵と定義づけられた人々の、生命の表象の問題に踏み込みたい。

註

1 Mary Louise Pratt, *Imperial Eyes: Travel Writing and Transculturation* (London: Routledge, 1992) 30.

2 Thomas Pynchon, *Mason & Dixon* (New York: Henry Holt, 1997) 753. 以下、『メイスン&ディクスン』(*M&D*) からの引用は同書による。

3 Joseph Dewey, "The Sound of One Man Mapping: Wicks Cherrycoke and the Eastern (Re)solution," *Pynchon and* Mason & Dixon, ed. Brooke Horvath and Irving Malin (Newark: U of Delaware P, 2000) 123.

4 Robert J.C. Young, *Colonial Desire: Hybridity in Theory, Culture and Race* (London: Routledge, 1995) 3.

5 Young 19.

6 Michael Harris, "Pynchon's Postcoloniality," *Thomas Pynchon: Reading from the Margins*, ed. Niran Abbas (Madison, NJ: Fairleigh Dickinson UP, 2003) 203.

7 Joseph Addison and Richard Steele, *The Spectator*, ed. Donald Bond Vol. 1. (Oxford: Oxford UP, 1965) 294-95.

8 Charles Clerc, Mason & Dixon *& Pynchon* (Lanham, MD: UP of America, 2000) 104.

9 Colin A. Clarke, "Consumption on the Frontier: Food and Sacrament in *Mason & Dixon*," *The Multiple Worlds of Pynchon's* Mason & Dixon*: Eighteenth-Century Contexts, Postmodern Observations*, ed. Elizabeth Jane Wall Hinds (Rochester, NY: Camden House, 2005) 77.

10 Brian Thill,"The Sweetness of Immorality: *Mason & Dixon* and the American Sins of Consumption," Hinds 61. ブライアン・シルが検証する一八世紀クエーカー教徒ベンジャミン・レイの文献の引用元は、Jean R. Soderlund, *Quakers and Slavery: A Divided Spirit* (Princeton, NJ: Princeton UP) 1985 である。またシルは、レイのほか、トマス・トライオンやジョン・ウールマンといった奴隷廃止論者にも言及し、クエーカー教徒であるディクスンの奴隷制に対する倫理的立場の歴史的背景を詳しく説明している。

11 David Seed, "Mapping the Course of Empire in the New World," Horvath and Malin 86.

12 歴史家レナード・トンプスンは、一八世紀オランダ領ケープタウンにおけるオランダ東インド会社による奴隷の扱いについて、次のように記述している。「会社は軍事境界線に沿ったケープタウン・ロッジに置かれた奴隷たちを統制していた。会社によって所有されていた女性たちの宿命は、特に屈辱的なものであった。会社の収入増のために、売春を奨励されていたのである」（四三）。トンプスンからの引用は以下による。Leonard Thompson, *A History of South Africa* (New Haven, CT: Yale UP, 1995).

13 Rebecca Blevins Faery, *Cartographies of Desire: Captivity, Race, and Sex in the Shaping of an American Nation* (Norman: U of Oklahoma P, 1999) 41. フェアリーの研究は、ケープタウンでの白人女性の身体の扱いを論じる際に、有益な洞察を示してくれるが、彼女自身が焦点を当てるのは、主にアメリカ史のなかでポカホンタスとメアリー・ローランドスンが果たす役割と、イデオロギーとの関係についてである。たとえば、初期アメリカ史において白人入植者を歓迎するポカホンタスの姿は、白人の領地拡大に利用され、他方で、ローランドスンの捕囚物語は異人種間の境界線の強化に使われたことが、議論の基盤にある。ローランドスンについては本章で後述する。

14 Homi K. Bhabha, *The Location of Culture* (London: Routledge, 1994) 116.

15 Amar Acheraïou, *Questioning Hybridity, Postcolonialism and Globalization* (New York: Palgrave-Macmillan, 2011) 70.

16 Julie Christine Sears, "Black and White Rainbows and Blurry Lines: Sexual Deviance/Diversity in *Gravity's Rainbow* and *Mason & Dixon*," Abbas 114.

17 Pratt 86.

18 Pratt 100.

19 Susan Howe, *The Birth-Mark: Unsettling the Wilderness in American Literary History* (Hanover, NH: Wesleyan UP, 1993) 96.

20 Faery 219.

21 Clerc 141-42.

22 Elizabeth Jane Wall Hinds, "Sari, Sorry, and the Vortex of History: Calendar Reform, Anachronism, and Language Change in *Mason & Dixon*," *American Literary History* 12.1-2 (2000) 202.

23 Hinds 202. 時代錯誤性がもたらす三つめの効果とは、以下の通りである。「時代錯誤性を有する『メイスン&ディクスン』は、一八世紀の文化が二〇世紀でも未だ健在であることも強調する。それは世界規模のウェブ情報ネットワークの原型を通して強調される。小説内にジャンが登場すること（『メイスン&ディクスン』と『青ざめた伊達男』の両者に登場）は、メイスンとディクスンの悩みの種であり続ける。中国とイエズス会の衛星組織がケベックに本部を持っており、それが世界規模の情報ネットワークを二〇世紀から一八世紀に時代錯誤的に移行したものとして、繰り返し語られる」（二〇二-〇三）。このことは次に本論で言及するジェフ・ベイカーの見解とも重なり合う。

24 Jeff Baker, "Plucking the American Albatross: Pynchon's Irrealism in *Mason & Dixon*," Horvath and Malin 183.

25 Brian McHale, *Postmodernist Fiction* (London: Routledge, 1987) 45. マックヘイルの存在論と、ピンチョンの語りにおけるポストモダニズムの特徴との関係については、本書第2章でも『競売ナンバー49の叫び』との関係で触れており、そちらも参照されたい。

26 McHale 45.

＊本章の基となったのは、拙論"Attraction and Repulsion: Colonial Desire in Thomas Pynchon's *Mason & Dixon*,"『アメリカ文学』65 (2004) 45-55である。

本章に改める際に、同論文を日本語訳し、加筆、修正を施した。

第5章　哀悼可能な生と哀悼不可能な生――『逆光』、無政府主義、戦争

　ピンチョンはこれまでの小説家としての取り組みで、近現代の歴史的現象を探究し続けてきたが、作品『逆光』（二〇〇六）でも、一九世紀後半から二〇世紀初頭にわたる歴史に目を向け、特にそこに巣食う破壊的要素を追究する。物語が扱う時代は、シカゴで万国博覧会が開催された一八九三年から、第一次世界大戦終了後の一九二〇年代に至り、舞台はアメリカ、ヨーロッパ、アジアを移動する。そのなかで彼が描き出すのは、近現代における進歩とその闇である。進歩は主に科学、テクノロジーとそれらを利用する資本主義の発展によって体現される。地理的、歴史的に拡大しながら発展を遂げるこの巨大な小説の根本的目的について述べると、バーナード・ダイフイズンが指摘するように、「『逆光』にて、ピンチョンは読者を陥穽と悲哀の地球規模の旅へと導き、我々の世界について再考するよう徹底的に促す。現代の経済的、政治的起源、そして支配の虐待的構造に対して辛抱強く抵抗する人間の衝動の再考を」。[1] 物語では、資本主義体制による労働者の抑圧と中央集権化する国民国家による支配力が強まり、そこからの人々の解放を目的とする対抗勢力が形成される。だが、解放へと向けた試みは種々の力によって押し潰されてしまう。小説は主な対抗勢力として無政府主義者を描き出し、彼らのあり方について、可能性を示しながらも批判的に扱ってゆく。無政府主義を代表する登場人物は、世紀転換期のコロラド州鉱山での労使紛争に関わり、鉱物の輸送に使われる線路や鉄橋の爆破行為を繰り返すウェブ・トラヴァー

スと、彼の長男リーフならびに次男フランク、そして彼らと志をともにする人々である。彼らの活動を封じ、支配下に置くために手段を選ばない人物がスカーズデイル・ヴァイブであり、彼はエネルギー産業への投資の成功を契機として巨大資本を形成し、その増大のため労働者への徹底的な搾取と抑圧を行使する体制を作り上げるが、彼は自らが雇う殺し屋を使いウェブを殺害する。ウェブのような無政府主義者に対する抑圧、暴力は国家規模で行われており、その歴史的背景についてポール・ナークナスは次のように説明を試みている。「連邦主義組織である中央集権的政府は、一八八〇年代から第一次世界大戦の間にアメリカ合衆国に出現したのだが、その際には無政府主義者が構成する集団に対する政治的かつ不当な『民族浄化』を集中的に行った。無政府主義者はアメリカ先住民の代わりに国家強化のため絶滅されるべき国家内の敵とされたのだ」。[2] 小説において国家の政治的、経済的システムの敵として殺害されたウェブ・トラヴァースの抵抗活動は、彼の長男と次男に託されることとなる。長男リーフはアメリカを放浪しながら爆破行為を行い、後にバルカン半島で戦争抑止のため活動し、次男フランクはコロラド、アメリカ南西部での労働者解放運動、そしてメキシコで独裁制を打倒するための革命に関わり、彼らは国家間の境界を越えて父親の大義を継続する。しかし第一次世界大戦に向かうナショナリズムの高まり、そしてその背後に存在する中央政府による国家統制に向けた権力の増強、そして政府が司る戦争という大規模な暴力が、無政府主義者による脱中心的な暴力運動を無効にしてゆく。

だが無政府主義と、政府や大資本が代表する中央集権的システムの、二つの勢力が対抗し、それぞれの暴力的な特徴を露わにしてゆく過程で、小説は被抑圧者と抑圧者、労働者と資本家、対抗勢力と体制との関係における、生命と死の問題を浮かび上がらせる。この章の主題を形成するのは、それら二つの集団および領域内での人間の生命の位置づけである。資本が巨大化し、テクノロジーが飛躍的進歩を遂げ、大戦へとなだれ込む世界のなかで生命に付与される意味そして生命と死の関係は、近現代に特有の問題を孕んでいる。そして生命を奪う戦争行為とテロ行為の正当性と正義が大きな問題となる。本章では、特に無政府主義者のテロリズム的暴力と、戦争という国家により正当化された合法的な暴力との関係のなかで、その問いを扱ってゆきたい。議論のなかで中心的な概念となるのは、暴力行為のなかで露わにされる生くべき者と死すべき者との区別と、その区別が立脚する生の「哀悼可能性」と「哀悼不可能性」の表象である。

被支配者による暴力——哀悼可能な生と哀悼不可能な生

物語冒頭は、ダイナマイトの成分である珪藻土を指す「キーセルガー・キッド」の異名を得たウェブ・トラヴァースが、二〇世紀はじめのコロラド州の鉱山地域にて、労働者を搾取と抑圧から解放するため鉱山施設や鉄道の爆破工作を行う様子を描くが、物語は爆破の標的の選択、爆破の正当性、そして何より彼の行為が生命を奪うことに目を向けさせる。ある場面で、ウェブと彼の同志ヴェイコー・ラウタバラは橋の爆破準備に取りかかる。そこでヴェイコーは、労働者の搾取によって怠惰な生活を送る資本家や鉱山所有者が乗車している可能性のある列車の爆撃は、正当であると発言する。彼は自分自身が悪と信じる少数の人々の生命を奪うためには、罪なき人々が巻き込まれる可能性があっても、破壊行為を厭わない。だがウェブにとって事はそう単純ではない。ヴェイコーの見解を受け彼はこう考える。「そのときしばらくの間ウェブには思われたのだが、慎重を要するときとは、標的を選ぶ際にやって来る。義務、過酷な労働、そして人々の想像を超えて頻繁に襲ってくる不幸や死別の悲嘆がもたらす日々の重圧の下では、その問題についてじっくり考える時間を作ることが困難だった。神はご存じだ。鉱山所有者と管理者が吹き飛ばされるに相応しい者であることを」。[3] ウェブ自身は罪なき人々の殺害を回避するため、標的を線路や橋に限定するのだが、ここで彼は殺戮の可能性に改めて直面する。彼は、労働者の過酷な生活と彼らの死がもたらす悲しみを思い浮かべるにもかかわらず、それらを理由に抑圧者の殺害を感情的に正当化せず、標的の選択について深く考える責任があることを意識している。しかしながら、生くべき人間と死すべき人間の区別という恐ろしき判断に関して、自らの思考を発展させることは出来ず、彼自身の判断を停止し、抑圧者、搾取者の殺害を神に承認させることで、その問題から逃れようとする。

生くべき人間と死すべき人間の区別は、戦闘行為の前提をなす。特定の理由により敵と見做される者の生命を奪い、味方と見做される者を生かす根拠を、ジュディス・バトラーは自身の戦争論において、以下のように考える。すなわち、死に際しての「哀悼可能性」(grievability)と「哀悼不可能性」(ungrievability)と捉えられる情動上の区別と、そのような区別を可能とする「枠組み」である。「枠組み」とは、人種、宗教、文化、国籍などに関わり、特定の集団の性質を規定する主に言語やメディアによる表象、およびそれらの背後にある価値体系である。では情動における区別と表象における枠組みを利用して、戦争は人間の生に対して何を行うのか。バトラーは言う。「特定地域や種族の人々を標的とする上で、保護すべき生命を不必要な生命を持つ人々から区別しながら、戦争は人々を管理し、構成しようと試みる」。[4] ここで指摘される人間の管理と構成とは複雑な現象であるが、哀悼不可能な人間の根本的な捉え方について以下のように表している。「哀悼不可能な生命とは、失われること、滅ぼすことが不可能な生命である。なぜなら彼らは既に失われ滅ぼされた領域に存在するからである。彼らは、存在論的に、そしてはじめから、既に失われ滅ぼされており、そのことが意味するのは、彼らが戦争で滅ぼされるとき、何も滅ぼされないということだ」。それ故、物理的事実としての彼らの死は「余剰」に過ぎない。[5] バトラーは「哀悼」という情動に重点を置き、それに立脚した自己による他者の「把握」（apprehension）を通して、合理的な「認識」（recognition）が有する他者支配へ向かう力を捉え直そうと試みる。バトラーの議論を受け本論では、情動の含む心理的複雑性や柔軟性に注目し、支配を目的としたイデオロギーの下にある合理的認識が規定する味方と敵、生くべき人間と死すべき人間、という区別が覆い隠す恣意性と理不尽さを『逆光』内で露わにしたい。

仮に人間存在の根本的なレベルにおいて、ある種の人々を既に失われ滅ぼされた者と特定の枠組みにおいて捉えることが、彼らの滅び自体を滅びでなくしてしまうなら、彼らの殺害自体も殺害ではなくなる。その考えを小説内のヴェイコー・ラウタバラの主張に当てはめれば、資本家や鉱山所有者は、彼らの行う非人間的抑圧、暴力、そして搾取により、そもそも存在すべきではないという理由で既に失われ滅ぼされた人々であり、彼らの死はそこに何の滅びも付け加えないと言える。よって彼らの殺害は既に起こっていることの「余剰」となる。ウェブはと言えば、既に見たように、神の判断に拠って鉱山所有者と管理者をいわば「神に呪われた」既に失われた者、哀悼不可能な者と見做そうとする。

生命の哀悼可能性と不可能性という区別自体が、根本的にあくまで社会階級や国籍などの認識の枠組みに依拠する恣意的かつ理不尽な区別であることは、ウェブ・トラヴァースのテロリズムが抱える問題に表れている。たとえば、工場や鉱山施設攻撃が引き起こす罪なき人々の殺戮についての彼の見解がそれを示す。仮に資本家を狙い工場や鉱山施設を爆破すると、そこに居合わせているのは、「最も死ぬ可能性が高い鉱山労働者であり、工具の運搬や坑道を整えるため働いている子供たちを含み、軍隊が攻め込んで来たら死ぬことになるのと同じ人々であるのだ」(八五)。彼と立場を同じくする抑圧された労働者、そして弱く無防備な児童労働者は、ウェブにとって哀悼可能な人々であり、その死が深い悲しみをもたらす人々である。だが物語でウェブが直面するのは、本来は彼が保護すべき哀悼可能な人々を自らが殺害してしまう可能性である。また彼らは、激しい労働運動が起これば、それを抑え込もうとする資本家や州が雇った軍によって、哀悼不可能な者として殺される。問題は、労働者が一方の集団によって哀悼可能と捉えられ、他方の集団によって哀悼不可能と捉えられるが、いずれの側からも殺害される可能性が高い状況に置かれていることだ。この理不尽さの根本にある問題を明確にする一つの方法は、テロリズムの特徴である無差別性について考えることである。マイケル・ウォルツァーが述べるように、「テロの攻撃による犠牲者とは第三者であり、罪なき傍観者である。彼らを攻撃する特別な理由はない。ある大きな部類に属す(無関係な)人々の内、ほかの誰であってもよいのだ。攻撃はその部類全体へと向けられ無差別に行われる」。[6] 哀悼可能な者と哀悼不可能な者の区別は、無差別な大量殺戮によって失われる。ウェブ自身が行おうとするテロ行為でも、罪なき同胞が「無関係な」、「ほかの誰であってもよい」人々として巻き込まれ、大きな被害を与えられる。

だが問題はさらに複雑であり、ウェブを一層悩ませるのが、無政府主義者である彼自身と抑圧者との類似である。類似とは、既に示唆したように破壊行為そのものに見出せるが、爆破とニトログリセリンについてのウェブ独自の考えにおいて、より明らかになる。

真の爆破者をひどく苛立たせることが何かというと、それらの爆破の内より多くの殺戮をもたらしたものは、実際には元々無政府主義者ではなく鉱山所有者によって起爆されたものだったのだ。驚愕すべきことだ。ニトロは、真実を伝える媒体であるのだが、非道なやつらが嘘をつくための手段として使われたのだ。こんなことが行われているのだと、はじめて確実な証拠を目にしたときには、今にも泣き出しそうな子供のような気分になった。（八五）

ウェブの言う資本家の嘘とは、資本家側が爆破を行い、それをあたかも労働者側が行ったように仕立て上げたことを指す。そして嘘の目的とは、労働運動の暴力的な抑圧の正当化である。ウェブは、そのような抑圧者に反旗を翻し社会正義を求めて爆破行為をなす自らを、正義を根拠に、「真実の爆破者」（八五）と見做していると考えられる。しかし資本家が爆破を行い、自らでっち上げた爆破犯と共謀者を抑圧することで、反乱と鎮圧のすべての過程を統御するのであれば、真実の爆破者は大きな嘘に飲み込まれ、骨抜きにされてしまう。だが実は問題はそれだけには留まらず、先述したように彼の爆破行為が罪なき人々の命を奪うのであれば、真実の爆破者の本質はより不明瞭となる。ウェブが社会正義におけるある種の真実を信じていたとしても、仮に自らの爆破行為が同胞である労働者を犠牲にしたならば、同胞に対して自分が真実の爆破者とは主張しきれない。

ウェブが社会正義を目的とした破壊行為を開始する契機となったのは、上記のエピソードの一〇年ほど前に彼が聞いたモス・ガトリン牧師の講話であるが、実はウェブの爆破者としての起源において、根本的な問題が見出せる。[7] ガトリン牧師はウェブを含む聴衆に向かって呼びかける。「ダイナマイトは鉱山労働者の呪いであり、鉱物の採掘への労働者の従属を目に見えそして耳で聞ける形で示す印であると同時に、彼がダイナマイトを使う勇気があったならば、解放へ向けた発動力となるものだ」（八七）。聴衆からは、無実の人々の生命を奪うダイナマイトを使うことの問題点について指摘する声が上がるが、それに対して、ガトリンはフランスの無政府主義者エミール・アンリを引用しながら、「罪なきブルジョアジーは存在しない」（八七）と示唆し、答えとする。ここでアンリ自身による文章を詳しく見ると、彼は「ブルジョアジー全体が、不幸な人々を搾取することで生活しており、彼らは皆、罪を贖うべきである」と訴えており、これは彼がカルモー鉱山会社の事務所に爆弾を仕掛けた理由の説明である。[8] ここでも階級闘争的な関係が互いの認識の「枠組み」を作り上げ、哀悼不可能な生命を構成し、そして実際にその生命を奪う様が見て取れる。またウォルツァーが指摘したように、特定の部類に属していれば標的は誰でもよいのであれば、彼らへの攻撃は無差別となる。

益々事を深刻にするのが、次のガトリンの問いかけである。「まるで小切手にサインするかのように容易に罪なき人々を殺害する者たちを滅ぼすことに、日々昼夜を問わず時を費やし献身していなければ、あなた方は己をどれほど罪なき者と呼べるだろうか」（八七）。この発言が含む問題について考えるため、再度バトラーの洞察を参考にすると、ブルジョアジーとは、「存在論的には、そしてはじめから、既に失われ滅ぼされており、そのことが意味するのは、彼らが……滅ぼされるとき、何も滅ぼされないということだ」と言える。[9] そのように捉えたなら、ガトリンにとって労働者を容易に殺害する人々ははじめから存在すべきではなく、それ故既に失われ滅ぼされた存在である。そしてブルジョアジーを滅ぼす行為自体は罪でないどころか道徳的に正当化可能なものであり、正当化のみならず行為の実行が強く求められている。またエミール・アンリの影響も再び見られ、アンリはブルジョアジーに対する無差別攻撃を行った理由として、まず「ブルジョアジーが無政府主義者間の区別をしなかった」と述べ、当局が数多くの無政府主義者のみならず、そうと嫌疑をかけた人物をも不当に逮捕し、裁き、罰したことを挙げている。[10] 彼は無政府主義者や労働者を含む被抑圧者側が、ブルジョアが野蛮であるだけ、ブルジョアを野蛮に攻撃することを宣言する。被抑圧者である攻撃者は「人間の生命に対する敬意は持ち合わせない。なぜならブルジョアジー自身が、それに対する敬意を持たないことを示したからだ」。[11] ガトリンも、ブルジョアジーが労働者の生命に対する考慮を欠如しているため、労働者もブルジョアジーの生命に対して考慮する必要がないと考える。両者がお互いを既に失われ滅ぼされた領域に属す哀悼不可能な者と見做し、無差別にそして彼ら各々の視点から見れば正当に、その生命を奪うのである。

またそこにはマイケル・ウォルツァーが論じるテロリストの免罪主張が表れている。すなわち、強大な権力と軍事力に対抗する弱き立場の者には、テロリズム以外に手段は残されていないとする主張だ。ウォルツァーはこう述べている。「今やそのような主張によると、ほかの何物も不可能であり、テロリズム以外の戦略は手に入らない」のであり、そしてそれは「テロリスト予備軍に、ほかのすべての選択肢を試してみるよう求めることはない」。[12] 彼の指摘を受けて小説に戻ると、モス・ガトリンが「容易に罪なき人々を殺害する者たちを滅ぼすこと」（八七）を性急かつ強く呼びかけるとき、それを唯一無二の抵抗手段と見做している。そして殺戮に加担しない人々を罪人と見做す専横的言説により、逆に殺戮者を免罪する。あたかも、ブルジョアジーの殺戮を常に実践することが道徳的義務であるかのように。だがジュディス・バトラーが見抜いているように、「正義の冷酷さとは、殺人に必要な要素のみならず、生命の破壊を道徳的な満足やひいては道徳的な勝利を持って眺めるために、必要なものである」。[13] ガトリンの冷酷さも彼の宗教的、政治的な正義に潜んでいる。彼は殺戮行為が労働者や無政府主義者を「罪なき」(innocent)(八七)状態へと導く正しき道であると説き、殺戮に道徳的な満足そして勝利を見出そうとしている。

しかしながら、殺戮によって至る罪なき状態とは如何なるものであろうか。『逆光』内でしばしば強調される無垢という概念に注意を払い、マイケル・マグワイアーは指摘するのだが、『逆光』において、「ピンチョンは無垢(innocence)と自己同一化することは、歴史化の失敗であると分析している」。[14] しかるに、無垢という概念を抑圧への抵抗の根拠とすることで、自らの行為が非歴史化されるのである。これをガトリンの発言と結びつけて言い換えれば、抽象的な免罪、無垢の概念に依存し抵抗を呼びかけると、特定の歴史に根差した複雑な社会的、経済的問題から自らを切り離し、抵抗行為自体が正当性を失うという危険に陥る。また抑圧者の殺戮行為に対抗する殺戮行為が免罪、無垢を保証するという論理は、無垢な(innocent)人々を利用し、彼らをしてテロ行為に走らしむ。

無政府主義者による暴力は正義を求める抵抗行為でありながらも、その正当性に対する疑いは小説全体において消え去ることはない。ウェブの長男リーフ・トラヴァースは、アメリカとヨーロッパを放浪し、無政府主義的抵抗という父親の大義を継承しようと試みるなかで、同じ疑問に直面する。彼は思いがけない形でその問いを突きつけられるのだが、それは第一次世界大戦勃発が間近に迫った南仏ニースで、彼が自堕落なブルジョア階級のフラヌール（都市遊歩者）的快楽を享受している際に起こる。カフェで時を過ごしながら、リーフが無政府主義者の同志フラコに自らの堕落について弁明していると、皮肉にもカフェが爆破される。「もちろん正にそのとき、それが起こったのだ。まったく予想外の出来事であまりにも巨大な爆音を伴ったため、生存者は実際に起こったのかどうか、その後何日もの間確信が持てないほどであった。同様に、人々が長い年月をかけ発展させ高い犠牲を払って獲得した、相互間の礼儀と敬意（civility）を、誰かが巨大な崩壊の開花のただなかへと引きずり込もうと望んだことが、信じられなかった」（八五〇）。リーフを含めその場に居合わせた人々には、まったく予期せぬ事態であり、彼らはテロ行為の破壊力に驚愕し、自分たちが標的になった事実を受け入れることが出来ない。特にリーフは、これまでに無政府主義者として生きてきただけに、自分が無政府主義者から敵と見做されるのは、大きな驚きである。そして彼は文明的秩序の重要さを理由に破壊行為を責めようとする。

リーフが爆破行為の標的になったことは、テロリズムの問題をより複雑化する。リーフと同じくカフェ爆撃の標的となったフラコは言う。「『あいつら無法者のなかには』、フラコは未だに笑みを浮かべていたが、『誰に対してこんなことをするのか気にかけやしない連中がいるのさ』」（八五一）。それに対して「リーフは『どうしてなんだ』と今にも言いそうになった。しかし突如めまいを感じ、腰を下ろさねばならなかった。そこらじゅうが痛んだ」（八五一）。ブルジョアジーのたむろするカフェの襲撃は、エミール・アンリが実践したものであるが、「罪なきブルジョアジーは存在しない」（*ATD* 八七）という信仰を根拠とした無差別殺戮をリーフはもはや受け入れることは出来ない。彼は無政府主義を信奉する爆破者でありながら、同時にその犠牲者にもなったのである。父のウェブが恐れていた同志による同志の攻撃が、息子に起こったと言える。ウェブと同様に、リーフも無政府主義の破壊行為に献身しながらも、その行為がもたらす結果について疑問を呈す。加えて、リーフが標的になったことは、彼と体制側との関係を変化させてしまう。標的となったブルジョアジーは、「子供のように泣き叫び、再び子供に返っており、無力で哀れな姿であったが、その姿は彼らを保護するに必要な手段を持つ人々、すなわち近代的武器と崩れることなき統制を身につけた保護者たち、を動かすのに充分であった。その保護者たちはなぜぐずぐずしていたのか」（八五一）。ここでは、ブルジョアジーへの無差別な暴力が、爆破行為を行った人々、そしてより多くの労働者階級や無政府主義者への報復行為を促してしまうことを示唆している。リーフは一時的であるがブルジョア的生活様式を享受し、無力な犠牲者となることで、意図せずにそのような体制側の暴力を正当化する企みに巻き込まれてしまう。このエピソードでは、リーフは無政府主義者的であるとともにブルジョア的であり、二つの立場から無政府主義者と抑圧者の双方による無差別殺戮を見つめ、その正当性について読者に考えさせる。

無政府主義者のなかには、彼ら自身が不当と見做す体制側による暴力行為から、自らの暴力行為を区別しようとする者がいる。その理由は、既にウェブに関する議論で指摘したように、無実の人々の犠牲を回避することにある。リーフに関わる物語では、彼の同志ユーボール・アウストは、無政府主義者によって殺害されるべき（哀悼不可能な）人々が存在すると主張し、こうつけ加える。「だがあいつらはプロフェッショナルな方法で追跡されるべきなのさ。そうでなきゃあいつらと同じになっちまう。罪なき人々の殺害になっちまう。俺たちに必要なのはより多くの罪人の殺害だ」（九二二）。彼は抑圧者を正確に特定して行う殺害が、「真っ当な軍務」（九二二）だと考えている。ユーボールの考えを、リーフのかつての恋人であり弟のフランクとも関係を結ぶエストレラ

（ストレイ）・ブリッグスが虚無的だと批判すると、ユーボールは体制側の抑圧者に与する者こそ虚無的であると反論するが、その議論では無政府主義者と抑圧者との区別は再び曖昧になってしまう。そこでユーボールは、抑圧者にとって死んだ反乱者はただの死体に留まるが、「俺たちの死者は俺たちの仲間であり続け、俺たちに日々憑いている」（九二二）と主張し、同胞である死者へ責任を果たすため反乱を止めることは出来ないと強調する。しかしながら抑圧者側も、自らの集団に属す哀悼可能な人々が殺されれば、報復の責任を負うことは、言うまでもない。

だが相互的な破壊と殺戮のただなかで、物語が訴えるのは、歴史から抹消される被抑圧者である死者たち、すなわち抑圧者側によって哀悼不可能と捉えられた者たちへ社会が負う責任は重いということだ。その問題を明確にするためには、人間の生の哀悼可能性と哀悼不可能性をより広い文脈で捉える必要がある。具体的には、被抑圧者の生を抑圧者が如何にして表象するか、そしてそれが如何なる巨大な暴力と結びつくかが重要になる。無政府主義者側の主張によれば、より大規模で卑劣な無差別的暴力を行使しているのは抑圧者側であり、それを可能とする表象の枠組みを検討したい。

抑圧者の暴力——非人間の哀悼不可能性

無政府主義者の暴力を規模の上で大きく上回る暴力として物語が描くのが、資本家や国家による労働者や反乱分子への暴力であることには既に触れたが、より一層巨大なものとして第一次世界大戦による暴力がある。キース・オニールは、「意義深いことに、ピンチョンが小説を設定しているのは、第一次世界大戦前の年月、二〇世紀が総力戦、全体主義、そして大量虐殺へと頽落してゆく瀬戸際である」と指摘するが、彼によると、そのような瀬戸際に置かれた『逆光』は、「モダニズムへの移行が、可能性の喪失、抵抗の喪失をもたらす」様を描いている。[15] 物語は大規模な総力戦を伴う世界大戦へと向かう体制を相手取った、無政府主義者の抵抗が弱体化してゆくことを問題化する。たとえば、リーフ・トラヴァースとの会話で、かつてイギリスのスパイであったラティー・マクヒューは、「国家間の大戦では、無政府主義がこれまでに闘争し勝ち取った小さな勝利のどれもが、ただの塵と化してしまう」(九三八)と洞察する。抑圧者に対抗した無政府主義の暴力による勝利は、国家がナショナリズムを利用して正当化する巨大な暴力と比べ、その意義が霞んでしまう。なおかつラティーの主張によると、「国家が自らを維持したければ、国民を動員して戦争を始める以外のどんな手段を取れるのか。中央政府は決して平和のために意図されてはいない。それらの構造は、軍隊と同様に参謀部制直系職能組織からなっている。国家概念は戦争に依存しているのだ」(九三八)。また軍需産業への国力動員のため、「ストライキを行う労働者の誰もが裏切り者」(九三八)と見做されると彼は述べ、小説全体において、資本家と中央集権化する政府による抑圧からの解放運動が、大戦によって無効化されることを説くのである。

それでは、資本主義、産業が拡大し、やがては総力戦の世界大戦に向かう時代において、抑圧者は被抑圧者の生命と死を如何に捉えるのか。その問題の探究を開始するにあたり、ウェブ・トラヴァース殺害の黒幕である資本家スカーズデイル・ヴァイブが露わにする労働者に対する見解は示唆に富む。彼は産業界の代表者の会合において、こう発言している。

「だからもちろん、我々はやつらを使うのさ」とスカーズデイルはもういつもの演説に入り込んでいた。「我々はやつらを革帯につなぎ、尻の穴から犯すのだ。やつらの堕落を写真に収め、線路へと登らせ、地下鉱床、下水路、性行為を行う寝床へと下らせ、非人間的な重荷の下に置いてやる。我々はやつらから、筋力、視力、そして健康を収穫し、その後は我々の親切の下で、取り残した落穂拾いをして過ごす惨めな数年を残してやるのだ。もちろん我々はそうするさ。そうしない理由なんてあるのか。やつらはほかにはほとんど役に立ちやしない。あいつらが成熟した大人へと成長し、教育を受け、家族を持ち、文化や種としての歩みを進める可能性がどれほどあるのか。我々は出来る間に取れるものを取るのさ。やつらの顔を見てみろよ。あいつらは自分たちのばかげた運命の印を、白日の下に晒しているじゃないか。」（一〇〇〇）[16]

この発言を分析しながら、ポール・ナークナスは言う。ヴァイブのような「神の選民――神と自然との共同の企てにより選ばれし者――はかつて国王や政府が下した主権者による決断を効果的に下すのである。すなわち誰が生き、誰が死ぬのかという決断である」。[17] ナークナスは、清教徒的選民思想とともに当時の社会ダーウィニズムを根拠とした適者生存の概念が、ヴァイブの発言の背後にあることを指摘している。「選ばれし者」である資本家と「選びに与れぬ者」である労働者。後者が後者である根拠を、彼はここでは「ばかげた運命の印」に見て取る。そして再びバトラーの言葉を使うなら、ヴァイブは労働者の生命の本質を「哀悼不可能な生命」で、「彼らが……滅ぼされるとき、何も滅ぼされない」と規定するが故に、[18] 自らが彼らを滅ぼすことにまったく非を感じないと言える。実際には、労働者がより充実した生を送るための可能性を、搾取により奪い取るのはヴァイブであるが、それにもかかわらず、決定論が彼をして死滅する種としての本質を労働者に付与せしめる。

ヴァイブが労働者の哀悼不可能性を表象する際に利用する枠組みは、選民思想や社会ダーウィニズムを含む複数の要素により構成される。ヴァイブが自身による労働者の表象を通して決定づけようとするのは、まずダーウィニズム的階層性のなかで労働者を家畜化し人間の地位から引きずり下ろすことである。人間以下の存在と位置づけることで、彼らの非人間的な労働および生活環境を正当化出来る。獣姦の辱めを与えることも同様の目的を果たすが、そこでは獣姦によって犯される者にキリスト教倫理の観点から罪人の烙印を押し、犯す者である支配者への服従を強いる。その上でヴァイブは、労働者から経済的搾取をするのみならず、健康、人格、そして生命そのものを奪うことも厭わない。生命の維持が困難になるほど身体機能を弱らせ、そして死に近づいた者に可能な労働を与えて管理し、それを経営側の慈善行為へとすり替えるのである。また労働者から生命自体を奪い取ることのもう一つの根拠は、捻じ曲げられた功利的思考に求められる。ヴァイブは彼らを搾取の対象以外としては役に立たないと認識するため、彼らを最大限に活かすため使い尽くすのである。

また彼らの生命を、性急に暴力的手段で奪うための枠組みも存在する。ナークナスが言うように、「賃上げを要求しストライキを行う労働者は、吸収されるかあるいは征服され地上から姿を消されるべき生命の一形態であった」。[19] 資本家や体制にとって都合が悪く、既存の秩序への「脅威」となる者、特に破壊行為を行う無政府主義者は、今すぐにでも滅ぼす必要があるのだ。彼らを滅ぼすためにヴァイブのような資本家が利用するのが、探偵や殺し屋、そしてときには州兵や民兵などの軍隊組織である。

ではそうした人々による無政府主義者に対する見解そして表象はどう提示されるのであろうか。物語内でルー・バスナイトは、社会主義者や無政府主義者を標的としたピンカートン探偵社を彷彿とさせるホワイトシティー探偵社に勤務するが、彼が上司のネイト・プリベットに業務の説明を受ける場面をまず考察したい。シカゴの事務所にて、近隣そして遠方でダイナマイトの爆音がしばしば鳴り響くなか、プリベットは言う。「仕事のすべては労働組合に関わるものだ。そうでなければ俺たちが無政府主義者の人間のクズと呼ぶやつらに関わるのだ」（四三）。バトラーが、現代の自爆テロなどの脅威を論じながら、考察しているが、「ある国民が私の生命への直接的な脅威として現れるとき、彼らは『生命』とは映らず、生命に対する脅威と映る（生命への脅威を表す生きた形象として）」。[20]そこでは、生命を生命と認識出来ないだけではなく、生命の敵として捉えられ、早急に滅ぼされるべき対象となるのである。だが無政府主義者たちが生命への脅威を表す形象である限り、彼らはほかの登場人物にとって理解不能な人々のままである。元々ルー・バスナイトは、無政府主義者に関する知識は持たず、プリベットの説明を聞いても釈然としないが、そのことを問題とは考えていない。また彼は一八九三年シカゴ万国博覧会の折、飛行船で無政府主義者の監視を行う一団「偶然の仲間たち」との会話で、こう漏らしている。彼は「無政府主義者とは正確には何であるのか知ってさえいなかったが、その言葉は確かに広まっていた。彼は政治的な信念から探偵業に就いたわけではなかった」（三七）。力の行使がものを言うルーの業務においては、思想に関わる詳細な知識は必要とされないであろう。そんなルーでも奇妙に思うことがあった。「職場では漠然とした憶測がされていた。労働者の男女は全員、程度の差こそあれ悪であり、確実に心得違いの人々で、充分にアメリカ的ではないと。おそらく充分に人間でさえない」（五〇）。彼は最終的には、自分の仕事に疑いを持ち離職するのだが、引用文が示す時点では、憶測に基づき他者を悪と断罪すること、そして彼らを人間の地位から引きずり下ろし、非人間的な存在と表象することには、特に批判の眼は向けていない。それが彼らから保護を奪い、弾圧と殺害の対象とし、非常に危うい状態に置くものであっても。

無政府主義者の断罪には根拠がなく、きわめて専横的であることがしばしば示される。興味深いことに、実はルー自身も、過去にまったく身に覚えがないにもかかわらず、周囲から極悪人と見做されていたことがある。あるとき、彼は突然気づいたのである。彼が忌み嫌われるべき極悪人であるという認識が、まったく根拠は示されないにもかかわらず、彼を取り巻く多くの人々により共有されていることに。ルーは妻には離縁され、地域社会からも追放される。しかしながら、後にホワイトシティー探偵社で雇用されると、彼は自らが受けた扱いと同様の扱いを労働者や無政府主義者に対してすると言える。彼自身そして無政府主義者が受ける断罪の双方で、何が悪であるのか非常に曖昧で、断罪する側が悪人を理解しようとする様子は描かれない。バトラーがいみじくも洞察しているように、「我々は我々が知ることを拒否する世界を裁断し、我々の裁断がその世界を知ることを拒否するための一つの手段となる」。[21] 小説全体として、無政府主義者と労働者は体制に与する人々の理解の域外に置かれ、その生命の価値を理解されずに葬られる。資本家に雇われた無知の殺人者によって拷問死させられるウェブ・トラヴァースの場合のように。そして命を落とす無政府主義者、労働者について、抑圧者側は理解することを拒絶するのみならず、彼らの死後には彼らを忘却しようとする。スカーズデイル・ヴァイブは演説の続きで、無政府主義者との闘争の終わりを予見し、こう付け加える。「もはや誰が記憶しているというのだろうか。猿のようにキイキイ叫ぶ組合のクズどもを。凍りついた死体を。死体の名前はいずれにせよ偽物で、決して記録されることはなかったが。誰が気にかけるであろうか。かつて男たちが、八時間労働と週末に受け取る何枚かの硬貨がすべてであるかのように戦ったことを」（二〇〇二）。ヴァイブのヴィジョンでは、忘却は冷酷な官僚的態度で行われていると言える。公的な記録という官僚的な枠組みのなかで無政府主義者（名前を変えた移民であることも示唆されている）は存在しないと見做され、彼らは公的な歴史、すなわち勝者の作る歴史の上では、はじめから死せる者たちであり、その後に物理的に滅んでも彼らの死が何かをもたらすことはない。

哀悼不可能な生——第一次世界大戦を中心に

哀悼不可能な人々の「凍りついた死体」（二〇〇一）は放置される。拷問死させられたウェブ・トラヴァースの死体も、彼の息子が取り戻さなければ放置されたままであった。そのような人々の死体が大量に放置されるのが戦争であり、特に世界大戦などの全面戦争である。『逆光』では、アメリカ本土での大きな戦争は描かれることはなく（南北戦争への言及や9・11同時多発テロ事件を想起させる破壊のヴィジョンなどはあるが）、ピンチョンは物語が進行するにつれその舞台をヨーロッパに移し、第一次世界大戦前後の様子を描く。また「侵入者」（Trespassers）と呼ばれる第一次世界大戦後の未来からの亡命者が、時間的に先行する語りの現在にやって来て、大戦がもたらした破壊や荒廃した世界について警告を発する。語りの現在では大量殺戮の来るべき未来が迫っているが、侵入者が警告する未来の大戦の現実は、その時代の登場人物に充分に受け入れられることはない。飛行船の乗組員「偶然の仲間たち」は侵入者に対して疑いを持っているため、仲間たちの何人かはタイムマシンに乗り、おそらく世界大戦が勃発した世界を垣間見るが、それを切迫した現実的未来としては受け入れない。侵入者の提起する問題に関しては後に改めて扱うが、ここでは、多くの人間の生が哀悼不可能となる総力戦の世界大戦に対する危機感の欠如、そして認識の限界が示されていることを指摘したい。

第一次世界大戦およびその前後の世界の物語は、ヨーロッパ、特にバルカン半島を中心とした地域に設定され、そこでは複雑に入り組んだ相互侵略の歴史とそれに関わる大国の戦略が大戦の主な引き金になる。小説の中心人物の一人であるウェブ・トラヴァースの長男リーフ・トラヴァースは、彼の恋人でありロシア人数学者のヤシュミーン・ハーフコートと元イギリスのスパイであったシプリアン・レイトウッドとともにヨーロッパを移動し、最終的にはバルカン半島で大きな戦争につながる非常事態を防ごうと試みる。そのようなピンチョンの越境的想像力に注目し、サーシャ・ペルマンはこう考察している。「『逆光』の持つ国家主義以後（postnational）の想像力が、国家的思想や自己同一性そして政治が基づく礎へと疑問を投げかけ、これまで国家的なものと理解されてきた歴史に向けて、大きな反物語を提示する」。[22] ピンチョンは長編第一作『V.』（一九六三）、そして『重力の虹』（一九七三）、その後の『メイスン＆ディクソン』（一九九七）などの歴史物語でも、複数の大陸にまたがる歴史をアメリカ史と並行し語ってきたが、『逆光』でもそうした取り組みは継続され、無政府主義の越境的拡散が国家主義に対峙し、また列強によって主権を蹂躙される小国の人々の生と死の問題が語られる。

リーフたちとの直接的または間接的関わりのなかで、バルカン半島そしてその周辺地域の人々の多様な物語が交錯する。たとえば、クロアチアで大国支配からの解放を求め地下運動に関わる人々の物語である。クロアチアでは、ヴェニス、オスマン・トルコ、オーストリアとの複雑な関係の下、トルコとの対立そしてオーストリアへの従属状態に置かれた一六世紀に、ウスコクと呼ばれる闘士たちが地下に潜り抵抗を続け独立を勝ち取ろうとするが、『逆光』においてその伝統を継ぐ者たちの物語が、一九世紀末の抵抗運動の一員であるヴラド・クリッサンの活躍と併せて語られる。『逆光』が描くウスコクの歴史とクロアチアを中心とするバルカン半島の扱いについて、ロヴォルカ・グルミューザは肯定的評価を与えているが、その理由は、「彼［ピンチョン］はバルカン半島の人々に関するイデオロギー的見解と彼らの名を貶めるような固定観念を書き換えるような記述を作品内に差し挟み、彼らが西洋によって外部から支配され統制されていることを強調するのだが、同時にヨーロッパ東部の人々による帝国に対する見解と、彼ら自身による自己決定の概念を、例をもって示そうと試みている」ことにある。[23]

大国が地政学的、経済的優位の確立のために利用し引き裂くバルカン半島および周辺国家での人々の生のあり方をピンチョンは描く。クロアチアの問題に加え、一九〇八年に起こったオーストリアによるボスニア・ヘルツェゴヴィナ併合宣言後のサラエヴォも扱われる。同地で多言語を操る能力を大国の諜報機関に利用されてきたダニーロ・アシュキルがシプリアンに告げるように、周辺国家の歴史を操作する大国にとって、小国の被支配者の生命とは「売買単位」（八二八）に過ぎない。この発言の背景をなす歴史的出来事として挙げるべきは、オーストリアがオスマン・トルコとロシアの影響力を排除するため、前者とはノヴィパザールからの駐屯部隊撤退や物質的保証を含む密約、後者とはボスポラス・ダーダネルス海峡通行許可を含む密約を結び、ボスニア・ヘルツェゴヴィナを併合していることである。宗教的、人種的、文化的他者の混在する小国とそこに暮らす国民の生命は、「単位」という枠組みによって哀悼不可能なものと認識され、大国の歴史を動かす政治、経済上の取引に利用される。それに抗い、ダニーロは力強く主張する。「人々が生きる生（[l]ives as they are lived）、人々が死ぬ死

(deaths as they are died)。肉体、血、精液、骨、火、苦痛、糞、狂気、酩酊、ヴィジョンでなり立つすべて、ここで絶えず伝えられてきたあらゆるもの、それが本物の歴史なんだ」(八二八)。ダニーロは、経験の直接性に立脚する生と死の重みを明らかにし、失われても大国によって哀悼されない生を救い出そうとする。争いの過程で、彼らの死体が大量に放置されることを、大国側は当然の犠牲と見做すが、しかし人々が生きた生と人々が死ぬ死は、肉体と血の持つ生々しい物質性、精液の生殖力、火の温かさと破壊性、苦痛の恐ろしさ、排泄物の腐敗性、狂気の非合理性、酩酊の快楽に満ちた高揚、ヴィジョンの創造性などによって、情動的に他者を揺さぶり、その根本的な哀悼可能性を主張する。そしてそれらが、栄光や悲劇に満ちた大国の公式な歴史に記録されることのない、本物の歴史であると主張する。

ところがヨーロッパが突入する第一次世界大戦は、バルカン半島を超える規模となり、ヨーロッパ中で無数の哀悼不可能な生を作り上げてしまう。同大戦が総力戦であることから、敵国のみならず自国の多くの国民の生命も失われ、兵士と同時に非戦闘員である無実の民間人も巻き込まれる。そのような大量死を作品が描くのは、未来からの「侵入者」や時間旅行をした「偶然の仲間たち」の証言を通してである。侵入者の一人であるライダー・ソーンは、彼が体験した第一次世界大戦について偶然の仲間たちのマイルズ・ブランデルに警告を発する。「お前たちが唯一の世界と考えるこの世界は死滅し、地獄へと下降するのだ。そしてそれ以降のすべての歴史は、まさに地獄の歴史に属すのだ」(五五四)。ソーンはフランダースでの壊滅的な戦いに言及するが、それは大戦中に形成された西部戦線――初期段階ではベルギー南部からフランス北東部に至る地域を含み、後にイギリス海峡からスイスに至る地域まで広がる――に位置づけられる。そこでは進退窮まる長期塹壕戦により、イギリスとフランスが中心となる連合軍とドイツの間に大量の死傷者を出した。ソーンはブランデルに告げる。


「フランダースは、歴史の巨大な墓場となるのだ」

「えーそれは」

「そしてそれが最も邪悪（perverse）な部分というわけではない。人々は皆、死を抱擁するのだ。情熱的にさ」

「フランダースの人々がということか」

「世界がだ。未だかつて想像もしなかった規模でだ。大聖堂に飾られている宗教画なんてものではない。ボッシュやブリューゲルなんてものではない。これはつまり、お前が見る広大な平野は、ひっくり返されて切り裂かれ、その下に横たわるものはすべて地上に引き出される。人為的に洪水が引き起こされたようなものだが、海水が上って来るのではなく、それに相当するような人間の完全な慈悲の欠如が洪水となるのだ。村の壁で残っているものは一つとして存在しない。大量の汚物、数えきれない多くの死体、お前たちが当たり前だと思っていた呼吸が、体を蝕み死をもたらすものと化してしまうのだ」（五五四）

地理的に拡大し長期にわたる総力戦は、無数の生命を奪う。身体が個々の区別も無く腐敗するがままに放置されることが、彼らの生が現実に哀悼出来ないものと化していることを物語る。ナショナリズムおよび同盟という枠組みによって、イギリス人とフランス人にとってドイツ人の生が哀悼不可能なものと認識され、その逆もまたしかりである。しかし哀悼不可能性は一段と拡大している。上記の引用とは別の文脈で、未来の戦争から逃れて来た芸術家ハンター・ペンハローが、こう述べる。「あたかもあるレベルの『現実』を発見したようで、そこでは複数の国家が、銀行にある金のように混ざり合い区別不能になる。その明らかな例は、軍人と民間人を含む大量の死者たちで、それは皆がすぐにやって来るだろうと予測している大戦によってもたらされる。……しかし苦痛と破壊の領域では、対立が如何なる意味をなすのか」（九〇三）。総力戦では、人々が敵と味方の区別なく殺害される。ある国の兵士が自国によって前線に送られ死亡する状況に追い込まれる合法的な殺人も含んで。民間人をも含む総力戦では、一部の支配者層を除き、無数の人々が既に滅んだ哀悼不可能な者と捉えられる。イデオロギーなどの枠組みによって、自国民の生命を哀悼可能な保護の対象と定めようとも、「苦痛と破壊の領域」ではそれらの区別が失われる。

しかし「地獄の歴史」（五五四）は、第一次世界大戦の終結とともに終わらず、むしろ世界のほうが終わるのである。大戦後のパリで、ウェブ・トラヴァースの三男キット・トラヴァースの元妻であるダリー・ライドアウトは、社会主義新聞の発行に携わるポリカルペという人物と対話するが、後者の考えでは、「世界は一九一四年に終焉を迎えた。我々は自分が死んでいることを知らない愚かな死者のように、自分たちがあの恐ろしき八月「ドイツをはじめとした大国の宣戦布告が行われた」以来ずっと地獄にいることをほとんど意識していない」（一〇七七）。彼の発言に対し、辺りに広がる平和なパリの景色を指しながら、ダリーは反論を試みるが、ポリカルペはこう答える。「幻想だ。平和と豊かさがもう一度当たり前になった折に、またあなたが最大限の降伏状態にある最も物憂い瞬間に、真の事態をはっきり認識するだろう。あっという間に、慈悲などなく」（一〇七七）。二人の会話はこれ以上発展せず、話題はキットに移り、その後は彼の記述へと物語自体が移行するが、そこでキットは自分の科学的知識を使い軍事技術開発を加速させている。そのことを考慮すると、ポリカルペの思い描く未来こそ真の世界であり、平和が幻想だとの主張が真実味を帯びる。

作品の描写が「地獄の歴史」（五五四）に肉薄する例の一つは、「偶然の仲間たち」のダービー・サックリングとチック・カウンターフライがタイムマシンに乗り見た戦争のヴィジョンである。彼らがタイムマシンによって運ばれた世界では、「海が立てるような止むことない唸りが聞こえ始め——しかしそれは海ではなく——そしてすぐに野獣のような叫び声が平野に響く……しかしそれらの叫びは野獣ではない。そこかしこから排泄物と死んだ細胞組織の匂いが湧き上ってきた」（四〇四）とある。この一節は先ほどから論じている第一次世界大戦の塹壕戦を想起させるものだが、そのさらなる暗示について、インゲ・ダルスガードは、「叫び声を上げる野獣とけたたましい海の唸りはまた、究極の非歴史的な終焉を描いている」と解釈している。[24] 作品中での野獣と荒々しさを剥き出しにした自然の唸り声は、おそらく最新鋭のテクノロジーを備えた兵器が響かせる轟音であろうが、破壊力を有する兵器が天空に響く唸り声を上げ世界を支配し、背景には死滅した人間が無言で横たわり、文字通り腐敗する。そのような人間の歴史の終わりの始まりが、タイムマシンで体験する世界には重ね合わされていると考えられる。そこでは、哀悼可能な生と哀悼不可能な生の間の区別、そして敵と味方を区別するイデオロギー的枠組みが、消失している。またそこでは、人間の歴史ならびに記憶自体が残らず、人間が滅亡したとしても、滅亡という出来事自体は何物をも新たに付け加えない。その時点では、自然にとって人間は既に失われた者たちである。

黙示的ヴィジョンを受けて

『逆光』内の「地獄」が主に指し示すのは、そのような滅亡のヴィジョンである。作品内の暴力は第一次世界大戦を経て、一段と深刻な未来へとエスカレートすることが示唆されている。全面戦争後の人類の滅亡による完全なる哀悼不可能性へとたどり着く前に、暴力行為のただなかで、それを止めることが出来ない状態にある場合、またはそこへと向かう力に抗うことが出来ない状況で、哀悼可能性を押し広げるためには、ウェブ・トラヴァースが考えていた、罪なき者の保護が重要である。またそのことが小説内の無政府主義者による暴力と総力戦の大戦による暴力を区別する一つの要素となり得る。世界大戦における暴力は政府により正当化された暴力であるのに対し、無政府主義者の暴力は抑圧からの解放という大義の下で行使されても、まさにその抑圧者により非合法かつ非正当と見做されるのだが、ウェブのような者たちは、戦闘の前提と戦闘中の条件について正当な示唆を与えてくれる。

マイケル・ウォルツァーは、戦闘行為における他国民の生命保護の責任とその問題の緊急性を強調する。「最も緊急性を要し多くの問題を含む道徳的緊張とは、外部と下部に対する責任の間に起こる葛藤であり、敵国の民間人と自国の兵士に対する責任の間での葛藤である。このことが意味するのは、何にも増して、兵士がリスクを受け入れ、上官たちが兵士に対してリスクを要求するよう、我々が主張すべきだということだ。……必要なのは、通常の命令系統が導き出し押しつけないようなある種の感性である。疑いないことだが、このような感性を持つことは、兵役を一層厳しいものとするであろう。兵役は既に厳しい仕事であるのに」。[25] 敵集団内の市民の生命を守ることが含む多大な困難さ故に、法的、道義的責任の下で上官と部下がともにリスクを負うことの重要性がわかる。だが彼は別の文脈では、兵士は不当な殺害命令を下す上官に逆らい、命令系統の階層性から抜け出すことが必要であるとも示唆している。その際、ヴェトナム戦争のソンミ村ミライ集落での虐殺が挙げられている。[26]こうした問題について、第一次世界大戦中の西部戦線での塹壕戦との関わりにおいては、彼は次のように批判する。「あまりに少ない益のために、あまりに多くの兵士たちを相次ぐ戦闘に送り死に至らしめた将校たちは、文字通り気が狂っていたと感じざるを得ない」。[27]つまり、上官たちは自国の兵士たちを哀悼不可能な既に失われた者と見做している。そして戦闘行為における生命保護の重要度を示す階層性のなかに、敵集団の民間人を組み込んだ場合、彼らの位置づけは「最も低い場所」となるであろうと述べ、その組み込み自体が「征服と専制の行為」であると主張する。[28]ここでも不当な命令系統から抜け出すことが、自らの生命と敵の民間人双方を保護するために必要である。

上記の分析でウォルツァーは、敵国の非武装民間人を守るためにある種の感性が必要であると説くが、その主張は小説内の無差別破壊回避とも関連する。そしてそうした感性の一例として、哀悼の可能性と不可能性という情動の形態を理解することも可能である。ここで議論を『逆光』へ戻し、ウェブ・トラヴァースを今一度思い起こしてほしい。彼が自分にとっての戦闘行為である抑圧者へ向けた破壊を行うなかで、外部と下部の人間の保護の問題が自らの破壊行為を限定する。また先述したように、彼のかつての師であるガトリン牧師はブルジョアジー無差別殺戮を道徳的に正当化し、信者に強要しようとするが、ウェブは牧師の教えに疑念を抱き、彼の押しつける命令系統から抜け出し、無差別殺戮行為を回避している。それを回避することで、ウェブはガトリンの説では罪人と位置づけられてしまうにもかかわらず、彼独自の社会正義の観点から正当化可能な反逆行為に自らの活動を限定しようと試みるのである。

ウェブはまた、労働者の解放という社会正義そして彼らへの共感、連帯感、彼らの死への強い哀悼の念から、抑圧者へ向けた破壊行為を行うが、そこへ同志を巻き込んでしまう可能性も回避しようとする。外部の敵を対象とした攻撃に無関係の人物を巻き込まず、内部の同胞にも被害が及ばないよう試みるのである。もちろん彼が行う鉄道と鉄橋の爆破は、その行為の性質から言って、罪なきブルジョアジーを巻き込み、彼らからの報復による労働者の殺害を招く。だが外部の非武装者である無実の人々の保護に対する配慮は、ウェブのテロリストとしての根幹にあった。残念ながら彼自身は資本家の雇った殺し屋により暗殺され、彼を取り巻く無政府主義の革命的な動き自体が、中央集権化を図る政府が推し進めるナショナリズムを原動力とした世界大戦によって、否定されながら飲み込まれてしまう。その結果として、彼個人も彼がその大義を信じた大きな運動も理想を実現することなく力を失う。

彼が自らの暴力行為に正当性を見出すことは出来なかったが故に、彼の考えの正当性は、物語後半の世界大戦の大量無差別殺戮との関係において、捉え直す必要があり、そうすることにより彼の無差別殺戮の回避と罪なき民間人の保護もより大きな意味を持ってくる。政府によって正当化された破壊は、戦争の総力戦化および殺戮の大規模な無差別化によって、壊滅的な破壊へとつながることは小説内で明らかであり、黙示的かつ非歴史的な未来のヴィジョンへと最終的につながっている。自らの属す集団そして敵対する集団内で保護すべき人々を定め、保護を実践しなければ、哀悼される対象である他者も哀悼する主体である自己も存在しない世界を作り出す。故に、『逆光』の黙示的世界のヴィジョンを受け、滅亡する前の罪なき人々の生命を考え、その哀悼可能性を細心の配慮とともに捉え直す想像力が重要である。『逆光』は、本章序文でも述べた通り、舞台を複数の国家に移動し、そこでの抑圧、解放への願いや運動、そして最終的には世界大戦を扱う越境的な物語であるが、ウェブ・トラヴァースを中心とした抵抗の物語が伝えてくれるのは、争いのただなかで越境的な感性と想像力を持つべきことであり、自らが属す集団、共同体、国家が示す枠組みを越えて、彼方にある個人や集団が哀悼可能な者であり、自らの大義のための破壊行為のただなかでも保護すべき者だと認識することである。ウェブの無政府主義が、総力戦により大量破壊を推進する中央集権的国家のイデオロギーから離脱し、正当性を伝えるのはそのような瞬間である。そして独立した個人として無政府主義活動のあり方について思索し実践するウェブは、彼の独立性の故に、ほかの無政府主義者が訴える敵の無差別殺戮を強要するようなイデオロギーからも、自由になることの重要性を示してくれる。

*

もちろん、世界大戦に大国はなだれ込んで行ったのであり、それを回避することは出来なかった。本章ならびに先行する章でもこれまで論じてきたように、世界規模での破壊と殺戮の問題は、常にピンチョンの関心の中心を占めており、『V.』と『重力の虹』では帝国による暴力と二〇世紀の世界大戦、『メイスン&ディクスン』では植民地での暴力が描かれ、そして多くの作品に投影されていたのが、二〇世紀後半以降の冷戦期に蔓延する破壊の予感である。

けれども作者は後期作品群のなかで、国際的な領域よりもアメリカ国内の問題へと一段と目を向ける傾向を示す。それらの作品では、帝国の争いや世界大戦で描かれた抑圧と暴力、そして特に第二次世界大戦を通して発展したシステムが、アメリカ国内でその支配力を強化、拡大するのである。本書の最終章である次章では、後期作品群のアメリカの物語でピンチョンが最終的にたどり着いたアメリカの国家像と個人のあり方を、特に体制ならびにシステムとの関連において検討することとする。また世界規模の広がりを見せる物語群から、アメリカに戻った目的についても議論の対象としたい。その際、アメリカの物語と国際的な物語との位置づけの違いや関連性を追究するとともに、アメリカに腰を据えた物語の原形として『競売ナンバー49の叫び』を扱い、同作品で描かれた一九六四年のアメリカでの圧制からの解放への覚醒ならびにそれに根差した価値観が、後期作品群で如何なる変貌を遂げるのか、一九六〇年代から二〇〇〇年代にわたる時代を扱い論じ、またシステムとサイバースペースの結合、監視社会の発展、ヴェトナム戦争やテロリズムとの闘いの時代の偏執症的想像力などを検討してゆく。

最終的には、長編第一作『V.』においてベニー・プロフェインが彷徨った都市ニューヨークが二一世紀に設定された作品でどう描かれるのかも検討し、街路での彷徨が示す可能性の問題に回帰したい。

註

1 Bernard Duyfhuizen, "*Against the Day*," *The Cambridge Companion to Thomas Pynchon*, ed. Inger H. Dalsgaard, Luc Herman and Brian McHale (Cambridge: Cambridge UP, 2012) 79.

2 Paul J. Narkunas,"Europe's 'Eastern Question' and the United States' 'Western Question': Representing Ethnic Wars in *Against the Day*," *Pynchon's* Against the Day*: A Corrupted Pilgrim's Guide*, ed. Jeffrey Severs and Christopher Leise (Newark: U of Delaware P, 2011) 242.

3 Thomas Pynchon, *Against the Day* (New York: Penguin, 2006) 84. 以下、『逆光』(*ATD*) からの引用は同書による。

4 Judith Butler, *Frames of War: When Is Life Grievable?* (London: Verso, 2010) xviii.

5 Butler xix.

6 Michael Walzer, *Arguing about War* (New Haven, CT: Yale UP, 2004) 51.

7 ピンチョンが描くウェブ・トラヴァースを中心とする無政府主義者は、彼らの考えを思想体系として示さず、またドグマ的な傾向は示さない。その思想の歴史的背景について、複数の学者が研究を行っている。キャスリン・ヒュームは、カトリック的無政府主義の伝統にその歴史的関連性を見出している。Kathryn Hume, "The Religious and the Political Vision of *Against the Day*," Severs and Leise 167-89. またヒュームよりも広い文脈からグレアム・ベントンは無政府主義の歴史的影響を読み解き、フランスの無政府主義者エミール・アンリ、ロシアのミハイル・バクーニン、シカゴのヘイマーケット事件で有罪となったアルバート・パーソンズなどとのつながりにおいて、小説内の無政府主義者を論じている。Graham Benton, "Daydreams and Dynamite: Anarchist Strategies of Resistance and Paths for Transformation in *Against the Day*," Severs and Leise 191-213.

8 Emile Henry, "A Terrorist's Defence," *Gazette des Tribunaux* 27-8 Apr. 1894, tran. George Woodcock. *The Anarchist Reader*, ed. George Woodcock (Glasgow: Fontana, 1983) 193.

9 Butler xix.

10 Henry 194.

11 Henry 195.

12 Walzer 54.

13 Butler xxiv.

14 Michael P. Maguire,"September 11 and the Question of Innocence in Thomas Pynchon's *Against the Day* and *Bleeding Edge*," *Critique:*

Studies in Contemporary Fiction 58.2 (2017) 98.

15　Keith O'Neill, "Against the Master: Pynchon's Wellsian Art," *Against the Grain: Reading Pynchon's Counternarratives*, ed. Sascha Pöhlmann (Amsterdam: Rodopi, 2010) 59.

16　ヴァイブの暴力的な言説の役割について考える際に、デイヴィッド・カウアートの次の分析が有用である。「ピンチョンは、通常文章化されるような歴史、または歴史的フィクションの持つ慣習に追従するような姿勢を拒絶し覆す言語を求めるのだ。彼は自ら描く大資本家の口から、系譜学的に機能する言説を発せさせる。そうした言説は、目的論的仮定や例外主義の神話といった枠組みを持たない過去を身近なものとしてくれる限りにおいて、系譜学的である」（二九一）。カウアートが指摘しているのは、ピンチョンが描くヴァイブの言説が、歴史的フィクションの慣習的な枠組みから外れ、資本家の操るイデオロギーや権力の構造を露わにすることにより「系譜学」（genealogy）的歴史理解を可能とすることである。カウアートからの引用は以下による。David Cowart, "Pynchon, Genealogy, History: *Against the Day*," *Modern Philology* 109.3 (2012) 385-407.

17　Narkunas 245.

18　Butler xix.

19　Narkunas 245.

20　Butler 42.

21　Butler 156.

22　Sascha Pöhlmann, Introduction. Pöhlmann 22.

23　Lovorka Gruič Grmuša, "The Underworld and Its Forces: Croatia, the Uskoks and Their Fight for Autonomy in *Against the Day*," Pöhlmann 265.

24　Inger H. Dalsgaard, "Readers and Trespassers: Time Travel, Orthogonal Time, and Alternative Figurations of Time in *Against the Day*," Severs and Leise 128. 本論で引用した場面（四〇四）をマーク・ヤングは9・11同時多発テロ事件の破壊と連想する。彼は小説内で氷州石（Iceland spar）の偏光がもたらすイメージの二重化という効果に代表される、物事を「対」にして示す語りの特徴を考慮し、「小説内に多く見られるツイン・タワー攻撃への暗号化されたほのめかしの表現と、そうしたほのめかしが9・11以後のアメリカの文化的環境の下でこの本を読む際に意味することについて、新たな視点から考察するよう促している」（五〇六）と述べている。ヤングからの引用は以下による。Mark Young, "Phantasmagoric 9/11: Blowback and the Limits of Resistance in Thomas Pynchon's *Against the Day*," *Critique: Studies in Contemporary Fiction* 56.5 (2015) 503-18.

25 Walzer 32.
26 Walzer 27.
27 Walzer 25.
28 Walzer 29.

第6章　帰れない故郷——『ヴァインランド』『LAヴァイス』『ブリーディング・エッジ』

本書で既に論じた近現代史に焦点を当てた巨大な作品群で、ピンチョンが描き出す世界の範囲は、アメリカのみならず、ヨーロッパ、アフリカ、アジアへと広がるが、一九八〇年代以降の作家としてのキャリア半ば過ぎから発表した作品は、アメリカに焦点を絞るようになった。それらの作品とは、『ヴァインランド』（一九九〇）、『LAヴァイス』（二〇〇九）、『ブリーディング・エッジ』（二〇一三）である。以上の三作でも、単一国家を超える物語の拡大が一部において見られ、たとえば『ヴァインランド』では日本の犯罪組織や忍者、『LAヴァイス』では国際的な麻薬カルテル、『ブリーディング・エッジ』ではアメリカが冷戦期に覇権を拡大する開発途上国などが扱われるが、物語の中心はあくまでアメリカに設定されている。

アメリカへの焦点の移行と、それに伴って物語に付与された特徴については、既に複数の作家や研究者が論じている。『ヴァインランド』にてピンチョンは、二〇世紀後半のカリフォルニア州北部へと帰還するが、その土地について、ピンチョンが作品内で使う言葉を引用しながら、同時代の作家サルマン・ラシュディーはこう記している。「それは『善なるヴァインランド』だ。……カリフォルニアのこの狂乱の土地はアメリカそのものを表す。そしてまさにここヴァインランドに、偉大なるアメリカ作家の一人が、誰も足を踏み入れたことなき道を長きにわたり歩んだ後に、誇らしげに帰郷するのである」。第二次世界大戦中のヨーロッパを描いた前作『重力の虹』から、一七年を経て世に出された本作での、帰郷である。だがラシュディーは同じ一節で、ヴァインランドを「カリフォルニア北部の神話的土地」とも呼び、善の在処が神話性に求められ、登場人物が克服出来ない「道徳的曖昧さ」が存在すると指摘する。[1] そうしたアメリカに、帝国主義、世界大戦の暴力に満ちた広大な世界から帰還することが含む問題とは何であろうか。ジョン・ミラーは、カリフォルニアを舞台とした複数の小説を、目的を共有する作品群と捉え、長大な小説との関係においてこう分析している。「長大な小説は、概して歴史的危機や変化の時代に位置づけられており、そうした危機や変化によってもたらされた結果を我々は知っている。故に、長大な小説は、それらの力が、我々が今日住む世界を如何にして作り上げてきたのかを、探究する。より短めの小説においてピンチョンは、結果として作られた世界を綿密に調査するのである」。[2] ピンチョンは一九世紀末から二〇世紀前半にわたる時代の海外から、二〇世紀後半のアメリカへと帰還し、世界大戦後の現代アメリカの様子を浮き彫りにする。しかしながら、ピンチョンが描く登場人物は、自らの故郷へと帰ることが出来ない。なぜなら彼らが物理的にアメリカで暮らしていても、自国が本来あるべき姿から遠く隔たっているからだ。「彼らは大人が利用する道とともに子供たちの使う近道も、既に遮断してしまったかもしれない。家に帰るにはもう遅すぎるのかもしれない」。[3] これは、先行する作品『重力の虹』(一九七三)が描く冷戦期アメリカのロケット都市のヴィジョンである。アメリカ国内の徹底的に統制された空間で、人々の移動の自由は制限され、彼らの取る行動もシステム全体の管理者によって制御されている。主人公タイローン・スロスロップの故郷は権力組織によって占領され、空間移動は規制され、さらに占領された空間では家と呼ぶべき場も失っている。本章では、その後の作品において、登場人物のアメリカへの帰郷を阻む国家の変貌に焦点を当て、作品の分析を進めたい。変貌を引き起こすのは、主に世界大戦以降の国家形成であり、特に司法機関に代表される政府機関の権力増大と軍隊化という、市民に対する抑圧と暴力の社会内部での構造化である。またメディアやデータ化を通して構造化されたシステムによる人々の統制である。登場人物は自分たちを疎外する変貌した故郷において、如何にして帰郷を果たそうと試みるのであろうか。そして最終章の本章では、そのような問題を論じる際に、先行する章で扱ったピンチョンに特徴的な主題が『ヴァインランド』、『LAヴァイス』、『ブリーディング・エッジ』で見せる変化についても注意を払う。最終的にはピンチョン特有の「ゾーン」と呼ばれる空間の分析を通し、権力と階層性による人間の分断、そしてそれに対抗する個人の生のあり方を論じたい。また二一世紀の都市の街路における登場人物の彷徨の問題に回帰したい。

『ヴァインランド』――権利強奪、神話的土地、データ・システム

物語冒頭から、帰るべき場所を喪失する人々が描かれるが、その原因はまず所有権の強奪である。語りの現在である一九八四年のカリフォルニア州で、ヒッピー崩れのミュージシャンのゾイド・ホィーラーは、一人娘プレアリーと暮らす住処が、連邦検事（federal prosecutor）を務めるブロック・ヴォンドの力により差し押さえられたことを知る。ヴォンドは、司法省の武装した人員に加え軍の支援の下で組織した武装集団を動員し、ゾイドの自宅を急襲する。その目的は表向きには、麻薬撲滅を目指す薬物戦争とされるが、実際には後に論じるようにヴォンドの私的な策略も含まれている。ゾイドに対して、連邦組織麻薬取締局の取締官ヘクター・ズニガがこう告

げる。「間抜けめ、お前は家に帰るなんてことも忘れたほうがいいぞ。なぜならお前にはもう家などないからさ。組織犯罪取締法の下で、家の押収に必要な関連書類は既に準備中だ。その理由は、ゾイドよなんだと思うか？彼らはお前の家でマリファナを発見したからさ。二オンスほどのものだったろうに、もっとも我々はそいつを何トンかにしちまうがね」。[4] 警察と司法機関が結託し事実を捏造し、罪人である主体を作り上げ、そして過剰なまでの軍事力を背景に、財産権の保障および私生活の保護を剥奪するのである。『ヴァインランド』で描かれるアメリカ国家とは、一市民が権力の乱用により徹底的に尊厳を奪われ、なす術がない状態でなんとか生を存続させる場所であるのだ。言い換えれば、「自らを『アメリカ』と呼ぶ、国家の法執行機関」（三五四）の支配下でだ。警察そして軍隊化された司法機関が代表する国家システムのなかに、国民は暴力的な手段を通して取り込まれ、コンピュータ・ネットワークの下で管理される。

カリフォルニアは西部開拓運動の最終到達地の一つであるという意味で、最後の辺境であり、中央集権的連邦政府と国家機関の支配がそこまで進んでいることは、支配の拡大のみならず偏在化を意味する。本書の『競売ナンバー49の叫び』（一九六六）に関する章で触れたように、エディパ・マースが観察し調査した一九六四年のカリフォルニアでは、大規模な土地開発が進んでいた。そこには、小説『V.』（一九六三）の五〇年代アメリカにも現れたクレイトン・チクリツが創設したヨーヨーダインが産業の中核を形成するに至った町、サンナルシッソが出来上がっていた。軍事テクノロジー開発の強化と市民の労働者としての参加、そして通信ネットワークならびにメディアを利用した情報統制によって、そこは変貌を迫られていた。そうした力が推進する社会の単一的な統合に嘆きながら彼女はこう指摘していた。「どうしてここでそんなことが起こってしまったのか。かつて多様性を実現する可能性が大いにあったこの場所で」。エディパの見つめるアメリカでは、多様性実現の鍵であるトリステロが国家を相手に通信ネットワークの支配を巡る争いを続けている。トリステロは国家の主流派から排除され抑圧されてきた「相続権を失いし者」（一一〇）であり、ゾイド・ホィーラーのように、帰るべき場所を失った人々が構成する集団である。トリステロは、自らも武装し、その勢力を疎外された小数派の間で拡大しながら増大し、もう一つのアメリカ、すなわち多くの相続権を失いし者、選びに与れぬ者が帰郷出来る場の可能性を開く。エディパ自身は、過剰なまでに異質であり同時にその存在自体が確認出来ないトリステロに帰属することは出来ず、「ただアメリカが存在するのみであれば、彼女が生き続けそれに対してとにかく重要性を持つためには、異質な者（alien）としてあり」（一二六）、自らに強いた疎外状態のなかに、帰るべき場を見出すことを示唆していた。ピンチョンが彼のキャリア後半の作品で描くのは、そのような可能性が益々奪われてゆく国家像である。ゾイドが物語の結末近くで娘とともに避難する場所は、ヴァインランドの緑豊かな辺境であり、そこは彼の別れた妻フレネジの母方の一族が休暇を利用し集う場所である。その一族とは、二〇世紀の世紀転換期から労働者の大義のために尽くしてきた、トラヴァース家（ウェブ・トラヴァースの子孫）とベッカー家で構成されるが、そこへゾイドとプレアリーをはじめとし、抑圧から逃れた人々が流れ着き、相続権を失いし者、選びに与れぬ者の束の間の避難所を形成する。

　エディパの思い描くトリステロ的な価値観に支えられたもう一つのアメリカとヴァインランドには、大きな相違点がある。トリステロが力を増す国家は、社会的背景と結びつけるなら、力を増す公民権運動、ヴェトナム反戦運動、フェミニズム運動といった解放に向けたうねりと連動しており、来るべき未来に位置づけられる。それに比べ、『ヴァインランド』は未来がより閉ざされた国家を描いている。主人公の一人であるフレネジ・ゲイツがブロック・ヴォンドに操られ犯した裏切りにより、六〇年代の一つの反体制運動が壊滅しており、ここではエディパが予感した未来は既に終わっているのである。運動の指導者ウィード・アトマンは殺害され、八〇年代のヴァインランドでサナトイドと呼ばれる生ける死者として、恨みと怒りに心を支配され、「記憶の独房、許しの拒絶という独房」（三六五）に捕らわれスペクトラルな亡霊的存在を継続させる。アトマンの姿を通して、作品の描く現在に「正義」を求める過去の暴力の記憶が憑いているのだが、その暴力の記憶は現在の時間に力強く批判的に介入出来ない。アトマン自身の意識が外部へ開かれていないこともその原因の一つであるが、それよりも彼の声に耳を傾ける者がおらず、彼を死へと追い込んだフレネジ・ゲイツが自己批判的な意識を持たないことが大きな原因である。サナトイドには、ヴェトナム戦争の戦没者である多くのアメリカ兵も存在し、彼らもゾイドとプレアリー親子と同様にヴァインランドの奥地へと束の間の安住の地を求め移動する。異質で革新的な他者性を求めた彷徨ではなく、権力から身を守るための移動である。

そこは、既に引用したラシュディーの言葉では、「カリフォルニア北部の神話的土地」であり、その神話的過去は現在に理想を取り戻すための潜在力は有している。ピンチョンの創造したヴァインランドは、物語内で一八五一年に作成された地図では「避難所としての港」（三一六）と呼ばれ、船乗りを荒波から守ってくれた場所だと説明される。一九八〇年代のヴァインランドも、政府からの保護を必要とするゾイドに対して、元義理の母であるサッシャ・ゲイツがそこへ誘う際に伝えるのだが、「内地の半分は未だ測量さえされておらず、豊かなアメリカ杉が残されていてそのなかに迷い込める」（三〇五）。そして「森林伐採用の道、火災時の消火作業用の道、インディアンが踏みならした道が作り上げる網目のようなつながりを、あなたは学習しなくてはね。充分そこに隠れることが出来るわ」(二〇五)。測量前の大地は、街路の持つ幾何学的パターンを持たず、抽象的システムの管理下にもなく、自然の形成する網の目のような道につながれた生物、人々、そして束の間の共同体がある。

そこには、過去の革新的な政治思想や活動といった要素も見出せる。ゾイドもサナトイドも、ヴァインランド奥地に逃れてくる人々は、彼らが暮らしていた場所では、社会正義を実現出来ない。国家機関が自らをアメリカと見做し、「司法機関と警察が自らを正義と見做す。そこで産出される国家像と正義の概念に従えば、独立独歩の元ヒッピーや、冷戦期のイデオロギーに対立する反戦論者は、抑圧すべきであり、権利を奪い取るべき対象と化す。彼らがヴァインランドに集まるのは、国家が単一的様相を帯び、異質なものを排除し抑圧するために正義を振りかざし、警察力と軍事力を強め、その支配力の拡大を止めないからである。ヴァインランドに集まる中心的人物が理想像として思い描くのは、二〇世紀前半の労働運動における正義、抑圧への勇気ある抵抗、不屈の精神である。サッシャ・ゲイツの祖先であるトラヴァース家とベッカー家の社会正義のための文字通り生命を賭けた闘争が核をなす家族の物語が語り継がれる。

だが問題は、サッシャの娘フレネジ、彼女の別れた夫であるゾイド、二人の娘プレアリーを中心とする新たな世代の人々に、その物語で示された理想を継ぐ者がいないことであり、また彼らの救済の可能性を示唆するヴァイランドの神話的自然は、メディア化およびデータ化により強化される統治機構システムの対立項とならないことである。まず、既に述べたように、フレネジはヴォンドにより利用され、解放運動を壊滅させており、その後も政府による身辺の保護と金銭的支援の下、「自由としての特殊な従属」(七一)状態に置かれ、骨抜きにされてきた。フレネジの頽落に関しては、彼女のみならず母サッシャと娘プレアリーも制服を着た男性へのフェティシズム的執着とともに権威への依存傾向を呈し、遺伝子的要素が原因の一つであると決定論的な示唆がある。さらにその問題については、ショーン・スミスが、「語り手が明確にするように、権威へこうして魅惑されることは完全にイメージによって引き起こされている」と指摘し、メディア文化に侵された個人の欲望の危険性を想起させる。[6] 特にフレネジのフェティシズムについて、「そうしたイメージが政治的な危険性に対する彼女の認識を弱めてしまう」とも批判する。[7] 権威への屈服、権威のもたらす暴力の忘却は、フレネジから主体性と批判的意識を奪う。彼女を含め登場人物は、ジョン・ジョンストンが「『ヴァインランド』のメディアが完全に浸透した風景」と呼ぶメディア・テクノロジーとイデオロギー操作が経験を媒介する環境に置かれていると言える。[8]

フレネジは六〇年代に、数学教授アトマンが率いる学生の独立国家「ロックン・ロール人民共和国」発展の様子を、映像作家として作品に収めようとし壊滅的な結果をもたらす。それは芸術的、政治的理想に突き動かされた取り組みではある。しかしその過程で、指導者アトマンのみならずその運動を抑圧しようとするブロック・ヴォンドとも恋愛関係を結び、反乱軍と権威側の階層内で頂点近くに立つことにより政治的影響力を獲得する。しかし、ヴォンドは彼女を利用し反政府運動に強く影響を及ぼす。彼女との関係を築き上げると、「彼は編集時に不必要となったフィルムを見るのみではなく、まず何を撮影すべきか示唆し、そのような関係に彼女がより深入りするようになると、ブロックがさらに深く彼女の生活に入り込んできた」(二〇九)と語られているように、ヴォンドは脚本作成の段階から介入し、彼の物語に政治活動自体を従わせ、それを掌握しようとする。最終的には、彼女は映像制作者としてのみならず政治活動において主体性をブロックに奪われてしまう。彼女はドキュメンタリー映像メディアがイデオロギーの道具に容易に陥ることを意識していなかった。

フレネジが後に夫とするゾイドはと言えば、夫婦を引き離した状態のままにしようと画策するヴォンドから恐喝を受け、屈服する。不当な手段で彼を投獄し娘プレアリーへ危害を加える可能性を示唆され、さらにゾイドが抱くアフリカ系アメリカ人への恐れを増幅させるような、刑務所での強姦をも示唆され、彼は娘とともに姿を消す。その後、毎年商店などのガラスを突き破るパフォーマンスを行うが、それが報道されることにより精神に問題を抱えた人物と公的に位置づけられる。実は彼はそのパフォーマンスを通し政府への従順さを示す限りにおいて金銭的援助を受け、管理された市民として生き延びることを許されている。従順で管理された主体としての生である。また狂気のスペクタクルとして恥を晒し、メディアで定期的な公開処刑をされているとも言える。メディアとイメージを消費する人々の意識という認証システムでは、彼は精神的に問題を抱えた道化であり、自分自身が帰るべき自己を喪失している。

増強される管理国家のなかでの生にはまた、データ・システムが介入してくる。フレネジは後にすべての理想を失い、絶望的な生について以下のように述懐する。「私たちは神のコンピュータ上の数字なのだ。……そして、私たちが生きようが死のうが、私たちが何の役に立つのかという事のみが、神の唯一の関心事であるのだ。厳しき労働と血の支配する世界で、私たちが泣き、手に入れようと争う物事は、すべて私たちが神と呼ぶハッカーの監視下に置かれているのだ」（九一）。彼女がこう考えるのは、レーガン政権下の予算再編成で政府の財政的補助、政治的保護の対象から外され、データ・システムでの位置づけを変えられたときである。彼女は、解放運動を壊滅させた内通者、政府への協力者としての生のなかで自己を矮小化し、今では神的な様相を帯びる巨大な権力システムに生かされも殺されもする状況下で、抵抗する意志も力もない。フレネジの二人目の夫であり、ともに政府の保護下で暮らす同じ穴の貉である密告屋のフラッシュは、こうも述べている。「皆が密告屋さ。俺たちは、情報革命の真っただなかにいるのさ。お前がクレジット・カードを使えばいつでも、権力者にお前が望んだ以上の事を告げているんだ。それが重大事であろうがなかろうが、問題じゃない。彼はすべてを利用出来るんだ」(七四)。消費を通した個人情報の記録の蓄積、個人の思考と行動パターンの把握、神に譬えられる大きな権力による巨大なデータの組織化、そしてそのなかでの人間の数値化が、個人を押し潰そうとする。フラッシュも巨大なデータ・システムの力の前で絶望し、無力なままである。こうした人間のあり方について、コラド＝ロドリゲスが『競売ナンバー49の叫び』と『ブリーディング・エッジ』に関わる文脈で論じているのだが、「『競売ナンバー49の叫び』で予見されていた通り、二一世紀はじめまでには社会的エネルギーは純粋な情報として明白に現れてくる。今日の人間は情報のなかにそして情報として捕らわれている」。[9] 彼は、情報ネットワーク内で受ける「構造的な心的外傷と商品化が人間を犠牲者とするという罠を乗り越えること」、そして脱出のさらなる糸口として、「人間という他者の倫理的認識、そして続けて、悪の持つ顔にしっかりと対峙すること」を例として挙げるのだが、[10] それは『ヴァインランド』内の八〇年代の登場人物によっては実現されない。フレネジはデータ・システム内での自分の数値化と残酷な切り捨てにより受けた心的外傷に圧倒され、フラッシュも消費者として管理されることに無抵抗である。フラッシュはシステムの仕組み自体に密告が構造化されていると示唆さえするが、しかしそれにより、自らの密告屋としての行いを正当化し、またシステム管理者である権力者の力を必要以上に誇張することで、結果的に権力を増強する手助けをしている。

政府機関による支配と暴力、そして政府協力者の裏切りによって被害を受けた人々のなかで、固有な存在意義を有するのがサナトイドである。ライリー・マクドナルドが指摘しているように、「サナトイドは、権威が市民にもたらす破滅を表す亡霊的な者である。そうであれば、支配者側の僕が、反乱分子を公然と殺すのではなく、『政治的理由から姿を消す』(disappear)ように仕向けたとしてもほとんど不思議はない」。[11] 死者であるサナトイドは、自らになされた不正への是正を求め、恨みを抱き無力なままこの世に残り続ける者たちであり、彼らは国家の主流から排除され消された人々を代表する。彼らは、正義と存在意義を奪われた厳しき生なき生をも、比喩的に表す。権威は、市民そして特に反乱分子のサナトイド化を試みる。彼らから主体性を奪い、無力なまま、生とも死ともつかない状態で、世に留まらせるのである。

そうした管理と支配を逃れようと、人々はヴァインランドの奥地にやって来るが、その土地は一時的な避難所でしかない。そこでは既にブロック・ヴォンドが支配力を振るい始めている。そして彼自身も国家機関の手先でしかなく、軍隊化した司法機関の到来によってヴァインランドは、ゾイドが物語後半で訪れる北カリフォルニア、サクラメント近郊の三角州地帯に位置する避難所と似た運命をたどるであろう。多くの島々で形成されるその地域には、独自の価値観と信条を基に築かれた有機的共同体であるコミューンが繁栄している。だが実際には、「この政府からの避難所は地域全体に広がる軍施設のネットワークの中心に偶然位置している。施設が含むのは、核兵器貯蔵庫、核燃料廃棄所、非現役艦隊、潜水艦基地、兵器工場、そして軍のすべての部門のための飛行場であり」(三〇六)、と現実が露わにされる。この自然豊かな地域も、エディパ・マースのサンナルシッソのように、軍産複合体が核となり構成するシステムの網の目のなかに取り込まれている。そしてこれは『重力の虹』が描いた、第二次世界大戦中に強化された巨大なシステムの一部にしか過ぎない。その支配の網の目は、テクノロジーの進化により、より緊密に編まれ逃れ難いものと化すことは想像出来る。ゾイドたちはそこで無力な生を送ることを強要され、利用され、不必要であれば排除されるのだ。「善なるヴァインランド」(三二二)を体現する自然と、無政府主義および社会主義の理想は、彼らを充分に保護することは出来ない。のみならず神話的なヴィジョン自体が歴史的に問題を孕んでいたのであり、ショーン・スミスが述べるように、「ヴァインランドへの言及はまた、その伝説がヴァインランドを理想郷と表象した伝説を指し示し、後に清教徒や明白な天命を提唱する者たち両者が共鳴したものなのだ」。[12] 理想郷は西漸運動により支配下に置かれ、有機的な大地は合理的なシステムに取り込まれてきたのだ。しかしながら、一見暗黒郷と思われるサクラメントの三角州地帯について再度考えると、コミューンを営む人々は、救済が神話的な土地にあるのではなく、むしろ彼らの内にあるのではないかと考えさせられる。彼らは物語内では重要な役割を果たさないが、圧倒的な軍事システムのただなかに置かれても、なおかつシステムの内側でそれに抗う独自の価値観を基に共同体を維持する者でもあるのだ。

物語の登場人物にとって重要な点は、神話的な土地に保護されることではなく、新たな価値観を生み出すこと、そしてそれに基づいた行動原理により、生きることであるが、その困難さが浮き彫りにされる。新たな未来へと作品が歩みだせない原因の一つは、抵抗運動を壊滅させたフレネジ、そしてヴォンドに屈してしまったゾイド、怒りと恨みから逃れることが出来ないサナトイドのアトマンなどの問題が、倫理的には解決されず、ヴァインランドという土地に一時的に守られている状態で物語が終結しているためである。フレネジと、ゾイド、プレアリー、サッシャ、そしてフレネジのかつての友ダリル・ルイーズ・チャステインとの間には、過去の自分たちを批判的に捉え直すような対話は見られない。アラン・ワイルドが洞察しているように、「思案はするが結果的には回避してしまう実存的責任の拒絶」が『ヴァインランド』に見出せる。[13] また本来であれば対峙すべき相手であるブロック・ヴォンドは、ヴァインランドという土地が持つ力の介入もあってか、都合よく死亡する。しかしピンチョンはヴァインランドに集う人々を批判的に描きながらも、離れ離れになった家族や友人を再会させ、そして何よりも彼らを、社会正義を追求したトラヴァース家とベッカー家ゆかりの地であるヴァインランドとつなげることで、多くの困難を抱えてはいるが再生へ踏む出す可能性を示唆していると思われる。

『LAヴァイス』における追い立てられた人々、失われた土地、空想された国家像

一九七〇年のカリフォルニアに設定された同作品では、再び土地の問題が取り上げられる。物語を推進する事件は、地元の不動産王マイケル・ウルフマンの失踪と彼のボディーガード、グレン・シャーロックの殺害であるが、それはロサンゼルス近郊の土地開発、異人種間の共存、そして帰るべき故郷の問題と関連する。また政府機関と市民との関係における正義の問題が、社会に構造化された不正とともに明らかになる。

土地と不動産の問題が導入されるのは、物語冒頭でアフリカ系アメリカ人の政治活動家タリーク・カリールがグレンの行方を捜すため、探偵のラリー・スポーテロに相談を持ちかけたときである。タリークが刑を終え、自らの縄張りに戻ると、その地域が丸ごと消え去り、チャネル・ヴュー・エステイツと名づけられた新たな住宅地開発用地に変貌している。そしてその地の物語はロサンゼルス地域の土地の歴史、少数派民族と主流派との関係

の歴史を象徴的に表す。タリークは言う。「戦前［第二次世界大戦前］には、サウスセントラル地区の大部分はまだ日本人居住区だった。彼らは収容所に送られ、俺たちが次のジャップと化したのさ」。[14] 敵国とつながる国民の財産を没収し収容所へ収監した後の同地に、抑圧の対象である別の少数派国民を居住させている。スポーテロは、物語冒頭近くで小数派のアフリカ系アメリカ人が抱える深刻な問題に踏み込むが、これはエディパの物語では起こり得なかった。スコット・マクラウドが見抜いているように、「エディパがはじめてサンナルシッソに赴いた際に、彼女の心を掻き乱す都市を支配するスモッグと不吉な筋書は、ドク［スポーテロ］が日々耐え抜いている事である」。[15] ヒッピー崩れの選びに与れぬ者である探偵スポーテロは、階級や人種の壁を越え、多様な生の困難に直面するのだ。物語はさらにロサンゼルスの土地と少数派住民の歴史に言及する。「メキシコ系住民はドジャー・スタジアム建設目的でチャヴェス渓谷から追い出され、アメリカン・インディアンはバンカー・ヒルからミュージック・センター建造のため一掃され、タリークの住んでいた地域は、チャネル・ヴュー・エステイツのためブルドーザーで除けられたのだ」（一七）。タリーク自身は、アフリカ系アメリカ人の強制移動を、一九六五年のワッツ地区における黒人蜂起に対する「白人の報復」（一七）と考えている。土地と住居という人間の生の根本的な要素に、政府が介入し、ときには基本的人権が保障する財産を奪い、そして共同体としての人々の結びつきを解体してしまう。

小説内のロサンゼルスの想像上の風景を構成するのは、かつての少数派住民の居住区、彼らの見た風景と生きた共同体、彼らの経験した歴史的出来事の記憶の痕跡、そしてそれらを一掃した新たな地域による複数の層である。また小説『V.』に関する章においてシャロン・ズーキンの説を援用し分析した「権力の風景」は、都市に聳え立つ大資本に支えられた巨大なビル群の空間的支配力を主に表現していたが、[16]『ＬＡヴァイス』のロサンゼルスは、少数派の居住地剥奪と強制移動という力の行使により建設された町が、権力の風景を構成する。また、『ヴァインランド』にてゾイド・ホィーラーの家族に起きた住居の差し押さえが、体制が好まぬ人物に押しつけた問題だとすれば、『ＬＡヴァイス』はそのような問題は既に人種、民族レベルで弱き者を対象に大規模に行われていたことを露わにする。

実は、ミッキー・ウルフマンの失踪は、土地と住居の問題と結びついており、彼は失敗へと終わる理想郷の構築に性急に着手していた。具体的にはネバダ州の砂漠に住宅地を造設し、「彼の考えでは、誰でもそこへ行き無料で暮らすことが出来るというものだった。誰であっても構わない。そこへ出向き、空きがあったなら、それはあなたのもので、一晩でも、永久にでも、利用出来る、等々というわけだった」（二四八）。物語では実現されない壮大な計画である。ある人物の皮肉を含んだ見解では、「突然、彼［ウルフマン］は人生を変え、何百万ドルもの金を堕落者の雑多な集団にやってしまおうと決意したんだ。黒人、長髪、放浪者へだ」（二四四）。結局は、ウルフマンの財産の異なる使い道を意図する人々によって、「共産主義的」な考えに毒されたウルフマンは施設へ収容される。その施設は麻薬中毒者や精神的な問題を抱えた人々の回復を目的とするが、彼はそこで洗脳された結果、財産の使い道について考え直し、着手していた建設現場も取り壊される。

物語で描かれるカリフォルニアを実際に支配するのは、ウルフマンが提示した博愛主義的で、人種、階級横断的なヴィジョンと大きく隔たった世界であり、そこには土地問題の闇が広がる。その中心に位置するのが、プロの殺し屋で、闇社会の依頼ばかりでなく、ロサンゼルス警察を含む合法的組織からも依頼を受け、「反社会的」

分子を抹殺しながらも無罪放免となるエイドリアン・プラッシアや、彼のような人物を操る地元の名士であり闇社会のフィクサーでもあるクロッカー・フェンウェイである。地元の大土地所有者一族の末裔であり産業界を牛耳るフェンウェイは、揺るぎない確信とともにこう言ってのける。「我々は、我々のいるべき場所にいるのだ。我々はこれまで永遠にそこにいたのだ。見回してみろ。不動産、水の権利、石油、安価な労働力、それはすべて我々のものだ。それは常に我々のものだったのだ」(三四七)。続いて、そのような支配者層から弾き出された人々の一員であるスポーテロに言う。

そしてお前、つまるところ、お前は一体何者だというのか。この一時的な滞在者の群れの一単位に過ぎない。お前らはこの太陽の降り注ぐ南カリフォルニアの土地に休みなくやって来ては消えてゆき、喜んで買収されるんだ。特定の性能、モデル、年代の車や、ビキニを着た金髪の女性と引き換えにだ……我々にとって、お前たちのような人物が不足することは決してないのだ。無尽蔵だからな。(三四七)

スポーテロは、群衆が特権を求めて野獣と化し、権力者を脅かす可能性を示唆すると、フェンウェイは肩をすくめてこう述べる。「そうなれば、我々はそいつらを外に留めておくよう必要なことをするだけさ」(三四七)。カリフォルニアという帰るべき故郷で、一般の住民は一時的にその地に留まる者と見做される。彼らはゾイドのようにいつでも、住居を奪われ、権利を奪われた状態に置かれる存在、またはその予備軍である。彼らが現状に満足し買収されている間は、猶予期間である。一九七〇年のアメリカ消費社会では、人々は安価な労働力や政府への協力者として利用されながらも、商品や性的商品とされた人間を所有することで満足し、買収され、統制される。また消費による満足はより従順な主体を作り上げる。

スポーテロはウルフマン失踪の調査を請け負ったことで、ロサンゼルスと周辺地域の土地の歴史について知識を得るのだが、彼は想像上のカリフォルニアに思いを馳せることになる。彼の想像するカリフォルニアは失われた伝説的大陸「レムリア」と連想され、前者のあるべき姿が呼び起こされる。レムリアとは、特殊な動物の分布などを根拠としてインド洋にかつて存在したと考える説や、別の根拠から太平洋の大陸とする説もあるが、スポーテロは数千年前にレムリアが沈没した際に、住人が逃れてきた地としてカリフォルニアを想像する。「安全だと信じられる地域を求め、彼らはカリフォルニアの沿岸に定住したのだ」(一〇八)。カリフォルニア自体が理念的には避難民、相続権を失いし者、選びに与れぬ者を受け入れる土地なのである。アメリカの歴史でも、カリフォルニアは、ほかの地域で失敗し、多くを喪失した人々を受け入れ、再出発を可能としてくれる土地であった。レムリアの住民は安住の地を求めカリフォルニアに逃れて来たが、スポーテロによると、「そのことはカリフォルニアを箱舟のようなものとする」(三五二)。旧約聖書「創世記」で描かれる、大洪水からノアの家族と多種の生物のつがいを救ったノアの箱舟のように、救済の地としてのカリフォルニアの使命が今一度想起される。だが問題は、トマス・ショーブが『ヴァインランド』と併せて洞察しているように、「『ヴァインランド』と『LAヴァイス』の両者とも豊かな空想を含むのだが、それは単なる空想であり、エディパと『競売ナンバー49の叫び』の読者にとって空想が持っていた国家転覆的な含みを欠落している」。[17] たとえば、空想されたレムリアの人々は、強大な権力や資本主義の論理によってカリフォルニアにおいて帰るべき場所を喪失した日系、アフリカ系、ヒスパニック系アメリカ人たちの姿とはつながりを持たない。スポーテロのレムリアに関する空想は、彼の裡で社会変革の意識とは強く結びつかない。

スポーテロの空想が力を喪失している主な原因は、彼の麻薬中毒と靄が掛かった意識である。彼に社会的意識がまったく欠落しているわけではなく、六〇年代の対抗文化の時代から実現されずに持ち越された、ロブ・ウイルスンの言う「まだ終わってはいない社会変革と大衆文化がもたらす救済を一時的に約束してくれるカリフォルニア」のあり方を意識している。[18]だが、変革の失敗が一つの原因となる心的外傷から自分を守るための麻薬使用は、彼の意識をより鈍らせ、大衆文化への消費文化の影響は、彼を従順な主体とする。また何よりも、ショーン・スミスが『ヴァインランド』について洞察しているが、七〇年代のニクソン政権以降の抑圧のなかでは、「『恍惚感』、『ロックン・ロール』、そして『ＬＳＤ』という偽りの革命手段」が無力であり、「そうした非効果的で幻想的な社会変革の道具がもたらした失敗が、フレネジに『歴史と死者たちを軽視させ』たのであり、そうした行為をなすことはポストモダン文化ではすべての市民に許可されている」と皮肉を込めて批判する。[19]スポーテロも「偽りの革命手段」に依存していると言える。

しかし麻薬による意識の鈍化に関しては、スポーテロのみを責めるわけにはいかない。麻薬による人民の統制と麻薬密売という経済活動は社会に構造化されているからだ。この問題を『ＬＡヴァイス』での船の主題とつなげると、実は物語で社会的に大きな影響力を持つ船とは箱舟ではなく、麻薬密売と関わってきた黄金の牙を意味する「ゴールデン・ファング」なのだ。語りの現在ではゴールデン・ファングは、国際的な規模の麻薬売買で使われ、そこで得られた資金がカリフォルニアの闇社会のみならずそれと結託する合法的組織、権力者を潤している。そしてそうした組織は、スポーテロのような中毒者を作り上げ、解毒のための施設も運営し、人民の非政治化のみならずトータルなビジネスを展開する。そしてさらに深刻なことに、ゴールデン・ファングの歴史を紐解くと、政治的抑圧、暴力、国際的犯罪とアメリカとの関わりが明らかになる。船はしばしばアメリカによる他国への政治的介入に使用されたことがわかる。かつては港での爆破事故にもかかわらず破壊を免れたため「プリザーヴド」（保存された、守られたなどの意味を持つ）と名づけられていたその船について、スポーテロは民間の諜報組織がまとめた文書から情報を得る。

縦帆式帆船プリザーヴドの歴史は短いのだが、公海で能力を発揮するその船に対して、国家転覆的活動の鎮圧を目論む人々が強い興味を示した。たとえば、船がカリブ海に再度現れた際には、その当時キューバの山々で活発に動いていたフィデル・カストロを睨んだスパイ任務に使われた。後に、ゴールデン・ファングの名の下で、船はグアテマラ、西アフリカ、インドネシア、そのほかの場所での反共産主義の企てに役立った。そうした国々の名前は「文書内で」黒く塗りつぶされているが。船はときには、誘拐された地域の「厄介者」を積み荷扱いで引き受けたが、彼らは二度と生きて目撃されることはなかった。「深き（deep）尋問」という言い回しが何度も使われた。船はＣＩＡのヘロインを黄金の三角地帯から運んだこともある。（九五）

ゴールデン・ファングは冷戦期アメリカの地政学的計略に基づき、中央情報局などが軍事的手段を使い他国の内政に干渉し、自らに敵対する人々を彼らの故郷から連れ去り、彼らの生命を奪うことに使われた。また違法な手段での資金獲得にも使われた。

ノアの箱舟と大きく異なり、ゴールデン・ファングはアメリカという国家のもう一つの姿を象徴する。厄介者の拉致、厳しい尋問、殺害は、海外のみで起こることではないことは、ゾイド・ホィーラーやウィード・アトマンたちのエピソードからも見て取れる。国内での理想の喪失により、スポーテロの意識は、理想化された箱舟としてのカリフォルニアならびにアメリカと、ゴールデン・ファングの表象するアメリカの不一致が引き起こす、国家像の分裂に苛まれる。そうした問題に対して、エディパ・マースであれば革新的なトリステロの存在するアメリカ像に魅了され、抑圧的な国家像を批判的に捉え、多様性と解放に向けたヴィジョンを抱くことが出来た。だがスポーテロは、エディパの想像力を支えていた解放と社会改革に向けた歴史的力を彼自身の時代に見出すことは出来ず、彼自身の裡にも解放と改革への意志を見出せない。

次作の『ブリーディング・エッジ』も、そうした歴史的原動力が失われた時代に設定されている。しかしそこでは、主人公は市民としての社会正義を拠り所として、個人と国家のあるべき姿を探究する。

『ブリーディング・エッジ』――社会正義、ディープアーチャー、ニューヨークの街路への帰還

『ブリーディング・エッジ』では、主人公である詐欺調査官のマキシーン・ターノウが、自らの行為が利益相反と判断され資格剥奪後に所属企業を追放されるという憂き目に遭うのだが、しかしそれは逆に、彼女自身をシステムの外に位置づけることを可能とする。彼女が友人の依頼を受け、調査をするのはコンピュータ・セキュリ

ティーを専門とするＩＴ企業ハッシュスリンガーズ、特に最高経営責任者ゲイブリエル・アイスの資金の流れについてである。

組織からの追放を契機として、マキシーンはエディパ・マースのように社会の主流から外れた存在の視点から国家や権力機関を批判的に捉え、独自の方法と他者との協力関係で調査を実施する。『V.』のベニー・プロフェインやハーバート・ステンシルのようにニューヨークの街路を彷徨い、特に近代史の本質に肉薄しようとしたステンシルのように、マキシーンは現代アメリカを作り上げる経済、軍事、地政学的要素を見極めようとする。ピンチョンの登場人物は、階層性の強固なシステムから離脱し、開かれた道そして土地を自由に移動しようと試みるのだ。彼女が外部に生きる者として見定めてゆくのは、冷戦期からの遺産である旧共産主義国家へのアメリカの介入の歴史に加え、大資本と結託した国家機関の開発途上国での暗躍、９・11同時多発テロ事件前後のイスラム教徒やイスラム国家とアメリカの複雑なネットワーク、そして偏在する搾取と暴力である。それらの問題に直面し、マキシーンは不正を告発し正義を貫徹しようとする強い意志を明らかにする。彼女が決して引き下がらないことにより、国家の主流から弾き出された人物のあるべき姿について、多くの示唆がある。力強く行動しながらも、居場所を失った者の避難所、共同体も求めてゆく。自らの国家で異質な者として生きるにはどうすべきなのか、新たな追究について以下に検討したい。

調査開始後に、マキシーンが理解するのは、複雑に絡み合う利害を基に構成される国家機関、企業組織、政治そして経済集団のつながりであり、そこには上記の彼女自身の利益相反という問題が霞んでしまうほどの、巨大な共謀関係が潜んでいる。またアイスは巨額の資金洗浄を請け負っており、彼女が手に入れた報告書では、ユダヤ人であるアイスの扱う資金が「ワハビ越教友好ファンド」を通してイスラム過激派集団に渡っているとも示唆される（実はＣＩＡに渡っているとも示唆される）。[20] アメリカ組織とイスラム教徒組織との取引に対する疑問点が、マキシーンと彼女の子供たちとのやり取りによって挙げられる。息子のジギーは学校にゲスト・スピーカーとして招かれたマーチ・ケラハー（ゲイブリエル・アイスの義理の母）が行った講演についてこう述べる。


「母さん、ブッシュ家はサウジ・アラビアのテロリストとビジネスをしているって知ってた？」

「石油関連のビジネスのことね」

「それを彼女［ケラハー］は言いたかったんだと思う。でも……」

「何だって言うの」

「何か別のことを言いたかったみたい。彼女が言いたかったけど、子供たちの前では言えなかった何かを」

（五三　中略原文通り）


ブッシュ家がテロリストと直接関係を持っていたとは言えないが、ビンラディン家とのビジネス上の関係があったことには複数の報道がなされていた。ピンチョンは国家機関の最上位を占める一族の利益相反行為への疑いを物語冒頭近くに置き、二〇〇一年のアメリカが抱える複雑な同盟と資金の流れを示唆する。ケラハー自身は、より巨大な不正について言及したかったようであるが、思い留まる。

日常的認識の限界を超えるいわば偏執症的想像力が物語中で発揮されるのは、ニューヨーク市のビルの屋上で、アメリカ政府機関に協力する人々が、9・11を主導していると暗示する場面である。マキシーンの友人でドキュメンタリー映像作家レッジ・デスパードが収めた映像では、ビル屋上で二人の人物がスティンガー・ミサイルと思しき武器を準備し、ケネディー国際空港を離発着する民間飛行機を標的に何らかの活動に従事している。映像を見た登場人物による解釈の一つが、「誰かが飛行機を撃ち落とそうとしている。たとえば、民間セクターの一員で、現アメリカ政権のために働いている者だ」(二六八)というものである。アメリカの公的機関に属す者が飛行機上のテロリストにテロ行為を指示し、それが失敗に終わると判断した場合は、自らが撃ち落とす計画であるとも想像される。国家がテロリストの存在を利用し自らの国民を殺害し、さらに外部からの脅威を利用し、国民の管理と統制を徹底し拡大するシナリオである。またブッシュ政権を陥れるための映像であるとも解釈される。妄想自体が重層化し、どの妄想が正しき事態の理解を可能とするのか、判断は出来ない。

もちろんこのような状況は、『重力の虹』にも見出されたが、『ブリーディング・エッジ』での捉え方は少し異なる。前者では、第二次世界大戦を巡る国家を超えるビジネス関係、テクノロジー開発が作り出す複雑な同盟は、地図化が困難であった。そしてそれらをコントロールする「彼ら」と呼ばれるシステムの陰謀が、大戦をかなりの程度まで操り、戦争を契機にシステム自体を増強してきたと、捉えられていた。だが『ブリーディング・エッジ』では、政府と軍の陰謀に関して、その責任が有権者である国民にも求められる。小説では、ブッシュ政権が9・11テロを画策し、その後の戦争と緊急事態のシナリオも描いているとの想像が、本当であって欲しいと願う何かが、人々の意識にある。

我々の切なる思いだ。それが本当であって欲しいという我々の深き必要性だ。国民の魂（national soul）の恥ずべき暗き奥底のどこかで、我々は裏切られ、罪の意識さえ感じる必要があるのだ。ブッシュと彼の取り巻きのギャングであるチェイニー、ローヴ、ラムズフェルド、ファイスそのほかの人物たちを、作り上げたのは我々であるかのように。（三二二）

巨大なシステムのネットワークの全貌を理解出来ないとしても、それを作り上げるという結果につながる選択をしたことを国民の責任として引き受け、国民の魂に心的外傷の核を形成し倫理的意識を持とうとする。

しかしながら、そうした偏執症的空想力が覆い隠してしまうものがあり、それは怒りに満ちたテロリストの姿や抵抗の試みである。9・11同時多発テロ事件とは、デレック・グレゴリーの見解によれば、「植民地的現在」に位置づけられるべきものであり、また彼がピンチョンの作品に言及しながら述べるように、「複数の重力の虹」であるのだ。「ツイン・タワーに激突するハイジャックされた航空機、アフガニスタンに降り注ぐクルーズ・ミサイルと『デイジー・カッター爆弾』、あまりに多くの『空を横断する叫び声』があり、それらが描く恐ろしき弧は、はらわたで感じ取れるような物理的なつながりの印となり、同時に実際にそうしたつながりを作り上げたのだ」。[21] グレゴリーの主な主張の一つとは、アメリカによる自国外における植民地主義的支配に対する被支配者の抵抗が、9・11という形でアメリカ国内に「植民地的現在」を到来させたことである。アメリカの支配とは、冷戦期のソビエトとの対立とその後の中東での覇権争いに関連した地政学的計略に立脚しており、主にソビエトを第二のヴェトナム戦争に引きずり込むべくアメリカが画策したアフガニスタン戦争、イスラエルによるパレスチナ支配へのアメリカの積極的関わり、そしてイラク戦争という三つの地域で行使された。第二次世界大戦とその後の冷戦期におけるイデオロギー的に敵対する国家から飛来するかもしれなかったロケットに、イスラム過激派の複雑で拡散する国家横断的ネットワークが行使する爆破が加わる。植民地主義的支配が作り上げた歴史的、地理的問題に絡み合うこうした要素が、『ブリーディング・エッジ』が扱う複雑な資金の流れと同盟および敵対関係のネットワークの背後にあるのである。

9・11以降のアメリカにて、敵対する国家と集団との関係は、冷戦期での関係とは質が異なるものとして描かれる。ピンチョンと同時代の作家であるドン・デリロは小説『アンダーワールド』(一九九七)のなかで、登場人物が冷戦終了後に不確かな国家間の対立関係に置かれていることの不安から、冷戦に郷愁を抱く様を描いている。[22]『ブリーディング・エッジ』で、ピンチョンがニコラス・ウィンダストを描きながら、冷戦と大国の代理戦争に理不尽で過剰なまでの暴力を見出すとき、ある種の郷愁を喚起するとともに、立ち戻るべき冷戦期の真実を露わにする。批評家ジョセフ・ダーリントンも、「ウィンダストは自らが信ずるものを追求するなかで、腐敗することなき唯一の登場人物であるように思われる」と考察している。[23]ウィンダストは「アメリカ新地球機会」(Toward America's New World Opportunities)と名づけられたシンクタンクに属す人物であり、彼の過去の経歴を示す記録は敵に対して行った「尋問強化」や「抵抗する人物の再配置」(一〇八)に不吉に彩られている。ウィンダストは、中南米での政治、軍事介入に深く関わり、そうした活動はレーガン政権下ではニカラグア、エルサルバドル、グアテマラを中心とする「中米を屠殺場に変え、彼らのけちな反共産主義の空想を実現した」(一七〇)とある。しかし一種の美徳として語られるのは、彼がグアテマラ滞在時に結婚した妻を政治的抑圧から逃れさせ、解放したこと、また特に、冷戦期にアメリカが軍事、政治、経済的に影響力を及ぼしていた開発途上国から、不当な手段で利益を得るのは、彼にとって重要ではなかったことである。それ故、「正真正銘の（raw）イデオロギーによってのみ動かされていることが――強欲さを除いて、ほかに何が彼を動かしていたであろうか――彼を奇妙な存在とし、危険な存在とさえした」（一〇九）。しかし後に、自分の身を守るためもあって、そうした搾取に加担し財をなすのだが。

戦慄するほど暴力的な手段で彼は国外の左翼集団のみならず先住民に被害を及ぼしたにもかかわらず、冷戦期のイデオロギーのため献身したことが、語りの現在に暗躍する人々の大きな腐敗に比して、悪のなかに存在する純粋な行為とも映る。腐敗とは主に、利益を優先し見境なく結ばれる信念なき政治的、経済的同盟関係、ITバブル経済の無責任な活性化と終焉、ニューヨークの土地取引に存在する「不吉で迷宮のような強欲さの下水道」（四二）である。だがウィンダストが中南米で加担した搾取、殺戮、体制転覆を振り返ることは、冷戦期における帝国としてのアメリカの物語を現在の物語に導入することである。それは前作『ＬＡヴァイス』で触れられた海外でのスパイ、軍事活動に使われたゴールデン・ファングのエピソードの延長上にあると言える。『ブリーディング・エッジ』にて、９・11前後の不確定で複雑化する闘争から冷戦期への郷愁が生じたとしても、過去への回帰がもたらすものは、帝国による植民地主義的支配と暴力の物語である。最終的にウィンダストは、何らかの陰謀に巻き込まれ、殺害される。誰がなぜ手を下したかは明確ではないが、バブル期の利益集団の利害関係、アメリカとアラブ国家や集団との同盟、そして敵対関係の複雑さのなかで、彼は力を失っている。また自身の過去の暴力への報復により、「植民地的現在」において殺された可能性もある。

語りの現在で繰り返される不正に対して、マキシーン・ターノウは調査の手を緩めることはないが、国家と巨大企業の陰謀へ偏執症的空想を抱き、巨大な権力システムを相手にすることから、ある避難所に惹かれるようになる。その場所とは、本章で論じたように『ヴァインランド』にて、帰るべき故郷を奪われた人々にとってのヴァインランド奥地、『ＬＡヴァイス』での箱舟としてのカリフォルニア、などの延長上に位置づけられる。だがそれら以前に『重力の虹』で描かれた「ゾーン」、また主人公タイローン・スロスロップの別バージョンが夢見た、死すべき存在のひしめく肉体の世界から解放された「電気世界」（サイバースペースに似た空間）、に起源を持つ概念であると言える。スロスロップは、「我々は清潔で、堅実で、浄化された電気世界で、永遠の生を生きることが出来るのだ」（六九九）と主張していた。『ブリーディング・エッジ』で、マキシーンが何度も訪れる場所とは、サイバースペースにおいてディープアーチャー（DeepArcher）と名づけられた空間である（その名は、文字通り解釈すれば深き弓の射手を意味し、発音上は出発を意味する「ディパーチャー」も指す）。その空間は、マキシーンの友人ヴァーヴァの夫ジャスティンと彼の仕事仲間のルーカスが開発し、元来は「ヴァーチャル・リアリティー上の避難所（sanctuary）」（七四）として意図されていた。そこを訪れた彼女は次のような光景を目にする。

背の高い人物が黒い衣服を身にまとっており、その男性とも女性とも思える人物は、長い髪を後ろに引き銀のクリップで留めている。その弓手が、巨大な虚空の果てまで移動した。背後の道には、強制的遠近法を駆使した画面に、日光に照らされた表面的世界の広がりが退いてゆく。人気のない田舎、農地、郊外、高速道路、霞んだ都市部の塔が退くのだ。画面の残りの部分は、虚空によって占有されている。虚空といっても物が欠如した状態ではなく、光が創り出される以前に存在した光のようなものによって息づいていた。(七五)

これは最先端のテクノロジーによって創出される場でありながら、ジョセフ・ダーリントンが指摘するように「太古的な空間」であり、また「9・11以降の政府による監視と企業によるデータ奪取が起こっていない、『いまだ純粋な』インターネット」でもある。[24] この太古的空間は、エディパ・マースが目にしたレメディオス・ヴァロの虚空において、聳え立つ塔から世界そのものである織物を紡ぐ女性たちのイメージとも通じている。ただ、出発も意味するディープアーチャーでより重点が置かれているのは、ヴァロの絵画のように芸術によって作られた世界をもって虚空を覆い隠す可能性、またはそれを無効にする虚空の創出というより、さらに大胆に太古的な闇と光ならぬ光の世界へと踏み込むことである。そこは、畏怖を呼び起こす崇高美に満ちた場であるが、不正、陰謀、強欲、暴力から人が逃れられる場なのだ。9・11以後には、テロの犠牲者たちが、ヴァーチャル・リアリティー上の存在として、この場へ逃れてくる(だが同時に政府と企業が介入を始める)。

ディープアーチャーでは、先進的テクノロジーと太古的な要素が、同じ空間に存在する。そして、その太古性は益々強められる。マキシーンがさらなる深みへと踏み込むと、「言葉[大文字で始まるWordで、根源的には旧約聖書において神が世界創造のために使った神の本質である言葉]以前の始まりの限界地点」へと到達し、「高度で強力な放射能、真空状態、生命の欠如」(三五八)へと誘われ、「見えないリンクが張られた計り知れないほど肥沃な虚空」(三五九)が待っている。それは「ビッグバンから生じる放射能のような、無の記憶の痕跡であり、かつて何か……であった記憶である」（三五九　中略原文通り）。『競売ナンバー49の叫び』に関する本書第2章でジャック・ラカンの「現実界」の概念を援用し論じたように、このような虚空は、強欲さの支配する「欲望」の世界ではなく、死への衝動に駆られた「欲動」の世界だと言えよう。象徴的意味産出システムの外に位置づけられた死の領域には、真空状態と豊かさが付与された虚空があるが、その虚空を想像出来ることがシステムを無効にする可能性を引き出す。不正と暴力に満ち、正当性を欠く階層性で人々を縛りつけるシステムを、真空状態に戻すことが可能であることを気づかせる力が、ディープアーチャーにはあるのである。故にそこには、恣意的な意味のネットワークである象徴界の「現実」と呼ばれる世界で敗北し、地位、財産、そして生命さえ奪い取られた者たちが避難先を求めてやって来るのである。人工的で恣意的に形成された社会的分断と階層性を空洞化する力に惹かれて。

ディープアーチャーが含む問題をより明確にするため、ここでもう一度『重力の虹』へと議論を戻すと、そのウェブの深みに存在する世界と「電気世界」（六九九）を結びつけるだけでは充分ではなく、理念的観点から「ゾーン」とも密接に結びつけ議論すべきである。コラド＝ロドリゲスがディープアーチャーについて論じているが、「ヴァーチャルなサイバースペースが新たなピンチョン的なゾーンとなり、そこではエントロピーが支配力を持たないとされるのだ」。[25]『重力の虹』のゾーンとは複数の側面を持つ空間であるが、第3章で定義したように、それは主に、ナチス政権陥落直後に開かれた権威が空白状態となった空間であり、連合国の四か国分割統治による新たな領土再構成が実質化するまで存続する。ゾーンは硬直化した社会的分断も階層性も排した空間であり、異なる国々出身の登場人物が共存し、そこには「選ばれし者も、選びに与れぬ者もなく、事態を滅茶苦茶にしてしまう国籍さえもないのだ」（*GR* 五五六）。戦争の破壊がもたらした支配構造の崩壊によって生じた空間であり、抑圧的なシステムは無効化されるとともにある種の平等さが取り戻され、死体と瓦礫に満ちた世界ではあるが、新たな社会の構築の可能性にも満ちた場である。そして開かれた系であるが故に、エントロピーに抗うのである（もっとも、システムは生き残り、ロケット・テクノロジーを核とし軍産複合体をより強化してゆくのだが）。ゾーンの理念が「電気世界」のテクノロジーと組み合わされたものが、ディープアーチャーと言えよう。だがマキシーンは、ウェブ上の空間に長く留まらない。彼女が行うのは、その避難所のヴィジョンが有する権力システムを無効化する欲動を自らに取り込みながら、実社会で腐敗したシステムへ屈することなく挑戦を継続することである。

ゾーンにはさらに別の側面があり、その危険について留意すべきである。これについても第3章で議論したが、リュック・ハーマンとスティーヴン・ワイゼンバーガーは、彼らの『重力の虹』論にて、ゾーンの否定的な側面を明らかにする。たとえば、ゾーンを彷徨う小数派民族や財産を失った人々は、彼らがジョルジョ・アガンベンの概念を援用し「ホモ・サケル」と呼ぶ人々である。ホモ・サケルとは、その主な特徴を挙げれば、法システムにおける「例外状態」のため、国籍や基本的人権を奪われ剥き出しの生と化す者である。第3章の議論の繰り返しになるが、ハーマンとワイゼンバーガーは以下のように考察する。ゾーンとは「通常は戦時下でのみ発動される例外状態を、権力が人々に強要する空間であり、それに対して法が社会規範の崩壊による深刻な混乱状態であることを宣言するのである。それは法の欠如であり、欠如が道具となり果たす目的は、剥き出しの生物学的な生にまで貶められた人間、そして単なる生物あるいは客体の産出を可能とすることである」。[26] ゾーンは、肯定的に捉えれば、権威が行使する支配が一時的に中断された、自由と可能性に満ちた空間であり、ピンチョンが持つ想像力の最良の要素の一つを示すと考えられる。このような空間では、皆が多くを失うことにより平等であり、専横的な権力構造が空洞化され、階層性のない開かれた世界を提示する。しかしながらその負の面では、社会的小数派の人々にとっては、権威の不在は自由をもたらすよりも本来必要としていた保護の剥奪を結果として招き、ぎりぎりの生存状態に置かれる。

ディープアーチャーには、物語後半の9・11事件以降は、権力者側が目立って侵入するようになり、自分たちの支配領域に取り込むための試みを開始する。小説では、サイバースペース自体が（ほかの多くのテクノロジーもそうであるように）、元来は軍事目的に開発されたものであったことが強調される。マキシーンの父アーニーは、インターネットの原形である「ダーパネット」すなわち、国防総省の国防高等研究計画局（Defense Advanced Research Projects Agency, 元 Advanced Research Projects Agency）が構築した情報ネットワークについて、警告する。「インターネットは、以前国防総省がダーパネットと呼んだもので、それ元来の真の目的は、ソビエトとの核攻撃合戦の後でもアメリカが命令系統と支配力を確保することにあったんだ」（四一九）。そして彼はインターネットを通した権力による情報収集が、個人の生活の細部にまで入り込んでいることを指摘している。ピンチョン的な「自由」な空間であるディープアーチャーが、その起源から支配の道具と意図されていたことを考慮すると、ゾーンやヴァインランドの奥地と比べて、そこではより自由の実現の可能性が低いとも捉えられる。だが問題は複雑であり、9・11の攻撃自体をアメリカ政府関係者と思しき者が行ったことを示す映像が公開されるのも、同じサイバースペース上である。最終的に、ゲイブリエル・アイスの義理の母であり、彼と敵対するマーチ・ケラハーが、市民活動のなかでその映像を公開し、彼女は逃亡者となる。サイバースペースは、支配の道具とも解放のきっかけともなる。本質的な問いは、その空間内とそこを離れた生活の双方における社会正義の追求である、と物語は伝えている。それこそ、ケラハーのみならずマキシーン・ターノウが献身するものである。[27]

*

これまでに論じたように、マキシーンは利益相反行為の疑いで、公的な調査員の資格を剥奪され、所属先の事務所を追われ、独立した民間の調査員として可能な仕事を遂行してきた。その嫌疑に対して彼女なりの主張はあり、法的手段に訴えることも考えたが、弁護士費用などの問題のため断念した。だが、彼女は事務所の同僚を恨むことはない。なぜなら、そのような職場で求められる倫理的基準は非常に高いからだ。「彼らは私たちに対してまったくの神経過敏の混乱状態のなかでも、腐敗しない一つの静粛な定点（still point）であるよう求めるからよ。皆が信頼する原子時計にね」（一八）。資格証明はもはやないが、「それは未だに私の魂という職場に飾られている」（一九）とマキシーンは述べる。彼女は、組織および社会から不正を行ったものと烙印を押され、組織からは乱暴に追放され、倫理的に問題を抱える人間として生きざるを得ない。しかし難しい状況にありながらも、腐敗することなき定点となるべく、社会に蔓延る不正を告発し、正義を追求し続ける。

彼女はニューヨークの街路を移動する。そこを彷徨い続けたベニー・プロフェインのように、しかし冷戦と機械化のショックに圧倒された彼とは異なった形で。またエディパ・マースのように都市の人々と対話をしながら探究を行う。しかしエディパには欠落した正義感に貫かれ。また公的な身分を失い法による保護の埒外に置かれ、V-2の謎を追い求めながら戦後のドイツを彷徨うタイローン・スロスロップのように。しかし権力の追手から逃れながら強大な圧力に耐えきれずオルフェウス的な自然崇拝と自然への回帰を果たす彼とは異なった形で。マキシーンは強固な意志と信念に立脚する正義感を保持し、国家と個人のあるべき姿を追求する。

また『ヴァインランド』は、作者が一九六〇年代と七〇年代を通り抜け、社会の変革と同時に失敗を経験した後に、アメリカへと帰還し、人々が自らの失敗について意識し再出発を図るための歩みであった。『LAヴァイス』では、私立探偵ラリー・スポーテロは調査とともに、限定された領域内で何とか自分に可能な社会改善を試みる。ロサンゼルス警察への密告屋として反政府組織に潜入し、ゴールデン・ファングとつながる闇組織にも巻き込まれたコイ・ハーリンジェンを、クロッカー・フェンウェイとの交渉を通して解放し、家族の元へ戻すという彼なりの偉業を成し遂げる。だが彼の正義の意識は、どちらかというと個人的なものであり、社会的なものではない。『ブリーディング・エッジ』にて、マキシーンは前者二つの物語が成し遂げられなかった社会正義と倫理観の追求を行って見せる。また彼女が意識しているのは、『V.』、『重力の虹』、『メイスン&ディスクン』、そして『逆光』といった長大な歴史小説が扱うシステムにも類似した、国際的な広がりを持つ組織と集団のつながりである。アメリカ国内にありながら、主流派の外部に自らを位置づけ、街路を移動し独自のネットワークを築きながら、腐敗、不正、暴力の支配する世界の調査を決して諦めることはない。

註

1 Salman Rushdie, "Still Crazy After All These Years," *The New York Times* 14 Jan. 1990. N. pag. Web. 28 Oct. 2016.

2 John Miller, "Present Subjunctive: Pynchon's California Novels," *Critique: Studies in Contemporary Fiction* 54.3 (2013) 226. 作品『競売ナンバー49の叫び』、『ヴァインランド』、そして『LAヴァイス』を、ピンチョンのカリフォルニア小説群として位置づけた研究の内、代表的なものとして、論文集 *Pynchon's California Novels*, ed. Scott McClintock and John Miller (Iowa City: U of Iowa P, 2014) が挙げられる。同書の基調音をなす冒頭の論文 "Situated Fiction: Reading the California Novels against Thomas Pynchon's Narrative World" にて、マーガレット・リンドはドナ・ハラウェイの「位置づけられた知識」(situated knowledge) という概念を基に、地方性、ジェンダー、階級、人種などの具体的な文脈に位置づけられた多様な現実が、社会の主流を構成する集団が作り出す一枚岩的な現実に挑戦するとの立場から、上記作品群を肯定的に評価している。

3 Thomas Pynchon, *Gravity's Rainbow* (London: Picador, 1975) 744. 以下、『重力の虹』(*GR*) からの引用は同書による。

4 Thomas Pynchon, *Vineland* (Boston: Little, Brown, 1990) 50-51. 以下、『ヴァインランド』(*VL*) からの引用は同書による。

5 Thomas Pynchon, *The Crying of Lot 49* (London: Picador, 1979) 125. 以下、『競売ナンバー49の叫び』(*Lot 49*) からの引用は同書による。

6 Shawn Smith, *Pynchon and History: Metahistorical Rhetoric and Postmodern Narrative Form in the Novels of Thomas Pynchon* (London: Routledge, 2005) 115.

7 Smith 115.

8 John Johnston, *Information Multiplicity: American Fiction in the Age of Media Saturation* (Baltimore: Johns Hopkins UP, 1998) 207.

9 Francisco Collado-Rodríguez, "Intratextuality, Trauma, and the Posthuman in Thomas Pynchon's *Bleeding Edge*," *Critique: Studies in Contemporary Fiction* 57.3 (2016) 238.

10 Collado-Rodríguez 239.

11 Riley McDonald, "The Frame-Breakers: Thomas Pynchon's Posthuman Luddites," *Canadian Review of American Studies* 44.1 (2014) 115.

12 Smith 99.

13 Alan Wilde, "Love and Death in and around Vineland, U.S.A.," *boundary 2* 18.2 (1991) 180.

14 Thomas Pynchon, *Inherent Vice* (New York: Penguin, 2009) 17. 以

下、『LAヴァイス』(*IV*)からの引用は同書による。

15 Scott Macleod, "Playgrounds of Detection: The Californian Private Eye in Thomas Pynchon's *The Crying of Lot 49* and *Inherent Vice*," McClintock and Miller 123.

16 Sharon Zukin, "Postmodern Urban Landscapes: Mapping Culture and Power," *Modernity and Identity*, ed. Scott Lash and Jonathan Friedman (Oxford: Blackwell, 1992) 224.

17 Thomas H. Schaub, "*The Crying of Lot 49* and Other California Novels," *The Cambridge Companion to Thomas Pynchon*, ed. Inger H. Dalsgaard, Luc Herman and Brian McHale (Cambridge: Cambridge UP, 2012) 40-41. 後期カリフォルニア小説に関するショーブの見解は、既出のジョン・ミラーやマーガレット・リンドなどによる肯定的な見解とは異なる。またショーブと同じく第一世代のピンチョン研究者デイヴィッド・カウアートは、後期小説『ヴァインランド』が描く八〇年代に批判的な目を向ける。「それ[『ヴァインランド』]は、如何にして国民が、正義に対する以前の情熱を失い、保守主義の反動とそれに伴う自由主義的エネルギーの消散のなかへ取り込まれるに任せてしまったのか、明らかにする」(一一)。カウアートからの引用は以下による。David Cowart, "Attenuated Postmodernism: Pynchon's *Vineland*," *The* Vineland *Papers: Critical Takes on Pynchon's Novel*, ed. Geoffrey Green, Donald J. Greiner and Larry McCaffrey (Normal, IL: Dalkey Archive P, 1994) 3-13.

18 Rob Wilson, "On the Pacific Edge of Catastrophe, or Redemption: California Dreaming in Thomas Pynchon's *Inherent Vice*," *boundary 2* 37.2 (2010) 218.

19 Smith 101.

20 Thomas Pynchon, *Bleeding Edge* (New York: Penguin, 2013) 344. 以下、『ブリーディング・エッジ』(*BE*)からの引用は同書による。

21 Derek Gregory, *The Colonial Present* (Oxford: Blackwell, 2004) 256.「空を横断する叫び声」とは『重力の虹』の冒頭の記述「叫び声が空を渡ってやって来る」(*GR* 三)に言及したもの。

22 Don DeLillo, *Underworld* (New York: Scribner, 1997). たとえば、一七〇ページを参照。

23 Joseph Darlington, "Capitalist Mysticism and the Historicizing of 9/11 in Thomas Pynchon's *Bleeding Edge*," *Critique: Studies in Contemporary Fiction* 57.3 (2016) 251.

24 Darlington 248.

25 Collado-Rodríguez 235.

26 Luc Herman and Steven Weisenburger, Gravity's Rainbow*, Domination, and Freedom* (Athens: U of Georgia P, 2013) 144. アガ

ンベンの議論については、以下の書籍を参照。ジョルジョ・アガンベン、『ホモ・サケル　主権権力と剝き出しの生』（高桑和巳訳、上村忠男解題、以文社、二〇〇三年）。

27　コンピュータ・システムによる監視と支配については、『ヴァインランド』に関する議論でも触れたが、『ＬＡヴァイス』でも、インターネットの原型としてのアーパネット、すなわち国防総省の高等研究計画局（Advanced Research Projects Agency）が構築した情報ネットワークが登場する。しかし、ニック・レヴィーが考察するように、ドク・スポーテロの精神（たとえそれが麻薬使用によって靄が掛かっているとしても）が、コンピュータに抗う力を示すと言える。「たとえドクの語るような物語と職業［探偵］が、情報、知識労働の時代には不要になる危険があると彼自身が憂えているにしても、ピンチョンは精神的な靄が掛かりながらも奮闘が語られることの物語が、コンピュータの勝利の物語より、我々の時代の文学としてずっと相応しいものだと示唆しているように思われる」（五四）。レヴィーはドクが抱く空想や、ドクが非効率的で無駄が多い調査のなかで確立する人々との関係性などを重視する。レヴィーからの引用は以下による。Nick Levey, "Mindless Pleasures: Playlists, Unemployment, and Thomas Pynchon's *Inherent Vice*," *Journal of Modern Literature* 39.3 (2016) 41-56.

あとがき

今回、現代アメリカの小説家トマス・ピンチョンに関する研究書を執筆するというありがたい機会を頂き、まず心掛けたことが、私の学術的議論の中で小説家ピンチョンの最良の部分を可能な限り生かすことである。そして数多くの先行研究や、大まかにポスト構造主義と呼ぶことが出来る思想とそれに影響を受けた批評から私自身がこれまでに得た知識と、ピンチョンを結び付けて論じることによって、彼の最良の部分を発展させることである。しかしながら、ピンチョンを生かそうと試みても、結果的にはピンチョンによって研究者である私自身が長く生かされてきたことを実感するばかりである。

ピンチョンに生かされてきたことと関連して、私が学生時代に耳にした言葉についてここで記述してみたい。私がピンチョンを初めとする現代アメリカ小説の研究者としての基礎を築くにあたって、最も重要であったのは、一九九五年から二〇〇〇年までニューヨーク州立大学バッファロー校で過ごした日々であったが、その当時私の指導教員を務めてくださったヘンリー・サスマン先生は、「私はカフカと共に生きている」と発言されたと記憶している。その真意を伺う機会はなかったし、自分で考えるべきことだと思うが、私自身長い期間にわたってピンチョンを中心とする作家について絶えず考えながら生活してきたという意味では、おそらく共に生きてきたと言える。しかし強調すべきはやはり、彼の描いた人間と世界の物語が、私に重要な教えを与え続け私を生かしてくれたことである。本書によって、そうした教えが他の人々にとっても重要な意味を持つことを願うばかりである。

本書で示したような理論的枠組みでの私のピンチョン研究の基盤そのものは、ニューヨーク州立大学バッファロー校にて博士論文を書くことに向け研究した際に形成された。本書の前半の三章では一部当時の研究成果を活用している。ただ全体としては、当時から現在まで継続した研究によって発展させたものである。そしてこれまで研究を進めてきた過程で、多くの方々から貴重な助言を頂戴した。以下に限られた紙面の中、本書で明らかにしたピンチョン研究との関連に絞って、お力添えくださった方々について触れ、本書の成り立ちの重要な側面についてお話しししたい。

先述したヘンリー・サスマン先生には、ピンチョンを中心とした現代アメリカおよびヨーロッパの作家に加え、ポスト構造主義思想への手解きをして頂いた。ポストコロニアル批評やナショナリズムに関する研究については、ショーン・アーラム先生の影響が大きい。

二〇〇〇年に博士課程を修了した後のピンチョン研究においても、さまざまな機会に恵まれ、発展へと繋げることが出来たと思う。その際私にとっては特に、学術誌の編集者や査読者との意見交換が重要であり、そこから多くを学んだ。まずはトマス・ピンチョンの専門誌 *Pynchon Notes* について述べたく、本書には収めていないが同誌の二〇〇三年号に『重力の虹』論を掲載するにあたって、改善のための示唆を頂いた（*Pynchon Notes* は残念ながら現在では廃刊となっているが、インターネット上で閲覧可能である）。その中で、デイル・カーターを初めとする研究者による文献を読む機会を得たことは、私のピンチョン理解そして現代アメリカ国家への理解を深めてくれた。同誌の編集者でありマイアミ大学ハミルトン校の教授でいらっしゃったジョン・M・クラフト氏には、そうした文献についてのみならず論文での議論構築の上で重要な助言を頂いた。実はその『重力の虹』論とは別に、本書の第3章へと発展させた『重力の虹』論も *Pynchon Notes* に掲載が決定していたのだが、廃刊のためそれは実現しなかった。けれども、新たな研究成果を基に書き直したものが、本書中でも明示したように、二〇一七年に雑誌 *Critique: Studies in Contemporary Fiction* に掲載された。同論文の使用許可を与えてくれた出版元の Taylor & Francis にお礼申し上げる。ただしその論文についても、クラフト氏からは重ねて助言を得る機会があったことも、ここでぜひ申し添えておきたい。

雑誌 *Critique* の編集者の方々には、ピンチョン研究のみならず、今から一〇年以上前にもピンチョンと並ぶアメリカのポストモダニスト作家であるドン・デリロに関する研究でお世話になった。そのおかげで、本書でも言及したジャック・ラカンやスラヴォイ・ジジェクに関する優れた研究成果を読む機会を得たことは、私にとって飛躍へと繋がったと考えており、同時に当時の私に英語の文体論の重要性について考えることを可能としてくれた。文体論については、ここでお名前は挙げられないが、編集者が意見交換の中で多くの示唆をくださった。同編集者は文体論がご自分の書き手としての人生を変えた、とおっしゃっており、それ以後私自身にとっても、研究成果を文章化する際には、コンピュータ上で、頭の中で、そして読書の際にも、文体論を意識しながら議論を組み立ててゆくという作業が、人生の一部になり、そのことが私の書き手としての人生も変えてくれたと思う。それが本書第3章の基となった『重力の虹』論の英語版執筆の際にも大変有益であった。同氏は、外国から論文を投稿してきた見知らぬ研究者に対して、惜しみなく学術的知識を与えてくださったのみならず、自らの文体論を基に私の文章の一部を使い書き換えの例まで示してくださった。感謝申し上げたい。けれども、私の論文の研究内容は基本的にそのままで、文体を初めから終わりまで短期間で変えるように示唆された時には、正直なところ度肝を抜かれたが。

そしてまた文体を理論的に組み立てることは、思考自体を厳密なものにすると同時に文章を書く者としての倫理観を持つことも含んでいる。主にそのような意味において、今回日本語で本書を執筆するにあたって、私は英語の文体論で学んだ事柄を一部活かそうと試みた。読者に益をもたらすような試みであったことを、切に願うばかりである。

また本書第4章の基となった研究について述べると、本書内で既述したように、それは二〇〇四年に雑誌『アメリカ文学』に掲載した『メイスン&ディクスン』論である。この場を借りて当時の日本アメリカ文学会東京支部編集担当の皆様には感謝申し上げたい。そして同論文および第4章で扱った植民地的欲望という主題について経緯を説明するならば、その主題の設定自体は、バッファローで大学院在学中にアーラム氏から薦められた文献から得た知識によって可能となったものである。ただ在学中は『メイスン&ディクスン』を研究の対象とすることは出来ず、また当時は植民地的欲望をピンチョンと結び付けることは考えてはいなかったのだが、後の研究で両者の結び付きの重要性に気づいた次第である。

私の過去の研究についての記述にもう少しお付き合い頂くと、実はピンチョン論を含む私の論文に対してはいくつもの掲載不可の判断もされており、その際に雑誌や査読者の方針によって、詳しい査読結果を送ってくださることが何度もあった。主にアメリカやカナダの研究者から届いたそうした報告は、私の研究に非常に役立った。私の研究のどこがどのような問題を抱えているのか、そして改善のためには何を読み、どのような議論の可能性を考えればよいのか、という点について、ときに一つの論文に対して何ページにもわたって文字がびっしりと詰まった文章を頂き、研究発展のための貴重な機会を得たことは、実に幸運であったとしか言いようがない。研究が必ずしも実を結ばない場合にも、そしてそのような場合であればより一層、それまでは考えもしなかった新たな可能性の追求と発展の機会があったと考えている。

そうした過程も経て、今回本書の出版へと至った。出版元の三修社には本書を含むアメリカ文学研究書をシリーズ化し出版して頂けることとなり、その実現に関わったすべての方々にお礼申し上げたい。シリーズ監修者の東京大学の諏訪部浩一先生には、ピンチョン論を私に任せて頂き、更に編集の過程で多くの助言も頂いた。編集中にはまた、三修社の永尾真理さんに大変お世話になった。多くの細かな修正を初校校正の段階でお願いし、ご迷惑をお掛けしてしまった。お二人のおかげで何とか出版に至ったこと、感謝申し上げたい。

最後に、私のピンチョン研究に関わりのある方々について、もう少しお名前を挙げて、本書の成り立ちについて説明を加えたい。上智大学教授でいらっしゃった渋谷雄三郎先生にはピンチョンを含む現代アメリカ文学に関して多くの優れたご意見を頂戴した。またかつて、武蔵野美術大学の相原優子先生が、ピンチョンが『スローラーナー』序文の自伝的な記述の中で、ジャック・ケルアックの影響について述べていること、指摘してくださった。当時の私はそのような繋がりは意識しておらず、ご指摘を受け序文を読み返したことが、後に本書での私の議論にとって重要となった。感謝申し上げたい。そして本書第2章の一部は、二〇一五年に京都大学で開催された日本アメリカ文学会第五四回全国大会で発表したものである。司会を務めてくださった大阪大学の木原善彦先生、ならびに発表後の活発な質疑応答に参加してくださった皆様のおかげもあって、内容を練り直した上で本書に含めることが出来た。

締めくくりとして、トマス・ピンチョンの研究に取り組み、これまで数々の重要な成果を挙げてきた他の研究者の方々に対して、敬意を表したい。

二〇一九年三月末日

永野良博

2009年　長編『LAヴァイス』（*Inherent Vice*）を発表。同作品の宣伝ビデオのナレーションを担当。アメリカ芸術科学アカデミーによりフェローに選出される。

2013年　長編『ブリーディング・エッジ』（*Bleeding Edge*）を発表。

1966年　中編『競売ナンバー49の叫び』（*The Crying of Lot 49*）を発表。同作品は米国芸術文化アカデミーのローゼンタール基金賞を受賞。エッセイ「ワッツの心への旅」（"A Journey into the Mind of Watts"）を発表。

1973年　長編『重力の虹』（*Gravity's Rainbow*）を発表。同作品は全米図書賞を受賞（1974年）。

1975年　『重力の虹』（*Gravity's Rainbow*）の功績を称え、アメリカ芸術文学アカデミーがハウエルズ・メダルの授与を決めるが、ピンチョンが辞退。

1983年　コーネル大学時代の友人リチャード・ファリーニャ作の小説『長いこと下向きだったから、上向きに見える』に序文を寄稿。

1984年　短編集『スロー・ラーナー』（*Slow Learner: Early Stories*）を発表。またエッセイ「ラッダイトをやってもいいのか？」（"Is It O.K. to Be a Luddite?"）を発表。

1988年　類まれなる創造性を有する者を対象とした「天才賞」とも呼ばれるマッカーサー・フェロー奨学金を授与される。「永遠の心の誓い　マルケスの『コレラの時代の愛』によせて」（"The Heart's Eternal Vow"）をガブリエル・ガルシア＝マルケスの同小説の序文として寄稿。

1990年　長編『ヴァインランド』（*Vineland*）を発表。

1992年　ドナルド・バーセルミ作品集『ドン・Bの教え』へ序文を寄稿。

1993年　怠惰についてのエッセイ「私のソファーよ、汝の元へ」（"Nearer, My Couch, to Thee"）を発表。

1997年　長編『メイスン＆ディクスン』（*Mason & Dixon*）を発表。ジム・ダッジ作の小説『ストーン・ジャンクション』へ序文を寄稿。

2003年　ジョージ・オーウェル作の小説『1984年』生誕100周年記念版に序文を寄稿。

2006年　長編『逆光』（*Against the Day*）を発表。

年譜

1937年5月8日　ニューヨーク州ロング・アイランド、グレン・コーヴに生まれる。

1953年　地元のオイスター・ベイ高等学校卒業。同じくニューヨーク州にあるコーネル大学に進学。専攻は物理工学を選択。

1955年　コーネル大学での学業を中断し、アメリカ海軍に入隊する。

1957年　コーネル大学に復学。専攻を英米文学に変更。

1958年　同大学の学生カークパトリック・セイルとともに「ミンストレル・アイランド」（"Minstrel Island"）というタイトルのミュージカルに取り組む。未完に終わる。

1959年　短編「少量の雨」（"The Small Rain"）および「殺すも生かすもウィーンでは」（"Mortality and Mercy in Vienna"）を発表。コーネル大学を卒業。戯曲やオペラのリブレット（台本）を対象とした助成金獲得のため、フォード財団宛てに申請書を提出。不採用という結果に終わる。

1960年　ワシントン州シアトルに位置するボーイング社において、同社が発行する機関誌『ボマーク・サーヴィス・ニュース』の技術ライターとして勤務し始める（ボマークは長距離地対空ミサイルのこと）。短編「低地」（"Low-lands"）と「エントロピー」（"Entropy"）を発表。

1961年　O・ヘンリー賞に輝いた短編「秘密裏に」（"Under the Rose"）を発表。

1962年　ボーイング社を退職。

1963年　初の長編小説『V.』（*V.*）を発表。同作品はその年の最も優れた長編第一作を対象としたフォークナー財団賞を授与され、全米図書賞の最終候補にもなる。

1964年　短編「秘密のインテグレーション」（"The Secret Integration"）を発表。

して人物でもある。作品中では、V. は実は広い指示範囲を持つが、その基本的な意味において、聖母マリア（the Virgin）の頭文字を指し示す。そうした意味づけは、若きピンチョンが愛読したヘンリー・アダムズ著の自伝『ヘンリー・アダムズの教育』に由来し、アダムズは1900年にパリで開催された万国博覧会に赴き、そこで発電機を目にした際に受けた衝撃について語っている。彼はヨーロッパを精神的に統一してきた聖母マリア信仰の力が、電力とそれを生み出す機械の力によって取って代わられていると分析している。小説『V.』では、純真であったヴィクトリア・レンが次第に自分自身を機械化し、近代的武器が使用される戦争や破壊へと傾倒する姿を描く。また小説では V. を頭文字とする多数の事象が発生する。加えて、V-2とは『重力の虹』が物語の中心に据えるナチス・ドイツが開発した大陸間弾道弾である。

限られた能力しか持てない者が権力者の秘密裡での活動を理解しようとする術である。また偏執症は、断片的でつながりを持たないかに見える無数の情報をまとめ上げるといった創造的な側面も持つ。

無政府主義（Anarchism）『競売ナンバー49の叫び』では、非合法的な郵便システムと通信ネットワークを形成するトリステロが描かれ、アメリカ連邦政府が民間の事業を排除し、同事業の独占を図ることへ対抗するが、その際に、トリステロは政府の介入を退けた自由な民間組織の競争を支持するという意味で無政府主義的である。しかしそれは利己心を拡大し強者の存続に与するような自由放任主義的なものではなく、国家の支配者層から排除された人々の競争への参加を意図する。同作品では、メキシコで展開される社会主義的な傾向を持つ無政府主義運動との関わりも示される。『逆光』では無政府主義はコロラド州の鉱山労働者の解放に向けた社会主義的な運動と密接に結びつき、資本家や彼らの所有する施設を標的とした爆破行為を伴う。そしてアメリカ大陸のみならずヨーロッパでの無政府主義の拡大も描かれ、20世紀初頭から第一次世界大戦に向かう時期に、ナショナリズムに支えられ中央集権化を進める国家と対立する。

郵便システム、通信ネットワーク（Postal System, Communication Network）『競売ナンバー49の叫び』には、トリステロと呼ばれる非合法な郵便システムとそれが開拓した通信ネットワークが登場する。一枚岩的な冷戦秩序や支配者層を形成する主流派の価値観に異を唱える人々が利用する。異なるシステムとネットワークの存在が異なる人種、文化、そして政治的背景を持つ多様な人々の存続を可能とするのである。後期作品『LAヴァイス』ではインターネットの原型であるアーパネットへの言及があり、検索エンジンとして使用されるが、『ブリーディング・エッジ』ではアーパネット自体は冷戦期に核攻撃による相互確証破壊後でも維持可能な通信ネットワークとして意図されていたことを不吉にも強調する。『ブリーディング・エッジ』ではインターネット内の「ディープアーチャー」と呼ばれるウェブサイトが重要な役割を果たすが、その闇のウェブサイトは、権威による情報の管理、利用者の監視、そして支配へと向かう力に対抗する場である。

V.（V.）　小説『V.』のなかで重要な位置を占める概念、事象、そ権力による管理や支配を逃れた人々が流入するとともに、9.11同時多発テロ事件の犠牲者である死者も逃れて来る。避難所という意味においては、『ヴァインランド』中のヴァインランドともつながりを持っており、そこは対抗文化の試みにおいて失敗し、同胞を裏切りそして裏切られ、権力により基本的人権をも奪われた人々が、逃れ来て集う場所である。

並行世界（Parallel World）『逆光』で重要な概念であり、その概念を強調する中心的なイメージの一つとして氷州石（アイスランド・スパー）が用いられる。氷州石内を光が通過すると複屈折によって光が複数の方向に反射するため、石を通して見た対象物が二重に見える。このイメージが作品の開始近くから現れ、主な物語が進行する世界と並行した別世界が存在することが示唆される。登場人物による一身二箇所存在（バイローケーション）も描かれる。また時間の相対性に立脚したタイムマシンが描かれ、単一に進行する時間とは分離して進行する時間の可能性が示唆される。『逆光』では第一次世界大戦後の未来からそれ以前の世界へと逃れ来る「侵入者」が現れ、破壊的未来について警告を発するが、実際には世界は大戦へとなだれ込み、別の未来は実現されない。

偏執症（Paranoia）　ピンチョンの物語内で、登場人物がしばしば陥るあるいは積極的に作り上げる心理状態である。物語内での特徴的な症状として被害妄想が挙げられるが、それは通常の知覚や認識では到達不能な陰謀などに想像を巡らせることを可能とする。国家や企業などの権力者側が人民を犠牲にしてでも自らの力の拡大や富の蓄積を企む陰謀や、反対にそれへの対抗勢力の陰謀の場合もある。『V.』では帝国主義から、第一次世界大戦、第二次世界大戦へとつながる破壊の歴史の背後にある陰謀がそれに相当し、『競売ナンバー 49 の叫び』では、謎の組織トリステロの暗躍と軍産複合体を形成する冷戦国家の企みだと言えよう。『重力の虹』では世界大戦を通じた軍産複合体形成の背後にある無数の機関や権力者による陰謀であり、『逆光』では資本家による無政府主義者と社会主義者の抑圧、『ブリーディング・エッジ』ではアメリカ政府と企業によるイスラム過激派との結託である。『ブリーディング・エッジ』では、9.11同時多発テロ事件自体をアメリカ政府が主導し、イスラム過激派との戦闘の正当化に利用したとの見解も示される。偏執症は、その際、夜のサンフランシスコの人口密集地域での小数派住民のあり方を知ることになり、より広がりを持った60年代のアメリカ国家像を調査する。『LAヴァイス』の主人公ラリー・スポーテロは職業探偵であり、アフリカ系アメリカ人をはじめとする小数派の抑圧の問題や、不動産がらみの闇のビジネス、権力者による不正、そして売春、麻薬売買、また警察権力の腐敗へ踏み込む。調査を通しステンシルは、植民地の被支配者の生のあり方を物語り、エディパとスポーテロは、選びに与れぬ者のなかへと入ってゆき、彼らの生の現状を浮かび上がらせる。

帝国主義（Imperialism） 19世紀末のエジプトに設定された初期短編「秘密裏に」をはじめとし、ピンチョンは西洋帝国主義国家の植民地に舞台を設定した作品を発表してきた。初の長編『V.』でも19世紀末のエジプトを舞台とした章、そして20世紀初頭のドイツ領南西アフリカ（第一次世界大戦後に国際連盟の下で、大英帝国の一部を形成する南アフリカ連邦の委任統治領となる）を舞台とした章で、帝国主義の軍事的暴力と支配を描く。西洋の近代化が植民地で暴力を行使しながら進んだという矛盾を、歴史物語のなかに取り込んでゆく。『重力の虹』では、かつてドイツ領南西アフリカで被支配者であったヘレロ族のオバースト・エンツィアンが、ドイツでロケット技術者となり、戦後のドイツで同地域出身の人々とロケット開発を原動力とした共同体を形成し、独自の脱植民地化を図る。また『メイスン&ディクスン』でも18世紀オランダ領ケープ植民地や同時期のアメリカでの、奴隷制による搾取、人身売買が重要な主題として扱われる。同物語では近代の商業資本主義と、科学、帝国主義、植民地主義が密接に絡み合う。

ディープアーチャー（DeepArcher） 「ディープアーチャー」は、『重力の虹』での「ゾーン」のコンセプトを引き継ぐと考えられる空間であり（キーワード「ゾーン」を参照）、『ブリーディング・エッジ』に現れるサイバースペース上の闇のウェブサイトである（その名は、文字通り解釈すれば深き弓の射手を意味し、発音上は出発を意味する「ディパーチャー」も指す）。そこには宇宙の始まりを予期させる豊かなる虚空と宇宙創造を想起させる神の言葉に似た言葉がある。また国家や企業による侵入が開始される以前には、自由で平等な空間であり、同時にそこは避難所の役割も果たし、国家の主流派に異を唱える者や、ており、同秩序の歴史的形成過程や冷戦下の心理状態をいくつもの作品で扱う。『V.』では、語りの現在である冷戦期の50年代アメリカの物語と、歴史的語りである19世紀末から20世紀の植民地での暴力そして第一次世界大戦と第二次世界大戦の大規模破壊が、並行して提示される。『競売ナンバー49の叫び』では、60年代カリフォルニアの町がその中心的な産業であるロケット産業とともに発展する様と同時に、そうした社会での生の息苦しさが語られる。『重力の虹』はナチス・ドイツが開発した大陸間弾道弾V-2によるロンドン攻撃と、そのテクノロジーの争奪戦が、戦後の冷戦秩序形成へと向かうことを物語る。『逆光』は第一次世界大戦前後のアメリカとヨーロッパを主な舞台とし、無政府主義に対抗しそれを無効にする力として、ナショナリズムと軍事テクノロジーを背景とした大戦が位置づけられている。『ブリーディング・エッジ』は冷戦からテロリズムとの戦いへとアメリカ国家が主たる戦争をシフトさせ、新たな戦いと同時に国内外での抑圧と支配が強化される様を描く。

ゾーン（Zone）『重力の虹』で描かれるドイツに生じる、象徴的な意味づけがされた空間であり、ナチス政権陥落直後に開かれ、連合国の四か国分割統治が実質化されるまで存続する。旧支配者が敗北し新たな支配者が到来する前の、支配者と権威の空白期間に置かれた理論上は自由な空間である。また既存の階級制度も無効にされ、多くの人々が理論上は平等に存在し活動することが可能であり、闇市などで新たな勢力が台頭する様子も描かれる。しかしその反面、経済力や政治力を持たない小数派市民は、権威による法的な保護を失い、非常に危うい状態に置かれる。

探偵（Detective）　探偵的な調査は、公式な歴史に記録されない出来事や規範的な世界からは排除された人間の営みを理解することにつながる。『V.』ではハーバート・ステンシルが自分の母親ではないかと疑うレディV.の軌跡をたどり、ヨーロッパやアフリカでの彼女の活動を調査するが、それは探偵的な調査と言える。『競売ナンバー49の叫び』では、エディパ・マースがかつての恋人ピアス・インヴェラリティーの遺産の調査を行い、カリフォルニアの軍事テクノロジー産業をはじめとし、謎の郵便システム、通信ネットワークの歴史と現状を調査する。

その後物語の末で謎の郵便システムと通信ネットワークを支配するトリステロからの超越的な言葉を待ち受ける。また『重力の虹』では、第二次世界大戦中にナチス・ドイツが開発した大陸間弾道弾 V-2 の秘密へと近づく主人公のタイローン・スロスロップに対して、「聖なる中心が接近」していると描写される。『逆光』においては、未来からの「侵入者」がこれから到来する第一次世界大戦の破壊を告げ理解させようと試み、同時にタイムマシンがその破壊の現場と思われる光景を搭乗者に暗示的に感じ取らせる。

詐欺調査（Fraud Investigation）『ブリーディング・エッジ』の主人公マキシーン・ターノウは詐欺調査官であったが、利益相反行為をしたとの判断がなされ調査官としての公的資格を剥奪される。しかしそれでも、徹底した正義感に貫かれた彼女は、大企業の不正な資金の流れを中心とする調査を独自に行う。彼女の実施する調査は、9.11 同時多発テロ事件前後のニューヨークにおける、アメリカ企業や団体によるイスラム過激派への資金提供も含む。またマキシーンは、探偵的な調査を行う『V.』のハーバート・ステンシルや『競売ナンバー 49 の叫び』のエディパ・マース、そして『LA ヴァイス』のプロの探偵であるラリー・スポーテロの発展形であると考えられる。マキシーンは彼らのなかで最も強い社会正義への意識と倫理観を付与された人物であり、彼女を通して調査という主題が市民意識と強固に結びつく。

システム（System）『重力の虹』では大文字の S とともに「システム」（System）と表記される。高度軍事テクノロジー開発を目的とした軍産複合体を中核に形成される、政治、経済、科学、科学技術、そして官僚組織の集合体であり、技術開発や資金提供を通して国境を越えてお互いにつながりを持つ巨大な集合体を構成する。また大文字の T とともに表記される「彼ら」（They）という言葉が、システムを動かす権力者を指すが、彼らとは選びに与れぬ者の視点から見た選ばれし者の集団を指す。システムと彼らの主な目的は、高度テクノロジーに裏打ちされた圧倒的な軍事力、政治権力、経済力、合理的管理手段などにより、軍産複合体とそれと結びつく無数の組織の強化を図り、人民の支配、監視、統制を拡大することである。

戦争（War）　ピンチョンは多くの作品を冷戦期の秩序の下で書い

る。悪魔は使用不可能な分子（情報）と使用可能なものを区別出来るため、主人公のエディパ・マースが悪魔とコミュニケーションを効果的に行えば、エントロピーを防ぎ、彼女が追究する謎へとつながる情報を得られると示唆される。

街路（**Street**）　街路はウォルト・ホイットマン的な開かれた道である「オープン・ロード」やビート作家の解放へとつながる道に託された理念を引き継いでおり、歩む者を多様な他者との出会いへと導く道であるが、街路はまた暴力と破壊が支配する空間となり得る。『V.』のベニー・プロフェインが歩む街路は、人種的および文化的他者へと彼を導くが、同時にそれは機械化によるショックを引き起こし、冷戦の破壊の危機に晒された空間でもある。『競売ナンバー49の叫び』のエディパ・マースがたどる街路は、サンフランシスコの人口密集地域で人種的および文化的他者、そして過剰なまでに異質な存在であるトリステロへと彼女を導く。『メイスン＆ディクスン』で二人が歩むオランダ統治下の18世紀の都市ケープタウンの街路は、多様な人種との出会いを可能とするが、同時にそこでは支配者の人種と奴隷の人種が階層化されている。また二人がアメリカの荒野を切り開きながら歩む道は、メイスン＝ディクスン線の礎となるが、それは後に自由州と奴隷州との境界線を構成し、さらなる政治的、経済的、人種的分断を招くことが予期される。『LAヴァイス』のラリー・スポーテロも犯罪と不正の支配する闇の都市と街路を歩み、『ブリーディング・エッジ』のマキシーン・ターノウが歩むニューヨークの街路は、彼女が社会正義の追求のため、独自のネットワークを築くための道である。

啓示（**Revelation**）　『競売ナンバー49の叫び』の49という番号が指し示す対象の一つとして啓示がある。啓示とは、新約聖書「使徒言行録」に記された精霊降臨に基づいており、同言行録ではキリストの復活後に炎に包まれた舌が信徒たちに降りて来て、彼らを精霊で満たしたことにより、彼らは外国語で話し始めたとされる。精霊の力が超越的で本質的な言葉を与えたと言える。この出来事にちなんだ祝祭日が精霊降臨祭であり、それは復活祭の49日後に位置づけられている。ピンチョンの小説でも、復活から啓示への道筋が示され、主人公のエディパ・マースがかつての恋人の遺産調査を行うなかで、別世界を目にして異なる価値観へと覚醒することによりある種の復活を遂げ、

キーワード集

選ばれし者と選びに与れぬ者（the Elect and the Preterite）　選ばれし者と選びに与れぬ者とは、作品『重力の虹』でそれぞれ社会階層上位のエリートと、下位に位置づけられたあるいは社会から排除された者に対して使われる用語である。用語の起源はアメリカの清教徒が強い影響を受けたカルヴァン主義思想に求められ、神学的見地から救済が約束された者と救済に与れない者に対して使われた呼称である。思想的裏づけとして、1648 年にイングランド議会が採決した正統的なカルヴァン主義思想体系に基づく「ウエストミンスター信仰告白」がある。『重力の虹』内では、選びに与れぬ者に含まれるのは、人種および文化的他者、宗教および政治的信条の上での少数派、植民地の被支配者、そして理性的な言葉を持たぬことが一つの理由となり種全体が殺戮される動物である。しかし、作品では選びに与れぬ者の犠牲の上に選びそのものが可能となることが認識され、階層性による抑圧とそれからの解放が重要な主題を構成する。また『重力の虹』以外の作品でも、呼称や概念は異なるが、抑圧的階層性の問題は常に重要な位置を占める。

エントロピー（Entropy）　特に初期作品内で主題や比喩の面で重要な役割を持つ、熱力学の第二法則を指す。作品との関わりにおいてその法則の基本的な定義を述べると、エントロピーとはある系内で秩序立ち使用可能な分子、エネルギー、そして情報が、秩序を失い使用不可能な状態へと向かうことの不可逆性である。ピンチョンがその概念を利用し物語る状況は、たとえば、登場人物が外部との関係を遮断した空間や価値観そしてイデオロギーなどの内部に隔絶され、それが閉じられた系となり存続が限界を迎えることである。『V.』ではファシズムが閉じられた系の例として挙げられる。また情報のエントロピー状態としての情報過多が主題として扱われ、『競売ナンバー 49 の叫び』では、それに対抗するため 19 世紀スコットランドの理論物理学者ジェイムズ・クラーク・マックスウェルが考案した思考実験中の架空の存在であるマックスウェルの悪魔の比喩が用いられとして、個々のピンチョン作品の提示する問題をキーワードやキーとなる概念別に読み解いている。

木原善彦『ピンチョンの『逆光』を読む――空間と時間、光と闇』世界思想社、2011年。『逆光』についての入門書である。木原善彦は、同小説が含む百科全書的な知識における主要な分野や領域を調査し、そうした背景的知識を基に作品を読み解く。

Information. Athens: Ohio UP, 1980.　ピンチョンによる百科全書的な知を駆使した物語に対応し、多くの研究者が多様な分野と領域に関する綿密な下調べを基とした研究成果を発表してきたが、この初期研究の一つである 1980 年に出版されたジョン・スタークの著作では、各章の構成が「フィクションの要素」、「科学とテクノロジー」、「心理学」、「歴史」、「宗教」、「映画」、「文学」となっていることからも、そうした研究動向がうかがえる。

Tanner, Tony. "Caries and Cabals." *City of Words: American Fiction 1950-1970.* London: Jonathan Cape, 1971. 153-80.　ピンチョンの作家としての出発点では、彼が主題や比喩として扱った熱力学の第二法則であるエントロピーに注目が集まった。エントロピーに焦点を当てた初期作品の研究としてこのトニー・タナーのピンチョン論が代表的である。秩序への執着がもたらすエントロピーと、対極的な無秩序状態での生の問題の双方に注意を払っている。

Thomas, Samuel. *Pynchon and the Political.* New York: Routledge, 2007.　フランクフルト学派の思想家テオドール・アドルノを中心とした社会理論や政治哲学に立脚し、ピンチョンの政治性の再評価を行う。歴史物語内に散らばる断片的な記述に焦点を当てながら、それらにユートピア的なヴィジョンを読み込み、ピンチョンの歴史性が持つ政治的解放に向けた力を見出す。

Weisenburger, Steven. *A* Gravity's Rainbow *Companion: Sources and Contexts for Pynchon's Novel.* 1988. 2nd ed. Athens: U of Georgia P, 2008.　『重力の虹』が含む百科全書的な知の解明のため書かれた詳細な注釈書である。特にワイゼンバーガーによる同研究は、膨大な知識の解説を中心としながらも、一部でそれを基に正確で綿密な作品読解をも行う。

和書

麻生享志、木原善彦　編著『現代作家ガイド 7　トマス・ピンチョン』彩流社、2014 年。ピンチョンに焦点を当てた作家ガイドである。扱われる主題は、ピンチョンのポストモダニズム、理性と狂気（歴史的メタフィクション）、ツーリストの論理、文化的特徴、探偵、パラノイド的文学史などである。

木原善彦『トマス・ピンチョン——無政府主義的奇跡の宇宙』京都大学出版会、2001 年。『競売ナンバー 49 の叫び』で導入される無政府主義的な奇跡、そこでの無秩序と秩序の関係を中心的な概念の一つ

における絶対的な価値の欠如の問題をトマス・ショーブも取り上げ、欠如から生じる作品世界の曖昧さと不確実性について論じている。だがショーブは曖昧さと不確実性を、内省的な語りを強調するメタフィクション的なものとは区別し、ピンチョン作品が共同体や社会への強い関わりを示すことを肯定的に捉える。

Severs, Jeffrey, and Christopher Leise, eds. *Pynchon's* Against the Day: *A Corrupted Pilgrim's Guide*. Newark: U of Delaware P, 2011. 『逆光』に関する論文集である。守備範囲は非常に広く、批評上の大きな枠組みとして、語りの戦略、科学、信仰、そして政治、経済が設定されており、そのなかに多様な主題を扱う個々の論文が収められている。巨大で多様な知識の分野を取り込んだ大作『逆光』を多角的かつ徹底的に分析した研究成果である。

Simonetti, Paolo, and Umberto Rossi, eds. *Dream Tonight of Peacock Tails: Essays on the Fiftieth Anniversary of Thomas Pynchon's* V. Newcastle: Cambridge Scholars Publishing, 2015. 2013 年に、長編『V.』の出版 50 周年を記念し、イタリアのトリエステで同作品に焦点を当てた学会が開催されたことを受け、そこでの発表内容を編纂した論文集である。収められた論文は主に『V.』の歴史性と空間の分析を目的とする。まず『V.』の編集過程で削除された "Millenimum" と題された章の内容と削除の理由に関する論文を冒頭に、小説のカバーやそこに記された内容の説明と初期の書評との関連性、ベデカー・ランドにおけるツアリズムおよびスパイ小説的側面、大恐慌の作家としてのピンチョンと今日の労働の不安定化の問題、ピンチョンの描くフローレンスとイタリア語やマキャベリの『君主論』と偏執症の関連性、ヘミングウェイやフィッツジェラルドの描いたロマンティックなパリとは異なるピンチョンのパリ、境界空間としての地下とオルフェウス的地下への下降、物語内で映画的な主要なロケ地としての意義を持つマルタ島の空間的、歴史的分析などである。

Smith, Shawn. *Pynchon and History: Metahistorical Rhetoric and Postmodern Narrative Form in the Novels of Thomas Pynchon*. London: Routledge, 2005. ピンチョン小説の歴史性を扱うが、歴史哲学的視点から彼の歴史観を倫理的であると位置づけ、ゴシック的語り、断片化する語り、そしてロマン主義的かつ英雄的歴史の書き換えの手法にも注目し、彼の小説を近代史の愚かさや野蛮さを再考するものと評価する。

Stark, John O. *Pynchon's Fictions: Thomas Pynchon and the Literature of*

域へと拡大することを示してくれるのだ。

Moore, Thomas. *The Style of Connectedness*: Gravity's Rainbow *and Thomas Pynchon*. Columbia: U of Missouri P, 1987.　ピンチョン作品が扱う秩序と無秩序の問題は、政治権力による全体主義的秩序と、それに抗う無政府主義的無秩序状態との間の分断、という重要な側面を含んでいるが、そうした二項対立と世界の分断を解決するためのピンチョンの試みについて、トマス・ムアは両極化する世界の双方を『重力の虹』が肯定する様に注目している。また分断された世界を結びつけ、百科全書的な知識の構成要素を結びつける文体を「つながりの文体」と捉え分析する。

Patel, Cyrus R. K. *Negative Liberties: Morrison, Pynchon, and the Problem of Liberal Ideology*. Durham, NC: Duke UP, 2001.　ピンチョンによる自由と支配の物語は、トニ・モリスンとの比較研究も誘った。サイラス・パテルは、ラルフ・ウォルド・エマスンの個人主義思想やそれと対立する共同体への志向、また消極的自由と積極的自由といった問題を、両作家の議論で扱う。『ヴァインランド』の共同体で結びつく個人の多様性のあり方を評価する。

Plater, William M. *The Grim Phoenix: Reconstructing Thomas Pynchon*. Bloomington: Indiana UP, 1978.　この初期の重要な研究書の一つを完成させたウィリアム・プレイターは、エントロピーの概念に立脚する秩序と無秩序の二元性を議論し、同時に生と死、現実と幻想、人間と人間を従属させるテクノロジーの二元的問題を扱う。また彼は、小説『V.』で、西洋帝国主義国家が植民地支配によって作り上げたヨーロッパの模造都市を、旅行ガイドであるベデカー旅行ガイドブックの名を借りピンチョンが「ベデカー・ランド」と名づけた特殊な空間を分析し、他者の土地の帝国主義的再構成と支配の問題にも本格的に踏み込む。

Pöhlmann, Sascha, ed. *Against the Grain*: *Reading Pynchon's Counternarratives*. Amsterdam: Rodopi, 2010.　『逆光』に重点を置きながらも、他の作品にも注目した論文集である。同論文集誕生のきっかけは 2008 年にミュンヘンで開催された学会「国際ピンチョン週間」で発表された研究成果である。同論文集が扱う対象は、H・G・ウェルズの未来小説的手法との比較研究、四次元、フランクフルト学派思想との関係、非対称性、グラフィック、写真、コミュニケーションと情報、財産、テロリズムなどに広がる。

Schaub, Thomas H. *Pynchon: The Voice of Ambiguity*. Urbana: U of Illinois P, 1981.　モリー・ハイトなどが後に指摘したピンチョン作品

の現前性を前提とするのに対して、ピンチョンの寓喩は絶対的な意味の欠如を提示し、それが意味への欲望を産出することによりポストモダニスト的であるとする。

Mattessich, Stefan. *Lines of Flight: Discursive Time and Countercultural Desire in the Work of Thomas Pynchon*. Durham, NC: Duke UP, 2002.　ポスト構造主義思想家ジル・ドゥールーズとフェリックス・ガタリによる「逃走線」の概念を援用し、ピンチョン作品における対抗文化の分析を行い、また文学「機械」としての過剰な文体と文化的規範や時間との関係について議論を発展させる。

McClintock, Scott, and John Miller, eds. *Pynchon's California Novels*. Iowa City: U of Iowa P, 2014.　カリフォルニアに舞台を設定した『LA ヴァイス』の発表後に、『競売ナンバー 49 の叫び』および『ヴァインランド』とともに、彼のカリフォルニア小説群の再評価を行った論文集。同書に収められた論文の多くが共有する基本的特徴として、国際的な政治、経済上のネットワークや陰謀を描く長大な作品と異なり、カリフォルニア小説群が地域に根差し、家族や共同体が生み出す希望を描き出す、との立場を取る。

McHale, Brian. *Postmodernist Fiction*. London: Routledge, 1987.　ピンチョンをポストモダニズムを代表する作家として評価した研究書である。モダニスト小説からポストモダニスト小説への移行を、『競売ナンバー 49 の叫び』と『重力の虹』への移行が体現すると議論する。前者は複数の視点から捉えた複数の現実を並列し、世界を如何に認識するかという認識論的な問題に主に関わる点においてモダニスト的であり、後者は一つの語りのレベルにおける現実が別の語りのレベルにおける現実に侵入し、現実世界と人間のあり方を問う存在論的問題に関わる点においてポストモダニスト的だという議論である。

Mendelson, Edward. "Gravity's Encyclopedia." *Mindful Pleasures: Essays on Thomas Pynchon*. Ed. George Levine and David Leverenz. Boston: Little, Brown, 1976. 161-95.　ピンチョンは彼が紡ぐ物語のなかで、多様な知の分野、領域、そしてそれらのネットワークを描き出し、その追究は『重力の虹』で成熟に至るが、それをエドワード・メンデルスンは同論文で「百科全書的な物語」と捉えた。『重力の虹』は、特に大陸間弾道弾のプロトタイプ V-2 開発に主眼を置く物語であるが、扱う対象は V-2 開発と結びついた科学、軍事、経済、政治活動が形成するネットワークの広がり、加えて複数の国々を対象とした、心理学、芸術、宗教、文化人類学、社会学、地政学、歴史学などの分野の多様な領題を中心に議論した研究書であり、神学的な目的論がもたらす秩序と、その欠如という問題に挑戦する。彼女が指摘するのは、ピンチョンが作品内で世界の投影という創造的な行為により秩序を形成するが、その際に彼が単一で一枚岩的秩序へ批判の目を向け、秩序と無秩序の二項対立が除外した中間領域に複数の秩序を構築することである。秩序と無秩序の問題は、政治権力による全体主義的秩序と、それに抗う無政府主義的無秩序状態との間の分断、という重要な側面を含んでいる。

Horvath, Brooke, and Irving Malin, eds. *Pynchon and* Mason & Dixon. Newark: U of Delaware P, 2000. 『メイスン＆ディクスン』に関する論文集であり、扱われる主題は、小説内の空間の詩学、メイスン＝ディクスン線を引くことが含む意味、新世界アメリカでの帝国主義、啓蒙主義、語りの手法に焦点を当てた物語学、小説と関連する歴史文書、非写実主義等である。

Hume, Kathryn. *Pynchon's Mythography: An Approach to* Gravity's Rainbow. Carbondale: Southern Illinois UP, 1987. 『重力の虹』における神話的要素に注目し、オルフェウスやファウストなどの神話物語を基盤とした複合的な物語構造や人物造形を、無秩序に対抗する秩序形成に向けた語り上の工夫と捉え、また神話性が近現代の合理的な社会システムとは異なる価値体系を提示してくれる点にも触れる。

Hutcheon, Linda. *A Poetics of Postmodernism: History, Theory, Fiction*. London: Routledge, 1988. 多くの作家を扱う議論のなかで、ピンチョンの『重力の虹』を代表的なポストモダニスト小説と評価するが、同小説が自ら構築する歴史の信頼性を切り崩す内省的な語りを有し、さらに公式な歴史が排除した小数派の歴史を物語内に取り込む歴史主義的メタフィクションを体現するという意味で、ポストモダニスト的であると考えている。

Johnston, John. *Information Multiplicity: American Fiction in the Age of Media Saturation*. Baltimore: Johns Hopkins UP, 1998. ポスト構造主義との関連でピンチョン作品を論じた研究書である。ジル・ドゥルーズとフェリックス・ガタリの創造した、階層性を排した存立平面にある「集合体」の概念を基盤に、メディア社会にピンチョン作品を位置づけ、彼のテクストを異なる範疇に由来する多様な情報が構成する「集合体」と捉え、物語が構築する新たな社会空間の分析を行う。

Madsen, Deborah L. *The Postmodernist Allegories of Thomas Pynchon*. New York: St. Martin's P, 1991. ピンチョンの表現技法に着目し、それがポストモダニスト的な寓喩であると捉える。伝統的な寓喩が意味

力の虹』については短く言及)、検閲や抑圧を受ける対象である反体制者の立場からピンチョンが作り上げる寓話の力を引き出している。

Eddins, Dwight. *The Gnostic Pynchon*. Bloomington: Indiana UP, 1990. 特にピンチョン作品が扱うオルフェウス神話に依拠した主題に、権力や合理性による支配に対抗する価値観を見出している。自然信仰に基づいたオルフェウス的な有機的秩序が、秩序と無秩序の分断状態を解消する手段とされる。

Green, Geoffrey, Donald J. Greiner, and Larry McCaffrey, eds. *The* Vineland *Papers: Critical Takes on Pynchon's Novel*. Normal, IL: Dalkey Archive P, 1994. 90年代にはピンチョンが長き沈黙を破って発表した『ヴァインランド』(1990)に関する研究が開始されるが、小説の出版後まもなく学術誌 *Critique: Studies in Contemporary Fiction* 32. 2 (1990) で特集号が組まれ、そこへ新たな論文を加えこの論文集として出版される。『ヴァインランド』が過去の作品と比べて、文体のみならず主題でも大きな変化を見せていることを指摘し、研究上の新たな主題として家族、女性、対抗文化期の政治、そしてテレビを中心とした大衆文化を扱い、またファシズムの問題をアメリカ国内の文脈で捉えている。

Herman, Luc, and Steven Weisenburger. Gravity's Rainbow, *Domination, and Freedom*. Athens: U of Georgia P, 2013. 同小説が、60年代対抗文化の文脈で未だ充分に評価を受けていないとの前提で、フランクフルト学派の提示する芸術と自由、実存主義的な消極的自由および積極的自由、またサドマゾヒズムなどの主題を再検討する。ナチズムや戦後の軍産複合体への対抗の可能性を同小説に見出そうとし、小説がその困難さを描いていると考えている。

Hinds, Elizabeth Jane Wall, ed. *The Multiple Worlds of Pynchon's* Mason & Dixon*: Eighteenth-Century Contexts, Postmodern Observations*. Rochester, NY: Camden House, 2005. 『メイスン&ディクスン』に関する論文集であり、歴史性を核として科学、測量、近代資本主義と消費、仮定的に想像される空間、空間と権力支配、啓蒙主義、多様性などを議論する。歴史に関しては、公式な歴史に対抗してピンチョンが構築する歴史、並行する歴史としてのパラヒストリー、未来へのノスタルジアを持つ歴史や、歴史物語と語りの存在論的レベルの問題にも踏み込む。

Hite, Molly. *Ideas of Order in the Novels of Thomas Pynchon*. Columbus: Ohio State UP, 1983. ピンチョン作品で扱われる秩序と無秩序の主

Cowart, David. *Thomas Pynchon & the Dark Passages of History*. Athens: U of Georgia P, 2011.　長年ピンチョン研究の第一人者であった人物が新たな視点から構築し、2000 年以後に出版したピンチョン論である。ピンチョン作品の総体（『LA ヴァイス』までを含む）の再評価である。タイトルにある「暗き道」とは、公的な歴史の陰に追いやられた歴史の行程であり、反体制的、国家転覆的なものを含む。ヘイデン・ホワイトの歴史の物語性に注目したメタ・ヒストリーを援用し、神話としての歴史、ドイツ文化史、60 年代アメリカの対抗文化史、18 世紀アメリカ史に焦点を当て、ピンチョンによる個々の作品の歴史物語構築の方法を明らかにする。

Dalsgaard, Inger H., Luc Herman, and Brian McHale, eds. *The Combridge Companion to Thomas Pynchon*. Cambridge: Cambridge UP, 2012.　その名が示す通り、ピンチョン研究の手引きであるが、長年ピンチョン研究の第一人者であった人々が多くの論文を執筆し、彼らの研究成果を基にピンチョンの全体像を多角的に明らかにしようと試みた論文集である。また書物全体のバランスが取れており、三部構成からなり、第一部はピンチョンの主な作品ごとに分析を行う論文を収め、第二部には作家としてのキャリア全体を見渡すような内容の論文、そして第三部は主題ごとに分けた論文を収めている。第二部が含む内容は、ピンチョンと文学史、ポストモダニズム、インターテクスト、第三部は歴史、政治、他者性、科学とテクノロジーである。

Darlington, John. "Capitalist Mysticism and the Historicizing of 9 /11 in Thomas Pynchon's *Bleeding Edge*." *Critique: Studies in Contemporary Fiction* 57.3 (2016): 242-53.　9.11 同時多発テロ事件前後のアメリカを描く小説『ブリーディング・エッジ』に関する論文が、作品の出版された 2013 年以降には盛んに発表されているが、ジョン・ダーリントンによる同論文は一つの代表例である。同論文は、作品を同時代の作家ドン・デリロによる『フォーリング・マン』と比較し、デリロ作品が 9.11 のただなか、そしてその直後の視点から語られているのに対し、ピンチョンの作品はそれ以後の視点から語られ、9.11 を歴史的に捉えていると評価する。また小説内には、内省的な歴史的視点が活かされていることを基に、アメリカ国家の陰謀、暴力、破壊行為をも 9.11 との関連で捉え直す。

Dugdale, John. *Thomas Pynchon: Allusive Parables of Power*. New York: St. Martin's P, 1990.　ピンチョン作品が含む政治的な問題への暗示的寓話という側面を論じる。『重力の虹』以前の作品を主に扱うが（『重

"The Heart's Eternal Vow." Review of Gabriel García Márquez's *Love in the Time of Cholera*. *New York Times Book Review* 10 April 1988, 1, 47, 49.
"Introduction." In Donald Barthelme's *The Teachings of Don B.*, ed. Kim Herzinger. New York: Turtle Bay, 1992. xv-xxii.
"Introduction." In Jim Dodge's *Stone Junction: An Alchemical Pot-Boiler.* Edinburgh: Rebel Inc., 1997. vii-xii.
"Foreword." In George Orwell's *Nineteen Eighty-Four*. New York: Plume, 2003. vii-xxvi.

邦訳

「ファリーニャのいた頃」伊藤貞基訳、『ユリイカ』21. 2 (1989): 114-22.
「永遠の心の誓い　マルケスの『コレラの時代の愛』によせて」若島正訳、『ユリイカ』21. 2 (1989): 138-43.
「解説」高橋和久訳、ジョージ・オーウェル『一九八四年』早川書房、2009 年。482-509.
「『ドン・B の教え』への序文」麻生享志、三浦玲一訳、『現代作家ガイド 7　トマス・ピンチョン』麻生享志、木原善彦編著、彩流社、2014 年。30-41.
「ジム・ダッジ『ストーン・ジャンクション』への序文」翻訳　木原善彦、『現代作家ガイド 7　トマス・ピンチョン』麻生享志、木原善彦編著、彩流社、2014 年。42-50.

第二次資料

以下にトマス・ピンチョンに関する主な研究資料の一覧を示す。中心となる資料はピンチョンのみを対象とした研究書であるが、より幅広い対象を持つ研究書などで重要なピンチョン論を含むものや、学術論文も一部紹介する。

Berressem, Hanjo. *Pynchon's Poetics: Interfacing Theory and Text.* Urbana: U of Illinois P, 1993.　ジャック・デリダおよびジャン・ボードリヤールのような哲学者や、心理学者ジャック・ラカンの理論に主に注目し、ピンチョン作品を分析する研究書である。『重力の虹』が代表するテクストが、哲学、社会理論、心理学、文学、映像学などの「境界面」を構成するとの立場からの研究である。

(19 March 1953): 2. 再掲 . Mead, 163-66.
"The Boys." *Purple and Gold* 9. 6 (19 March 1953): 8. 再掲. Mead, 166-67.

エッセイ

"Togetherness." *Aerospace Safety* 16. 12 (December 1960): 6-8.
"A Journey into the Mind of Watts." *New York Times Magazine* 12 June 1966, 34-35, 78, 80-82, 84.
"Is It O.K. to Be a Luddite?" *New York Times Book Review* 28 October 1984, 1, 40-41.
"Nearer, My Couch, to Thee." *New York Times Book Review* 6 June 1993, 3, 57.

邦訳

「ワッツの心への旅」小川博三訳、『ユリイカ』21. 2 (1989): 192-203.
「ラッダイトをやってもいいのか?」宮本陽一郎訳、『夜想』25 (1989): 16-24.

手紙

"Pros and Cohns." Letter to the editor. *New York Times Book Review* 17 July 1966, 22, 24.
Letter to Richard Wilbur, in William Styron's "Presentation to Thomas Pynchon of the Howells Medal for Fiction of the Academy." *Proceedings of the American Academy of Arts and Letters and the National Institute of Arts and Letters 26* (1976): 43-46.
Letter to the Editor, quoted by John Calvin Batchelor, "The Ghost of Richard Fariña." *Soho Weekly News* 4 (28 April – 4 May 1977): 20.
Letter to Thomas F. Hirsch, quoted by David Seed, *The Fictional Labyrinths of Thomas Pynchon*. London: Macmillan, 1988. 240-43.

書評、文学作品へ寄せた序文や前書き

"Introduction." In Richard Fariña's *Been Down So Long It Looks Like Up to Me*. Harmonsworth: Penguin, 1983. v-xiv.

『メイスン&ディクスン』トマス・ピンチョン全小説、柴田元幸訳、新潮社、2010年。

『逆光』トマス・ピンチョン全小説、木原善彦訳、新潮社、2010年。

『LAヴァイス』トマス・ピンチョン全小説、栩木玲子、佐藤良明訳、新潮社、2012年。

短編小説および中編からの抜粋

"The Small Rain." *Cornell Writer* 6. 2 (March 1959): 14-32. 再版. Pynchon, Thomas. *Slow Learner: Early Stories.*
"Mortality and Mercy in Vienna." *Epoch* 9. 4 (Spring 1959):195-213.
"Low-lands." *New World Writing* 16. Philadelphia: Lippincott, 1960. 85-108. 再版. *Slow Learner: Early Stories.*
"Entropy." *Kenyon Review* 22. 2 (Spring 1960): 277-92. 再版. *Slow Learner: Early Stories.*
"Under the Rose." *Noble Savage* 3 (1961): 233-51. 再版. *Slow Learner: Early Stories.*（編集を経て小説『*V.*』第三章の主な部分となる）
"The Secret Integration." *Saturday Evening Post* 235. (19–26 December 1964): 36-37, 39, 42-44, 46-49, 51. 再版. *Slow Learner: Early Stories.*
"The World (This One), the Flesh (Mrs. Oedipa Maas), and the Testament of Pierce Inverarity." *Esquire* 64 (December 1965): 170-73, 296, 298-303.（*The Crying of Lot 49* からの抜粋）
"The Shrink Flips." *Cavalier* 16. 153. (March 1966): 32-33, 88-93.（*The Crying of Lot 49* からの抜粋）

若き日（高等学校および大学在学時）の作品

"Voice of the Hamster." *Purple and Gold* 9. 2 (13 November 1952): 2; *Purple and Gold* 9. 3 (18 December 1952): 3; *Purple and Gold* 9.4 (22 January 1953): 2, 4; *Purple and Gold* 9. 5 (19 February 1953): 8.『パープル・アンド・ゴールド』はオイスターベイ高等学校学内誌。"Voice of the Hamster" は以下の書籍に再掲。Mead, Clifford. *Thomas Pynchon: A Bibliography of Primary and Secondary Materials.* Elmwood Park, IL: Dalkey Archive P, 1989. 157-63.
"Ye Legend of Sir Stupid and the Purple Knight." *Purple and Gold* 9. 6

主要文献リスト

第 1 次資料

小説・短編集

V. Philadelphia: Lippincott, 1963.

The Crying of Lot 49. Philadelphia: Lippincott, 1966.

Gravity's Rainbow. New York: Viking, 1973.

Slow Learner: Early Stories. Boston: Little, Brown, 1984.

Vineland. Boston: Little, Brown, 1990

Mason & Dixon. New York: Henry Holt, 1997.

Against the Day. New York: Penguin, 2006.

Inherent Vice. New York: Penguin, 2009.

Bleeding Edge. New York: Penguin, 2013.

邦訳

『V.』三宅卓雄、伊藤貞基、中川ゆきこ、広瀬英一、中村紘一訳、国書刊行会、1979 年。

『V.』トマス・ピンチョン全小説、小山太一、佐藤良明訳、新潮社、2011 年。

『競売ナンバー 49 の叫び』志村正雄訳、サンリオ、1985 年。新版筑摩書房、1992 年。

『競売ナンバー 49 の叫び』トマス・ピンチョン全小説、佐藤良明訳、新潮社、2011 年。

『重力の虹』越川芳明、佐伯泰樹、植野達郎、幡山秀明訳、国書刊行会、1993 年。

『重力の虹』トマス・ピンチョン全小説、佐藤良明訳、新潮社、2014 年。

『スロー・ラーナー』志村正雄訳、筑摩書房、1988 年。

『スロー・ラーナー』トマス・ピンチョン全小説、佐藤良明訳、新潮社、2010 年。

『ヴァインランド』佐藤良明訳、新潮社、1998 年。

『ヴァインランド』トマス・ピンチョン全小説、佐藤良明訳、新潮社、2011 年。

ら

わ

ま

や

な

は

さ

た

索引

著者紹介

永野　良博（ながのよしひろ）

神奈川県出身。ニューヨーク州立大学バッファロー校大学院博士課程修了（Ph.D.）。アメリカ文学専攻。上智大学短期大学部英語科教授。

代表論文は、本書にもその改訂日本語版を収めた“Remenbering Home in Foreign Lands: Thomas Pynchon' *Gravity's Rainbow.*” *Critique: Studies in Contemporary Fiction.* 58.1 (2017) を初めとし、以下のものがある。“Inside the Dream of the Warfare State: Mass and Massive Fantasies in Don DeLillo's *Underworld.*” *Critique: Studies in Contemporary Fiction.* 51.3 (2010), “The Formation of the Rocket-Nation: Abstract Systems in *Gravity's Rainbow.*” *Pynchon Notes.* 52-53 (2003).

監修者略歴

諏訪部浩一（すわべ こういち）

1970年生まれ。上智大学卒業。東京大学大学院修士課程、ニューヨーク州立大学バッファロー校大学院博士課程修了（Ph.D.）。現在、東京大学大学院人文社会系研究科・文学部准教授。

著書に『A Faulkner Bibliography』（2004年、Center Working Papers）、『ウィリアム・フォークナーの詩学――一九三〇-一九三六』（2008年、松柏社、アメリカ学会清水博賞受賞）、『「マルタの鷹」講義』（2012年、研究社、日本推理作家協会賞受賞）、『ノワール文学講義』（2014年、研究社）、『アメリカ小説をさがして』（2017年、松柏社）、『アメリカ文学との邂逅　カート・ヴォネガット　トラウマの詩学』（2019年、三修社）、編著書に『アメリカ文学入門』（2013年、三修社）、訳書にウィリアム・フォークナー『八月の光』（2016年、岩波文庫）など。

アメリカ文学《ぶんがく》との邂逅《かいこう》
トマス・ピンチョン
帝国《ていこく》、戦争《せんそう》、システム、そして
選《えら》びに与《あずか》れぬ者《もの》の生《せい》

二〇一九年七月三〇日　第一刷発行

著　者　永野良博
監　修　諏訪部浩一
発行者　前田俊秀
発行所　株式会社　三修社
〒150-0001　東京都渋谷区神宮前二-二-二二
電　話　〇三-三四〇五-四五一一
FAX　〇三-三四〇五-四五二二
http://www.sanshusha.co.jp/
振替　〇〇一九〇-九-七二七五八
編集担当　永尾真理

印刷所　萩原印刷株式会社
製本所　加藤製本株式会社
装幀　宗利淳一

Printed in Japan ISBN978-4-384-05942-7 C3098